suncolor

suncolor

闇黑之眼

THE EYES OF DARKNESS

丁·昆士／著　陳岡伯／譯
Dean Koontz

suncolor
三采文化

致謝 7
十二月三十日，星期二 11
十二月三十一日，星期三 77
一月一日，星期四 163
一月二日，星期五 311

致謝

我將本書的修訂版連同我的愛意獻給葛妲。經過這五年來的努力，我即將完成我以筆名出版的早期著作之修訂；我希望能夠不斷精進自己的寫作。我還有許多工作尚未完成，而這個修訂計劃將會是我餘生的志業。

「丁・昆士讓他的讀者們經歷了情感的絞刑！……如此自然生動的文筆，無人能出其右。」

——《美聯社》

「令人五內翻攪、幾乎產生幻覺的文筆！其他作家們要是細細看過他的寫作技巧，大概就能寫得更好。」

——《紐約時報》

「丁・昆士擁有編織奇幻故事的奔放想像力，但同時又能將情節塑造得逼真寫實。他以對人性的深刻理解來解釋小說中事件的來龍去脈，告訴我們現實世界中也很可能發生同樣的事情。」

——《觀察家報》

「節奏明快且情感洶湧……宛若在雪上狂奔的急診室推車。」

——《週日郵報》

「就像古時的荷馬、莎士比亞和狄更斯，丁・昆士賦予了大眾文化更恢宏深刻的視野。他擁有這樣的天賦。」

——《澳大利亞週刊》

「明明是令人坐立難安的劇情，卻能用如此優美抒情的方式呈現。就連筆下的人物，也如此真實、深刻。」

——《西雅圖時報》

「各行各業中，總會出現幾位『大師』，他們的功力過人，且令人難以忘懷。……丁．昆士就是這樣的大師。」

——《懸疑雜誌》

「丁．昆士擁有一種埃米莉．狄更生式的敘述魔力，能攫住讀者的心，讓讀者迫切地翻過一頁又一頁……很少小說家能真正做到這一點。」

——《洛杉磯時報》

「或許在所有美國小說家當中，丁．昆士最能準確描繪出美國的氛圍，以及美國文化的底蘊。邪惡與善良共存，真實又魔幻，帶給讀者無限的閱讀之樂。」

——《出版者周刊》

十二月三十日，星期二

第一章

星期二凌晨十二點零六分，蒂娜．伊凡斯剛結束一場新舞台秀的夜間彩排。在驅車回家的路途上，她看見了兒子丹尼坐在一輛陌生的休旅車上。但是丹尼已經去世一年多了。

一分鐘前，蒂娜將車停在離家兩條街外的二十四小時超商旁，準備去買些牛奶和全麥麵包。在淡黃色的鈉燈光線籠罩下，一輛閃亮的奶油色雪佛蘭休旅車停放在一旁。那個男孩就坐在副駕駛座上，顯然是在等某人從超市回來。蒂娜只能看見他的側臉，但是她依然倒吸了一口氣，胸口一陣抽痛。

那是丹尼。

男孩大概十二歲左右，正是丹尼的年紀。他有著相同的濃密黑髮，除此之外，鼻子和細緻的下巴輪廓也都和兒子一模一樣。

蒂娜呢喃著兒子的名字，彷彿眼前只是一個幽魂，如果太大聲就會驚走這個她一生摯愛的身影。

男孩並沒有注意到有人正盯著他瞧。他伸手到嘴邊，輕輕咬著大拇指的關節。這是丹尼去世一年前開始養成的壞習慣，蒂娜當時沒能逼他改掉這個毛病。

蒂娜凝視著男孩，開始認為他和丹尼的相似處並非巧合。突然之間，她感到口乾舌燥，心臟怦怦亂跳。她一直都還沒有走出喪子之痛，也許是因為她根本就沒有想要走出來。此時此刻，看見這個形貌酷似丹尼的男孩，她忍不住幻想，也許兒子從來就沒有離開過她。

也許……也許這個男孩真的是丹尼。有何不可呢？她越想越覺得這並不是什麼瘋狂的念頭。畢竟她從未親眼目睹兒子的遺體。警察和葬儀社的人告訴她，丹尼的身體支離破碎，她最好不要看見這樣的慘狀。當時她還沉浸在極度的悲傷中，也就聽從了他們的建議。在葬禮上，丹尼的棺木也保持閉合。說不定警方在辨識遺體身分的時候出了差錯。也許丹尼根本就沒有死在那場車禍中。也許他只是頭部受到了輕傷，但是卻讓他……失去記憶。沒錯，失憶。也許他漫步離開了車禍現場，在好幾公里外才被發現，身上沒有任何身分證件，也無法告訴別人他是誰和來自何方。這很有可能，不是嗎？電影裡不都是這樣演的？沒錯，一定是失憶。如果事情真相是如此，那丹尼很可能被人收養，有了完全不同的新生活。現在，他就坐在那輛奶油色雪佛蘭休旅車上，是命運讓母子倆再度重逢——

男孩意識到了蒂娜的視線，轉頭面向她。她屏住呼吸，看著男孩緩緩轉過頭。在詭異的黃色燈光下，兩人的目光隔著兩道車窗相接，她感覺兩人之間彷彿橫亙著時間和空間的巨大鴻溝。但是在命運的嘲弄下，她的幻想瞬間破滅，因為那個男孩並不是丹尼。

蒂娜撤回目光，低頭盯著自己的雙手。緊握著方向盤的力量之大，讓手指開始隱隱作痛。

「該死的。」

蒂娜對自己生氣；她一直都認為自己堅強且冷靜，能夠面對並處理人生中的任何挑戰。對於自己遲遲無法接受丹尼已經離開的事實，她感到深深的挫折和不安。

當年，在經歷過最初的震驚，處理完後事之後，她已經開始從創傷中恢復。日復一日、週復一週，她逐漸將丹尼埋藏在內心深處，連同所有的悲傷、罪惡、淚水和苦澀。她懷抱著堅定的決心，繼續走上人生的道路。過去這一年裡，她在事業上有所進展；她將辛勤工作當成了嗎啡，以此來麻痺悲痛，等待傷口痊癒。

但是在幾週前，蒂娜又陷入了剛得知噩耗時的悲慘狀態。她開始堅決地否定事實，幾乎失去了理智。相信兒子還活著的想法再次糾纏著她。時間原本應該沖淡她的傷痛，但隨著每一天過去，她又落入了悲傷的輪迴。這次坐在休旅車裡的並不是第一個被她誤認為丹尼的男孩。這幾週以來，她不時看見兒子的身影出現在街道上，在別人的車上，在她經過的學校操場上，甚至在電影院裡。

更糟的是，最近她不斷地夢見丹尼還活著。每一次從夢中驚醒，她總是會有好幾個小時無法面對現實。蒂娜內心有一部分相信這些夢預言了兒子最後會回到她的身邊、相信丹尼其實神奇地倖免於難，終有一天會重回母親的懷抱。

這是個美妙溫馨的想望，但維持不了多久。儘管她一直抗拒殘酷的事實，但事實堅不可摧；她不止一次感受到希望破滅，只能接受這些夢根本不是什麼預言，只是可悲的幻想。即使如此，她知道在每一次夢到丹尼之後，心中又會升起希望，就像先前無數次那樣。

這可真不好受。

病態，她這樣責備自己。

她又瞥了休旅車上的男孩一眼，發現他依然望著自己。她垂下目光，再次盯著緊抓著方向盤的雙手，最後終於放開了手。

悲傷可以把人逼瘋。她聽過這句話，而且深信不疑。但她絕不會讓自己淪落到這樣的境地。她會嚴厲地督促自己不與現實世界脫節，即使現實令人沮喪。她不能再有虛幻的希望。

她曾經全心全意地愛著丹尼，但他已經走了，和其他十四名在校車車禍中罹難的男孩一樣，帶著破碎的身體離開人世。他只是這樁悲劇裡其中一名受害者；遺體面目全非，無法辨識。死亡。

冰冷。

腐敗。

禁錮在棺木裡。

埋葬在六尺之下。

直到永遠。

蒂娜的下唇顫抖了起來。她想放聲大哭，她需要放聲大哭。但她忍住了。

雪佛蘭車裡的男孩對她失去了興趣。他的目光轉回超市門口，繼續等待。

蒂娜走下她的本田汽車。夜晚的空氣涼爽，如沙漠般乾燥。她深吸了一口氣，走進超市。裡頭的冷氣之強，讓她感受到刺骨的寒意。光線則是明亮到近乎殘酷，任何幻想在此都沒有存在的空間。

她買了一公升的牛奶，以及一條已經為節食者切成薄片的全麥吐司；每一片都只有一般厚片的一半熱量。蒂娜已經不是舞者了，她現在負責幕後的製作。不過她依舊認為擔任表演者時的身材和體重是最健康的，無論是身體上或心理上。

五分鐘之後，她就回到了家中。這是一個安靜的社區，她的房子是一間樸素的農舍。橄欖樹和帶著花邊的茶樹樹葉在微風中慵懶地擺動。

她來到廚房，烤了兩片吐司，抹上一層花生醬，然後倒了一杯脫脂牛奶，坐在餐桌旁。

即使是在丹尼牙牙學語、特別挑食的那幾年，花生醬吐司也一直都是他的最愛。那時候他總是口齒不清地說著：「哇森醬」。

蒂娜閉上眼睛，嚼著吐司。丹尼三歲大的模樣浮現在腦中，花生醬沾滿了嘴唇和下巴，他微笑著說，媽媽，人家還要更多的哇森醬吐司，拜託。

她驚訝地睜開眼睛。這段影像實在太過生動，似乎不像是一段記憶，而是真實出現在眼前的景象。現在的她並不想要如此清晰的回憶。

太遲了。她的心在胸口糾結，下唇又顫抖起來。她垂下頭，在餐桌上泣不成聲。

●

當天晚上，蒂娜又夢見了丹尼。她不知道丹尼身在何處，她也不知道為什麼，她感受到兒子還活著，而且需要她。

在夢中，丹尼站在一個無底深淵的邊緣，蒂娜自己則是身處遙遠的另一端，兩人彼此相對，隔著深不見底的黑暗，凝望著對方。丹尼孤身一人，恐懼地喊著母親。她卻無能為力，不知道該如何跨越這道鴻溝。同時，天空在幾秒之間就暗了下來，暴風和雲層如巨人的手掌般捻熄了最後的光亮。丹尼的呼喊聲和她的回應變成了絕望的尖叫，因為他們深知一旦黑夜降臨，就會永遠失去彼此。在黑夜裡有什麼在等著丹尼；如果蒂娜不能及時趕到他身邊，某種恐怖的事物就會攫走他。突然之間，一道閃電劃破了天空，緊接著一陣雷鳴，夜晚猛然向內聚合，然後爆炸，一切陷入了更深沉的無盡黑暗中。

蒂娜從床上坐起，確信自己聽見了屋內的某個聲音。那不是夢中的雷聲；是她清醒時所聽見的真實聲響，並非來自於她的想像。

她凝神傾聽，準備推開棉被下床。此時寂靜主宰了一切。

疑慮在心中蔓生。這一陣子她總是心神不寧，這也不是第一次她誤以為有人侵入，在屋裡徘徊。過去兩週以來，她已經有四、五個晚上從床頭櫃裡拿出手槍，搜索每一個房間，但卻一無所獲。最近她無論在工作上還是個人心理上都承受了極大的壓力。也許今晚她聽見的確實是夢中的雷聲。

她保持警戒了幾分鐘，但夜晚是如此平靜，最後她終於相信屋內沒有別人，然後緩緩躺回枕頭上。

在這種時刻，她總會希望麥可還在身邊。她閉上眼睛，想像自己躺在他身畔。她在黑暗中伸出手臂，在男人的身上游移、愛撫，接著讓他擁入懷中。麥可會安慰她、讓她感到無比安全，然後再次進入夢鄉。

當然了，如果麥可此時真的在她身旁，事情也不會這樣發展。他們不會相擁做愛，而是會激烈爭吵。他會拒絕她的愛意，藉由爭吵來逼她離開。他會找一些瑣碎的小事來挑起爭端，無所不用其極地激怒蒂娜，讓小小的口角演變成全面的婚姻戰爭。這是他們還在一起的最後幾個月的光景。他當時充滿敵意，只想找到任何藉口來將怒氣宣洩在蒂娜身上。

蒂娜自始至終都愛著麥可，這段關係的結束深深傷了她的心。但她同時也感到如釋重負。

於是她在同一年裡接連失去了她最珍愛的兩個人：先是丈夫，然後是兒子。在這整整十二年的婚姻裡，蒂娜改變了很多；她已經不再是當初婚禮上的那個小女孩。但麥可一點都沒有變，而他並不喜歡妻子後來的樣貌。他們一開始深愛著對方，分享彼此生活中的一切起伏、歡笑和挫折。但婚姻結束時，兩人已經形同陌路。雖然麥可現在還住在鎮上，距離此處不到兩公里，但在蒂娜心中，他就和丹尼一樣和自己天人永隔。

她無奈地嘆了口氣，張開雙眼。

儘管現在毫無睡意，她知道自己必須休息。明天一早她得振作起來，聚精會神。

明天是她一生中最重要的一天：十二月三十日。在其他年分裡，這個日期沒有什麼特別的意義。但無論結果是好是壞，這個十二月三十日將會決定她的未來。

從滿十八歲後嫁給麥可，這十五年來蒂娜．伊凡斯都定居於拉斯維加斯，她的職業生涯也是在那時候建立的。一開始她是一名專業舞者——不是廉價的展場女郎——是貨真價實的表演工作者。她參與的是星塵酒店盛大華麗的舞台表演：巴黎麗都秀。除了拉斯維加斯，世界上沒有任何地方能夠撐起這樣豪華的製作，也只有在拉斯維加斯，這種耗資數百萬的節目能夠年復一年地上演，無論賺錢與否。這樣龐大的金額都花費在精緻華美的場景和服裝、無數的表演者和工作人員上。只要票房和飲食的收入打平預算，酒店業者就心滿意足。畢竟麗都秀再精采，也不過是一種噱頭，其目的是每晚吸引成千上萬的賭客進入酒店。在前往表演廳的路途上，人群必須經過花旗骰和二十一點賭桌，以及一整排閃閃發亮的輪盤遊戲機和吃角子老虎機。這些才是真正賺錢的地方。蒂娜很享受在麗都秀的舞蹈演出，她在那裡待了兩年半，直到發現自己懷了孕。她請了產假，順利生下丹尼。在兒子出生後的數月裡，母子倆形影不離。到丹尼六個月大時，蒂娜才又開始鍛鍊，恢復之前的身材。經過三個月的辛勤苦練，她在拉斯維加斯的另一個秀場製作裡贏得了一席之地。她努力成為優秀的舞者，同時也是一個好母親，這確實是不小的挑戰。她深愛著丹尼，也享受自己的工作；這兩方面她都能夠兼顧。

然而，五年前過二十八歲生日時，蒂娜開始意識到，就算運氣夠好，她的舞者生涯也剩下不到十年。為了避免在三十八歲時因為外貌衰退而失去工作，她決定要改變事業發展的方向。她先成為了一個小喜劇團的編舞師，他們的演出可以算是麗都秀那種百萬製作的廉價版。最後，她連劇團的服裝設計也一手包辦。她從那裡起家，並開始在更大的劇團裡擔任相等的職位，最後進入一間能容納四五百人的四星級酒店小秀場。她陸續執導並監製一齣齣的戲碼，慢慢地在拉斯維加斯緊密的娛樂圈裡建立了受人尊敬的名聲。她相信自己距離事業的高峰已經不遠。

大約在一年前，丹尼剛剛過世不久時，蒂娜得到了一個導演兼共同製作的工作機會。那是一場耗資千萬的奢華娛樂節目，將會在賭城大道上規模最大的金字塔酒店中的兩千席的表演廳上演。起先這看起來像是一個可怕的錯誤：蒂娜都還沒來得及為亡兒哀悼，這樣美妙的機會就送到她眼前。難道命運女神竟然如此膚淺寡情，認為賜給蒂娜一個千載難逢的夢幻工作，就能夠平衡她被奪走至愛的傷痛？懷著苦澀和絕望的心情，她接受了這份工作，儘管內心無比空虛。但也許就是因為這股空虛感，她才需要以忙碌來麻痺自己。

這齣新秀的劇名叫《魔幻！》（*Magyck!*），因為穿插在歌舞曲目之間的綜藝表演都是由魔術師擔綱，而且整個演出也是以超自然奇幻元素為主題，並主打各種炫目的特效。劇名

*Magyck!*奇怪的拼法並不是蒂娜的主意，但幾乎所有的節目內容都是來自她的創意，她對於自己一手打造的成果也非常滿意。不過她也常常累得筋疲力盡；這一年來她每天都工作十二到十四個小時，除了在週末休息之外，沒有任何假日。

然而，儘管蒂娜的全副心神都貫注在《魔幻！》上，她依然難以適應丹尼的離世。一個月之前，她第一次感到自己開始能夠克服喪子的悲傷。當她想到丹尼時，已經不會落淚；去墓園緬懷時，她也不再陷入難以自拔的哀痛。她反芻心中千絲萬縷的情緒，覺得自己已經好多了，甚至感到一絲欣慰。當然她永遠不會忘記丹尼，忘記這個曾經在她人生中占有重要地位的可愛男孩。只是她不會再讓自己困在丹尼逝世所留下的空洞裡。傷口依然隱隱作痛，但至少已經開始痊癒。

這是她一個月前的想法。有一、兩週的時間，她持續有所進展，似乎逐漸能夠接受事實。但是突然之間，她又開始做夢。這些夢遠比丹尼剛剛離世時糾纏著她的腦中影像更糟糕百倍。

也許是對《魔幻！》觀眾反應的擔憂讓她回想起對丹尼的種種思慮。在十七個小時之後，也就是十二月三十日晚上八點整，金字塔酒店將會舉辦僅限受邀貴賓出席的《魔幻！》特別首演，接著在隔天的跨年夜才會正式對大眾演出。如果《魔幻！》如蒂娜期望地大受歡迎，她未來的財務狀況就能高枕無憂，因為依照合約，只要首輪演出進帳超過五百萬，她就可以得到總票房收入的百分之二點五抽成，不計酒精飲料的售出。如果《魔幻！》一炮而紅，像其他在拉斯維加斯的成功戲碼一樣繼續演出個四、五年，那最後蒂娜就能成為百萬富翁。當然，如果演出失敗，觀眾不買帳，她很可能就得滾回那些寒酸的小劇團，一路朝低谷墜落。無論哪種形式的娛樂表演，都是殘酷無情的產業的一環。

從這方面來看，蒂娜一定飽受焦慮所苦。懷疑有人闖入家中的偏執恐懼、那些關於丹尼的擾人夢境，再加上死灰復燃的悲傷，這一切很可能都是來自於她對《魔幻！》的執著。倘若真是如此，那這些徵狀應該在《魔幻！》的演出結果出爐之後消失。她只要在接下來的幾天前去工作，然後以冷靜淡然的態度面對結果。如此一來，她就能繼續療傷止痛。

現在她真的必須補充一點睡眠。明天上午十點她得和兩間旅遊經紀公司的人見面。他們正考慮要預訂八千張《魔幻！》前三個月演出的票券。接著下午一點，所有表演者和劇組人員會集合，進行最後一次著正式服裝的彩排。

她拍了拍枕頭，整理好棉被，拉直身上的睡衣。她試著放鬆身體，閉上眼睛，想像夜晚溫柔的浪潮拍打著銀色的海灘。

砰！

她猛然從床上坐起。

有什麼東西在屋子的另一邊落了下來。那東西鐵定不小，因為即使中間隔著幾道牆，聲音還是足以將她驚醒。

不管那是什麼東西……這都很不尋常。有人將它碰落在地上；如此沉重的東西不會在沒人的房間裡自己掉落。

她側著頭，屏氣凝神地傾聽。另一個較輕柔的聲音跟著響起。聲音並沒有持續很久，蒂娜無法分辨出來源，卻感受到了一股鬼鬼祟祟的氣息。這一次，威脅並非來自想像；確實有人在屋內。

她仔細聽了好一會兒。

夜晚的寂靜彷彿易碎的玻璃，她腦海中出現了那名闖入者的身影。對方也在傾聽自己的動靜。

她翻身下床，穿上拖鞋。她右手握著槍，悄然朝臥室的門口走去。

她考慮報警，但又害怕是烏龍一場。要是警察伴隨著刺耳的警報聲大陣仗趕來，卻什麼也沒發現，那該怎麼辦？在過去這兩週裡，如果她每一次認為有人潛伏在家裡就報警的話，警方早就認為這個女人的腦袋出了問題。蒂娜的自尊心很強，她無法忍受自己歇斯底里地面對幾個臉上掛著嘲弄微笑的大男人主義員警，然後成為他們茶餘飯後的笑料。她必須獨自搜索整間屋子。

她把槍口對著屋頂，將一顆子彈上膛。

她深吸一口氣，解開臥室的門鎖，緩步走進客廳。

第二章

蒂娜搜遍了整間屋子，除了丹尼以前的房間，卻一無所獲。她甚至有些希望在廚房或衣櫃裡找到這個在家裡徘徊的入侵者。現在她別無選擇，只能前去查看那個悲傷彷彿永遠留駐的房間。

在丹尼離世一年多前，他開始睡在屋子另一端的小書房，正好在主臥室的對面。剛滿十歲不久，男孩就要求比原先房間更大的空間和隱私。麥可和蒂娜一起將丹尼的東西搬進小書房，然後將原先擺放在那裡的沙發、扶手椅、咖啡桌和電視移到了他原本的房間。

當時，蒂娜很確定丹尼已經察覺到她和麥可每晚在主臥室裡的爭吵，因為他原先的房間就緊鄰在旁。他之所以想搬到小書房睡，就是因為不想聽見父母的口角。那時候她和麥可還沒有對彼此大吼大叫，他們以平常的語調進行爭執，有時甚至是低聲的耳語。但是單憑這些，丹尼就知道父母之間出了問題。

對於讓兒子察覺夫妻不和，蒂娜感到很愧疚。但她也從未對丹尼解釋一言半語，也沒有給予任何安慰與保證。一方面她不知道該如何啟齒；她怎麼能對兒子說：丹尼，親愛的，別擔心你隔著牆聽見的任何聲音。你爸爸只是遭遇了身分認同上的危機。他最近的行為像是個混球，但是他會好起來的。另一方面，她認為兩人之間的疏離只是暫時的。她愛著自己的丈夫，堅信愛情的純粹力量能夠讓婚姻重新散發往日的光芒。然而六個月之後她和麥可分居，接著不到五個月，他們就正式離婚。

現在，雖然這個闖入者很可能像先前無數個夜晚那樣，只是蒂娜想像力的產物，她依舊焦慮地想完成最後的搜索。她打開了丹尼房間的門，點亮燈，走進房內。

空無一人。

她將槍舉在胸前，走近衣櫃。她猶豫了片刻，然後輕輕打開櫃門。沒有任何人躲在裡面。無論她剛才聽見了什麼聲音，整棟屋子裡就只有她一個人。

衣櫃已經有些發霉。蒂娜凝視著裡面的物事：男孩的小鞋、牛仔褲、寬鬆的長褲、毛衣、一頂藍色的道奇隊棒球帽，最後是只有在特殊場合才會穿的藍色小西裝。她感到一陣想哭的衝動。她很快地關上衣櫃，背靠在櫃門上。

喪禮距今已經超過一年，蒂娜還是沒有處理掉丹尼的遺物。不知道為什麼，將兒子的衣物送給別人，似乎比看著那具小棺木逐漸沒入泥土中更令她感到心碎、感到一切都無可挽回。

蒂娜留下的不僅僅是丹尼的衣服。整間房間都還維持著原來的樣貌。小床鋪得整整齊齊，科幻電影裡的人物玩偶還放在床頭板上。百來本平裝小說依照字母順序排列在五層書櫃上。丹尼的書桌占據了房間的一角。製作模型專用的膠水、多種顏色的亮漆和各式各樣的工具軍容壯盛地擺滿了半個桌面，剩下的空間就是丹尼大展身手的地方。展示櫃裡有九架模型飛機，另外三架則是用細繩從屋頂垂掛下來。牆面上貼著八張海報，三張是棒球明星、五張是恐怖電影中的怪物。丹尼精心地布置了一切，每張海報之間都有相等的間隔距離。

丹尼不像同年齡層的其他男孩子；他特別注重整齊和潔淨。蒂娜尊重兒子的原則，一直到現在還請奈德樂太太每週過來打掃兩次，讓這間無人使用的房間一塵不染，彷彿什麼事都沒有發生過。

蒂娜看著死去兒子那令人感傷的收藏，她再次意識到，把這間房間當成一座紀念館或者聖壇來維護，對自己的精神狀態不會有正面的影響。只要丹尼的房間維持原狀，她就可以繼續沉湎在兒子還活著的希望中，好像他只是暫時去了別的地方，很快就會回來重拾原本的生活。對於自己無法清理丹尼的房間，她突然感到一陣恐懼。這是她第一次感覺到這不但是她內心的軟弱，更有可能是嚴重的精神疾病。她必須讓亡者安息。如果她不想再夢見丹尼，希望克制悲傷，那這間房間就是重新振作的起點。她必須戰勝保留兒子遺物的渴望。

她下定決心要在週四——也就是新年的第一天——清理這間房間。等到那個時候，《魔幻！》的貴賓特演會和開幕首演都已經結束。她可以放鬆心情，放個幾天假。星期四下午，她會整理丹尼的遺物，將所有衣服、玩具和海報裝箱。

心意已定，蒂娜原本緊繃的精神似乎瞬間耗盡了所有能量。她感到一陣虛脫，準備回房睡覺。

正當她朝門口走去時，忽然注意到那座畫架。她停下腳步，轉過身來。丹尼一直都很喜歡畫畫，那座畫架連同一盒鉛筆、畫筆和顏料，都是他九歲生日時得到的禮物。畫架的背面還有一塊黑板，丹尼之前將它擺放在房間的另一端，就在床尾後方倚著牆壁。那是蒂娜上次來到這裡時畫架所在的位置。但現在它卻橫倒著，底座靠在牆邊。畫架本身歪歪斜斜，黑板則是面朝下，橫跨在遊戲桌上。丹尼原本在桌上擺著一套電子海戰棋，隨時都能夠開戰。但畫架在傾倒時將遊戲盒撞落到了地板上。

顯然，這就是她剛才聽見的聲響。但她無法想像是什麼弄倒了畫架。它總不可能自己倒了下來。

蒂娜放下槍，繞過床鋪，扶起畫架，擺放到原來的位置。她彎下腰拾起海戰棋的棋子，放回桌上。

她撿起散落在地上的粉筆和板擦，轉頭面向黑板。就在此時，她注意到黑板的表面上潦草地寫著兩個字：

NOT DEAD（沒有死）

她皺眉看著這道訊息。

她很確定丹尼那天前去參加童軍旅行時，黑板上面沒有寫任何字。她也記得上次進來這間房間時，黑板上也還是空無一物。

她呆立了片刻，才伸手輕觸黑板上的字跡，其中隱含的意義如雷擊般撼動著她。一陣寒意從黑板的表面傳來，直抵她的內心。沒有死。這句話否定了丹尼的死亡，拒絕接受可怕的事實，而且充滿怒氣。這是對現實的挑戰。

難道是蒂娜某次悲痛得不能自已時，在黑暗且絕望的瘋狂驅使下，跑進了丹尼的房間，無意識地在黑板上寫下這兩個字？

蒂娜完全不記得有這回事。如果是她留下了這道訊息，那她一定是在自己不知道的情況下得了暫時性失憶，或者是夢遊症。這兩種可能性都令她難以接受。

天啊，這不可能。

所以這兩個字一定早就在黑板上，一定是丹尼在死前留下的。然而他寫起字來很工整，就像他本人一樣，一點也不像這道訊息潦草的字跡。但無論如何，這只能是丹尼留下的訊息。必然是如此。

但這道訊息很明顯是在說那場令丹尼喪生的校車車禍。這又作何解釋？巧合。丹尼想必當時在寫些什麼別的東西。現在丹尼已死，這兩個字透露的訊息只能是一個令人毛骨悚然的巧合。

蒂娜不願意去想其他的可能性，因為那些都太過可怕。

她抱著自己，感到雙手冰冷，寒氣透過睡衣，令她忍不住發抖。

她顫抖著手擦掉黑板上的字跡，然後拾起槍，離開了丹尼的房間，並掩上身後的房門。

儘管現在睡意全消，她還是得強迫自己睡一會兒。明天是個大日子，從上午開始就有好多事情要處理。

她來到廚房，從洗碗槽旁的櫃子裡拿出那瓶野火雞。這是麥可最愛的波本威士忌。她倒了約兩盎司的酒到水杯裡。她平常並不怎麼喜歡酒精，只會偶爾淺嚐一杯。她的酒量也不足以讓她豪飲烈酒，但此時她卻兩口就吞下這杯威士忌。她無奈地笑笑，反芻著苦澀的心情，想到以前麥可如何讚美這款酒柔順的口感。她猶豫了一會兒，又倒了一盎司的酒。她很快地一飲而盡，宛如在服一劑苦藥的小孩，然後將酒瓶收進櫃子裡。

她躺回床上，依偎著溫暖的棉被。她閉上眼睛，盡力不去想那塊黑板。但它的影像卻不斷浮現在腦海中，揮之不去。她在心中試著抹去黑板上的字跡，但那七個字母組成的訊息卻一次又一次地出現：NOT DEAD。她一次又一次地擦拭，字跡卻頑固地重現。終於，剛才的波本威士忌發揮了作用，蒂娜感到睡意襲來，如願進入了讓她遺忘一切的夢鄉。

第三章

星期二下午，蒂娜坐在金字塔酒店表演廳的中間座位上，看著《魔幻！》的最後一次正式服裝彩排。

整間劇院呈現一個巨大的扇形，在挑高的穹頂下往後擴張開來。高樓層的觀眾席是由較寬和較窄的迴廊組成。在較寬的樓層裡，覆蓋著白色桌布的晚餐餐桌擺放在舞台的右側。每一個較窄的樓層都有一公尺寬的走道，一側是低矮的欄杆，另一側是一整排裝有華麗坐墊的雅座。當然，不管從哪一個座位看，目光的焦點都會集中在巨大的舞台上。這個驚人的尺寸正是專為奢華的拉斯維加斯所設計，幾乎比百老匯最大劇院的舞台要再大上半倍。幾年前在雷諾，有一間酒店曾經在表演廳裡上演過把飛機搬上舞台的噱頭。而現在，即使一架道格拉斯DC-9客機在金字塔酒店的舞台上降落，也占不到一半的面積。表演廳的座位採用了藍色天鵝絨和黑色皮革，頭頂上是水晶吊燈，腳底下則是華美的藍色厚地毯，再加上富戲劇性的燈光效果，讓巨大的表演廳營造出有如夜總會般慵懶舒適的氣氛。

蒂娜就坐在第三層的雅座上，緊張地喝著冰水，聚精會神地看著她一手打造的表演。

服裝彩排的過程沒有出現任何問題。整場《魔幻！》由七段盛大的歌舞表演和五段綜藝節目所組成。參與的人員包括四十二名女舞者、四十二名男舞者、十五名女模特兒、兩名少年歌手、兩名少女歌手（其中一位脾氣暴躁）、四十七名工作人員和技術人員、一支二十人組成的管弦樂團、一隻大象、一隻獅子、兩隻黑豹、六隻黃金獵犬和十二隻白鴿。複雜的後勤作業令人頭昏腦脹，但經過一年的辛勤準備，《魔幻！》完美無誤地完成了最終的正式彩排，流暢地呈現所有的節目。

最後，所有表演者和工作人員聚集在舞台上，為自己鼓掌，並且親吻擁抱彼此。空氣中彷彿充滿了電流和勝利的預感，以及對巨大成功的緊張期待。

喬爾・班迪利是蒂娜的共同製作人，他一直坐在第一層貴賓席雅座觀看彩排。之後每一晚的表演，這裡都會坐滿富商名流和酒店老闆的朋友。彩排一結束，喬爾就從座位上跳了起來。他奔到走道，爬樓梯登上三樓，快步朝蒂娜走去。

「我們做到了！」喬爾一面走近蒂娜，一面大喊。「我們終於完成這個該死的秀！」

蒂娜滑下座位，來到喬爾面前。

「這絕對會大受歡迎，孩子！」喬爾說，給了蒂娜一個大擁抱，也在她臉頰上印了一吻。

她也熱情地回抱。「你這樣覺得嗎？真的會受歡迎？」

「當然！這是一個偉大的製作，屬於我們的偉大製作，可以說是曠世巨作！」

「謝謝你，喬爾。真的，謝謝你。」

「謝我？妳為什麼要謝我？」

「謝謝你給我這個機會證明自己。」

「嘿，我沒幫上什麼忙，孩子。這是妳自己的努力成果。這齣秀賺的每一分錢都是妳應得的。我就知道妳一定可以。我們是一個很棒的團隊，像這樣龐大的製作交到別人手上，只會弄得一團糟。但我們倆攜手，就會讓它大紅大紫。」

喬爾是個古怪的矮小男子，身高不過一百六十公分出頭，結實但不胖，頭上糾結的棕色鬈髮就像是被電過一樣。他有一張小丑般的滑稽大臉，像橡膠一樣可以做出一大堆誇張的表情。他穿著藍色牛仔褲和一件便宜的藍色工作上衣，兩隻手上卻戴著總共價值二十萬元的十二枚戒指。有些是鑽石，有些是祖母綠，還有一枚上面鑲著大顆的紅寶石，另一枚則是有一顆更大的蛋白石。就像平常那樣，他情緒高漲，整個人充滿能量。他抱著蒂娜好一會兒，才終於鬆開手，但依然興奮地靜不下來。他晃著身體手舞足蹈，重心在兩隻腳之間轉來轉去。伴隨著誇張的手勢，他不斷談論著《魔幻！》的精采之處，戒指上的寶石閃閃發光。

喬爾今年四十六歲，是拉斯維加斯最成功的製作人。過去二十年來，他監製了無數大受歡迎的表演秀。劇場入口處那句「喬爾．班迪利為您隆重呈獻」就是一流娛樂的最佳保證。他將賺到的大筆收入投進拉斯維加斯的房地產，投資了兩間酒店、一家汽車代理商和市中心的吃角子老虎機賭場。以喬爾現在的財富，他大可以風光退休，享受符合他高級品味的奢華生活。但是他一點都不想要停下事業的腳步。他熱愛自己的工作。也許連人生的最後一刻，他都想在舞台上度過；一面思索著某個製作上的難題，一面嚥下最後一口氣。

之前喬爾在鎮上幾個小劇場看過蒂娜的作品。當他邀請蒂娜擔任《魔幻！》的共同製作人時，她著實嚇了一跳。一開始她不確定自己是否該接下這個工作。她聽聞過喬爾的完美主義和對工作人員超人般的要求。她也擔心自己沒有能力負責這個千萬預算的製作。如此龐大的經費對她來說不只是往上爬了一小步，而是直接進入了一個原本難以企及的層次。

喬爾讓蒂娜相信她能夠毫無困難地跟上他的腳步、達到他的高標準，並且足以面對任何挑戰。他幫助蒂娜挖掘出自己的潛力，以及發展更多面向的新能力。對蒂娜來說，喬爾不僅是一位值得信賴的同事，還是難得的朋友。

現在，他們似乎攜手打造出了一場絕對會賣座的表演秀。

蒂娜站在這棟美麗的劇院裡，俯瞰著穿著形形色色服裝的表演人員在舞台上來來去去。她接著轉頭看向喬爾那張橡膠臉，聽他興高采烈地讚美兩人的傑作。蒂娜覺得自己已經有好長一段時間沒有這麼開心了。如果今晚貴賓首演的觀眾反應熱烈，那她恐怕得買一對啞鈴綁在腳上，以免高興到浮到空中。

二十分鐘後，蒂娜在三點四十五分時走到酒店門口，腳底下是鋪得平滑的鵝卵石。她將泊車券交給代客停車的侍者。她沐浴在午後陽光裡，等著她那輛本田汽車，臉上的微笑未曾消失過。

她轉頭回望金字塔酒店和賭場。這些由鋼筋水泥推砌起來的建築雖然有些俗氣，但著實令人讚歎。而她的未來都繫於此處。青銅和玻璃構成的旋轉門閃爍著光芒，人群毫不間斷地湧流而過。在酒店門口兩側，淡粉紅色的石牆有幾百英尺高。牆上沒有任何窗戶，而是用炫目的大型石頭錢幣裝飾，從一個石砌的羊角裡傾瀉出無數的金幣。車輛出入的門廊屋頂則排列著數百顆燈泡。現在沒有一顆是點亮的，但是等夜晚降臨後，它們會散發出耀眼的金光，照亮底下圓潤光滑的鵝卵石步道。金字塔酒店的建造斥資超過四億美金，出資者確保所花的每一分錢都完美呈現酒店的富麗堂皇。蒂娜猜想有些人會說這間酒店庸俗、粗糙、醜惡、毫無品味。但她依舊熱愛這個地方，因為她就是在此得到了人生中最重要的機會。

到目前為止，十二月三十日是忙碌、吵鬧且令人興奮的一天。在較為平靜的聖誕週結束之後，一群群的遊客開始從大門湧入。酒店的預定紀錄顯示今年來拉斯維加斯跨年的人數將會破紀錄。金字塔酒店有將近三千房，早已預訂一空，城中其他的酒店也是如此。十一點過後不久，一位來自聖地牙哥的祕書往吃角子老虎機投了五塊錢，然後贏得了四十九萬五千元的累積獎金，這個八卦甚至傳到了表演廳的後台。中午十二點剛過，兩名來自達拉斯的豪客坐上二十一點的賭桌，然後在三小時內就輸掉了二十五萬美金。他們談笑風生地離開，去別的賭桌試手氣。蒂娜的朋友卡蘿．希爾森是賭場裡負責雞尾酒的侍者。幾分鐘前，她和蒂娜說到了這兩位賭運不佳的德州人。卡蘿眼睛發亮，幾乎喘不過氣，因為這這兩人塞給她大把大把的小費，好像他們才是贏錢的一方。光是送雞尾酒，卡蘿就賺進了一千兩百元。

法蘭克．辛納屈今晚也在拉斯維加斯，就在凱薩宮酒店。這也許是他最後一次來訪了。即使已經高齡八十歲，他依然在此造成了空前的轟動。賭城大道上金碧輝煌，就算是那些沒那麼絢麗的小賭場也擠滿了人。所有人都歡欣鼓舞，一切事物都閃閃發光。

而再四個小時之後，《魔幻！》即將首演。

泊車侍者開來了蒂娜的車，她也給了對方小費。

「今晚祝好運，蒂娜。」

「天啊，我也希望如此。」

蒂娜在四點十五分時到家。再過兩個半小時，她就得再次前往酒店。

沐浴、化妝和著裝其實花不了那麼多時間，所以她決定先來整理丹尼的遺物。現在是處理這件麻煩事的最好時機。蒂娜現在心情極佳，她不認為房間的景象會像平常那樣對她的情緒造成任何負面影響。沒有什麼理由要將這件事照原訂計劃拖到星期四。至少她有時間先起個頭，將兒子的衣物裝箱。

當她走進丹尼的房間時，卻看見畫架和黑板又倒了下來。她過去把東西扶正。

黑板上寫著兩個字：

NOT DEAD（沒有死）

一陣寒意流過背脊。

難道是昨晚喝過波本威士忌之後，她又在恍惚中來到這裡，然後……？

不可能。

她並沒有暫時性失憶，她也沒有寫下這兩個字。她沒瘋，她不是那種會因為悲劇而精神崩潰的人，即便是失去愛兒。她很堅強且富有心理韌性，她也對此感到驕傲。

她拾起板擦，奮力地將黑板擦拭乾淨。

有人在對她開一個病態噁心的玩笑。有人趁她不在時摸進家裡，又一次在黑板上寫下那兩個字。不管這人是誰，他顯然是要逼蒂娜不斷重溫這樁她想忘卻的悲劇。

除了蒂娜之外，另一個有正當理由進屋的是負責打掃的薇薇安．奈德樂。按照日程表，她本該是今天下午過來打掃，但是已經提前取消，時間改成了晚上，也就是蒂娜出席首演的時候。

但就算薇薇安按照日程下午來過，她也不可能在黑板寫下這些文字。她是個心地善良的老婦人，個性有些固執，但絕不會做出這種殘忍的惡作劇。

蒂娜苦思了好一會兒，想推敲出究竟是誰如此惡劣。突然之間，一個名字閃過腦海。麥可，她的前夫。這是唯一有可能的嫌犯。因為沒有跡象顯示有人硬闖進屋內，而除了蒂娜和薇薇安之外，就只有麥可有房子的鑰匙。離婚之後，她並沒有換過門鎖。

當年，兒子意外過世讓麥可傷心欲絕。在喪禮之後的幾個月裡，他常常失去理智，惡毒地指控蒂娜該為丹尼的死負責。麥可認為，是她允許丹尼參加那次童軍郊遊，這等於是親手將兒子送上絕路。但丹尼一直渴望去山裡探險，而且領隊賈伯斯基老師每年都帶童軍團前往山區進行野外求生活動，過去十六年來從未有一個小孩受過一點傷。他們其實並沒有走進真正的荒野，只有在距離步道不遠的地方活動。老師們也對任何可能發生的意外做好了萬全的準備。這本該是男孩們永生難忘的愉快經驗，而且安全、可靠。所有人都告訴她不可能會出事。她怎麼樣都沒想到，賈伯斯基老師所帶領的第十七次郊遊會以災難收場。但麥可為此怪罪她。她以為過去這幾個月裡他已經恢復理智，但顯然事實並非如此。

她瞪著黑板，想著原本寫在上面的字，怒氣逐漸在胸中蓄積。麥可這樣做簡直就是個可厭可鄙的幼稚鬼。難道他不明白，蒂娜也同樣難以承受心中的悲痛嗎？他這麼做究竟想證明什麼？

她怒氣沖沖地來到廚房，拿起話筒，撥打了麥可的號碼。五聲鈴響過去，她才想起來現在是麥可的上班時間，於是便掛斷了電話。

黑板上白色的NOT DEAD依然像烙印一般燒灼著她的心。

等今晚首演和派對結束回到家之後，她會再打給麥可。到時候時間肯定會非常晚，但她不在乎是否會吵醒這個男人。

她茫然站在小小的廚房裡，試著凝聚意志力，按照計劃繼續裝箱丹尼的衣物。但此時她心神已亂，無法再次踏進丹尼的房間。至少今天不行，也許好幾天都不行。

該死的麥可。

冰箱裡還有半瓶白酒。她為自己倒了一杯，帶著酒回到主臥室的浴室。

她喝太多了。昨夜的波本威士忌，加上現在的白酒。一直到最近，她也很少以喝酒來舒緩緊繃的神經，現在杯中物卻成了平復心情的首選。等《魔幻！》的首演結束，她最好開始戒酒了，但此刻她亟需酒精的滋潤。

她沐浴了很長一段時間，冰涼的白酒讓身體放鬆，但心中的焦慮依舊翻攪著。她的思緒始終離不開那塊黑板。

NOT DEAD（沒有死）。

第四章

六點半時，蒂娜人已經在表演廳的後台。除了貴賓席觀眾低沉的喧鬧聲透過天鵝絨帷幕傳來，後台沒有其他的聲響。

這場特別首演邀請了八百名貴賓，包括了那些在拉斯維加斯呼風喚雨的大人物和外地來的富豪。超過五百人回應了邀請。

成群結隊的男女侍者身穿白色高領和藍色制服，已經開始為晚餐服務。主菜的選擇有菲力牛排佐法式伯那西醬和龍蝦佐奶油醬；在全美國，大概只有拉斯維加斯的人能夠暫時拋開對膽固醇的恐懼。畢竟二十世紀末是一個對健康飲食有偏執狂的時代，攝取高脂肪食物比嫉妒、懶惰、偷竊和通姦還要罪孽深重，但也更為誘人。

時間來到七點半，此時後台也忙成了一團。技術人員反覆檢查控制舞台升降的機組、電線和水壓幫浦；黑衣人清點並安放好道具；服裝組的女士們忙著縫補那些在演出前夕才臨時發現的破損和脫線；理髮師和燈光人員匆忙地進進出出。男舞者們穿著第一場表演的黑色燕尾服，緊張地列隊站好。他們都有同樣俐落的身材和英俊的臉孔，賞心悅目。

十幾名女舞者和模特兒也在後台上。她們有些人穿著綢緞和蕾絲裙，有些人穿著別著仿鑽的天鵝絨，也有人配戴著羽毛、金幣或毛皮的裝飾，還有幾位袒露胸部的上空女郎。許多人還待在共用更衣室裡，有些則是在大廳或舞台邊，閒聊著彼此的丈夫、男朋友、孩子或帳單，彷彿她們只是在享受休息時間的員工，不是等會兒要以美貌和舞技驚豔全場的表演者。

蒂娜很想要整場表演都待在舞台旁的側廳，但其實她在幕後已經幫不上什麼忙。《魔幻！》現在全都掌握在表演者和技術人員的手上。

開演前二十五分鐘，蒂娜離開舞台，來到人聲喧鬧的表演廳。她朝貴賓席的中央雅座走去。查爾斯．曼威，金字塔酒店的總經理兼主要股東，就在那裡等著她。

她在曼威旁的雅座先停下了腳步。這邊坐著喬爾．班迪利和他的妻子伊娃，以及兩名友人。伊娃今年二十九，比喬爾年輕十七歲。這位前歌舞演員有著一頭金色的秀髮，身材苗條，容貌精緻秀美。她身高一百七十幾公分，也比喬爾高了將近十公分。伊娃溫柔地捏捏蒂娜的手。「別擔心，一定會成功的。」

「大家會愛死這場秀，孩子。」喬爾再次對蒂娜保證。

她來到旁邊半圓形的雅座，查爾斯．曼威帶著溫暖的微笑向她致意。曼威的舉止刻意流露出一種貴族風範，他那頭銀髮和清澈的藍眼也有助於加強這個形象。然而，他粗壯的身形一點都沒有貴族後裔的樣子。而且，他砂礫般粗糙的嗓音和口音，洩漏了他來自布魯克林貧民社區的事實。

蒂娜輕巧地滑進曼威旁邊的座位，一名穿著燕尾服的領班侍者立刻現身，為她倒了一杯唐貝里儂香檳。

查爾斯的夫人海倫．曼威就坐在他左手側。海倫氣質出眾，完全就是可憐的查爾斯努力想達到的理想：完美的禮儀和舉止，優雅且落落大方；在任何場合中都充滿信心，揮灑自如。她外貌姣好。雖然已經五十五歲，但在任何人眼中，她都是一位頂多四十歲的美麗女士。

「蒂娜，親愛的，讓我介紹一位朋友給妳，」海倫說，向雅座中的第四人點頭示意。「這位是艾略特．史崔克爾。艾略特，這位優雅的美人是克莉絲蒂娜．伊凡斯，就是她一手打造了《魔幻！》。」

「我只是其中一位共同製作人，」蒂娜連忙解釋。「喬爾．班迪利負責了更多的製作工作，所以如果演出失敗，那可得算在他頭上。」她開了個玩笑。

史崔克爾笑出聲來。「很高興認識妳，伊凡斯小姐。」

「叫我蒂娜就好，」她說。

「也叫我艾略特就好。」

他大約四十來歲，外貌粗獷但英俊，身材勻稱。他的眼睛顏色很暗，目光深邃但透著一絲機警，散發出智慧和幽默的氣息。

「艾略特是我的律師，」查爾斯．曼威說。

「噢，我以為哈利．辛普森才是——」

「哈利是代表酒店。艾略特負責處理我的私人事務。」

「而且處理得很好，」海倫說。「蒂娜，如果妳需要律師，這位就是全拉斯維加斯最棒的人選。」

史崔克爾對蒂娜說：「像妳這樣的美女，想必已經聽過無數恭維和讚美，就不需要我再錦上添花了。但說到恭維和讚美，在拉斯維加斯沒有人能比得過海倫的技巧和品味。」

「妳看看，」海倫也對蒂娜說，一邊愉悅地拍著手。「他只用一句話就奉承了我們倆，妳就知道他是多厲害的律師。」

「想像一下他在法庭上辯論的樣子，」查爾斯也說。

「肯定是圓滑到不行，」海倫笑著說。

史崔克爾朝蒂娜眨眨眼。「我再圓滑也比不過賢伉儷。」

他們又愉快地閒聊了十五分鐘，完全沒有再提到《魔幻！》。蒂娜發現他們刻意不讓她的心思糾結在表演上，她心中暗自感激這份體貼。

但是再多輕鬆的交談和冰涼的唐貝里儂香檳，也無法轉移蒂娜的注意力。隨著開演時間一分一秒地接近，她可以感受到興奮和緊張的空氣在表演廳內凝聚，賓客們吞吐的香菸在頭頂上形成了雲霧。領班帶著男女侍者忙進忙出，在開演之前完成賓客的酒單。交談聲越來越響，歡愉的情緒也越來越高漲，不時穿插著笑聲。

蒂娜此時的心緒有一部分放在觀眾的反應上，一部分放在曼威夫婦上。但不知道為什麼，她還是感受到了艾略特．史崔克爾對自己的興趣。當然，這位律師並沒有任何明顯的表示，但他的眼神透露出了蒂娜對他的吸引力。在他熱忱、睿智，甚至有些冰冷的外表下，隱藏著一股雄性動物的祕密反應。蒂娜並不是靠著理智的觀察發現這股悸動，而是藉著女性特有的直覺，就好像母馬與種馬初次相見時，能感受到對方身體上騷亂的慾望。

已經至少有一年半甚至兩年的時間，沒有哪一個男人用這樣的眼神看她。但也有可能是這段時間以來，她第一次察覺到自己引起了異性的興趣。每日每夜她都忙著與麥可爭吵、處理分居和離婚、為丹尼哀悼，以及和喬爾．班迪利籌劃表演節目，根本沒有餘暇去思考新戀情的可能。

在注意到艾略特眼中不言而喻的慾望之後，她自己的慾望也蠢動起來，一陣暖流湧過身體。

她心裡暗想：天啊，我一直都在浪擲青春年華！我怎能完全忘記了愛情的滋味？

她已經花了超過一年的時間悲嘆破碎的婚姻和兒子的離世，而現在《魔幻！》也即將上演。之後她會有時間重新成為一個正常的女人。她一定得騰出時間善待自己。

也許騰出時間給艾略特．史崔克爾？她此刻並不確定。沒有必要為了補償失落的愉悅而躁進。她不能一遇到渴求自己的男人就馬上投懷送抱，這不是明智的做法。不過話說回來，艾略特的確英俊，臉孔散發出溫柔的魅力。蒂娜必須承認，這個男人在她心中激起了不尋常的情感。

今晚的發展似乎比她原先預期的更為有趣。

第五章

薇薇安．奈德樂將她那輛一九五五年的納什漫步者停在伊凡斯家門口的圍籬旁。她很小心不去擦碰到車身白色的烤漆。這輛車完美無瑕，狀況維持得甚至比最近剛出廠的新車要好。在這個喜新厭舊的世界，薇薇安反而喜歡呵護並長久使用任何她買下的東西，無論是烤麵包機或汽車。她很享受讓事物持久不壞的成就感。

也許她本人也是個好例子。薇薇安今年已經七十歲，但身體依舊硬朗。這位老婦人身材短小結實，有著一張像波提切利筆下聖母的慈祥臉孔，步伐就像一名陸軍上尉那樣一絲不苟。

薇薇安下了車，提著一個小行李箱尺寸的手提包，來到通往屋子的走道，然後繞過前門和車庫。

街燈昏暗的黃光無法照亮整個草坪。在前門走道旁的房屋側邊，一盞低電壓的造景燈光照映了她的道路。

夾竹桃樹叢在微風中沙沙作響，頭頂上的棕櫚葉輕柔地摩擦著彼此。

薇薇安來到屋子後方。新月從幾片輕淡的雲朵後悄然滑出，宛如出鞘的彎刀。棕櫚葉薄薄的暗影在銀色月光照耀的露台上婆娑起舞。

薇薇安從廚房的門進到屋內。她已經為蒂娜．伊凡斯打掃房子兩年了。她一開始就贏得了蒂娜的信任，蒂娜將家裡的鑰匙打了一份給她。

除了冰箱的嗡嗡聲之外，屋內一片寂靜。

薇薇安從廚房開始工作。她將流理台和各種器具擦拭乾淨，用海綿清理勒佛洛牌百葉窗的每一條木板，然後將墨西哥磁磚鋪成的地板拖乾淨。她堅信辛勤工作的道德價值，並且總是讓雇主認為錢花得值得。

平常她是在白天進行打掃工作，而不是這個時間。但今天下午她在幻象酒店玩兩台幸運老虎機，當時手氣正旺，實在不想半途而廢。有些雇主會堅持她依照原定的日程過去打掃，如果她遲到了幾分鐘就會大發雷霆。但蒂娜極富同理心，不會因為薇薇安偶爾更改打掃時間而不悅。

薇薇安是一位「五分錢夫人」。賭場員工用這個綽號來稱呼那些對「獨臂強盜」老虎機情有獨鍾、所有社交生活都環繞於此的當地老婦人，雖然以五分錢為籌碼的吃角子老虎機早已走入歷史。「五分錢夫人」們總是玩那些賭注較小的機器，例如以前的五分錢和一角以及現在的二十五分錢老虎機，從來不去碰那些以一美元或五美元為賭注的機器。她們常常好幾個小時都在賭場裡拉著把手，一張二十元的鈔票就足夠玩上一整個下午。她們的遊戲哲學很簡單：不管贏還是輸，最重要的是還能繼續玩下去。這樣的態度搭配一些粗淺的金錢管理技巧，她們通常比那些在二十五分機器前毫無斬獲之後就一頭栽進更高賭注機器的玩家要更持久。「五分錢夫人」憑藉著耐心和堅毅，她們贏得的累積獎金比周圍來來去去的遊客還多。儘管現在這些老虎機已經可以用電子感應的代幣卡來玩，這些「五分錢夫人」們依舊堅持親手去拉霸和清點硬幣。她們會戴上黑色手套來玩，坐在高腳凳上雙手輪流去拉桿子，好讓手臂肌肉有機會休息。她們還隨身攜帶痠痛藥膏，以備不時之需。

「五分錢夫人」們大多數是單身人士或寡婦，她們通常會一起用午餐和晚餐。當有人贏得罕見的大滿貫時，其他女士都會為之歡呼。如果有人不幸逝世，她們會一起前去參加追思彌撒。她們形成了一個古怪但堅實的社群，有著很強的歸屬感。在這個崇拜青春活力的國家，許多年老的美國人都渴望找到一片屬於他們的天地。而很多老人不像「五分錢夫人」那樣幸運；他們永遠都找不到。

薇薇安有一個女兒，她和丈夫以及三個小孩居住在沙加緬度。自從她六十五歲生日之後，這五年來女兒女婿都希望她搬去和他們一起住。薇薇安像熱愛生命本身一樣愛著他們，她也知道他們是真心想和她一起生活，並不是出於某種罪惡感或責任感。儘管如此，她還是不想搬去沙加緬度。在之前去過幾次以後，她早已認定那是一個全世界最沉悶無趣的城市。薇薇安喜歡拉斯維加斯的喧囂和刺激，而且在沙加緬度，她就再也不能享受當「五分錢夫人」的樂趣了。她只會變成一個平凡的老女人，和女兒的孩子們度過每一天，扮演好奶奶的角色，數著日子走向棺材。

那樣的生活令她難以忍受。

薇薇安將獨立自主看得比什麼都重要。她祈禱自己能保持健康，持續工作來養活自己，直到最後的時刻到來。

正當她一邊拖著廚房地板最後一塊角落，一邊想著如果沒有了朋友和老虎機，生活將會多麼無趣時，某個聲音從屋子的另一邊傳來，似乎是來自前面的客廳。

她停下動作，側耳傾聽。

冰箱的馬達聲依然嗡嗡作響，時鐘也輕柔地滴答著。

屋內一片寂靜。然後一聲短促的哐啷聲響起，聲音從另一個房間迴蕩到整間屋子。薇薇安嚇了一跳，但一切又恢復寂靜。

她來到水槽旁，從抽屜裡的刀具組挑出一把又長又利的切肉刀。

她一點都不想報警。要是她報了警然後跑到屋外，警察來了之後可能會一無所獲。他們會把她看成一個愚蠢的老婦人。薇薇安・奈德樂拒絕給任何人嘲笑自己的機會。

老伴哈利過世之後的二十一年來，她都一個人獨立生活。她把自己照顧得很好。

她走出廚房，在門廊右邊找到電燈開關。餐廳裡空無一人。

她接著來到客廳，點亮了一盞史提菲爾牌檯燈，但這裡也沒有任何人。

正當她準備朝小書房走去時，她注意到沙發上的牆面似乎有些不對。那裡原本有六張裱框好的八乘十吋相片，現在卻只剩下了四張。但是吸引薇薇安注意的並不是少了兩張相片。還留在牆上的四個相框正前後晃動著。在沒有任何人在旁邊的情況下，其中兩個相框開始劇烈地撞擊牆壁，發出喀喀聲，然後猛然從托架上跌落到米黃色燈芯絨沙發後面的地上，發出一陣哐啷聲。

這聲哐啷正是她剛才在廚房裡聽到的聲音。

「搞什麼鬼？」

剩下的兩個相框也猛然飛離牆面；一個落在沙發上，另一個落在沙發後面。

薇薇安驚訝地眨著眼，無法理解眼前的情況。是地震嗎？但是她並沒有感受到房屋在震動，窗戶也沒有發出任何聲響。要是震動輕微到難以察覺，當然也不可能將相框從牆上震落。

她來到沙發前，拾起落在坐墊上的那張相片。她對這張相片很熟悉，因為她之前不止一次替相片清過灰塵。這些相片的主角都是丹尼．伊凡斯。薇薇安手上的那張是他十歲或十一歲時拍的；男孩有一頭柔順的黑髮和深色的眼眸，臉上掛著可愛的笑容。

薇薇安心裡暗自嘀咕，難道剛才的震動是核子試爆造成的？內華達核子試驗場距離拉斯維加斯北方不到兩百公里，每年都會進行數次地下試爆。每當軍方測試高能量的核武器時，賭城所有酒店的窗戶都會劇烈搖晃，鎮上每間屋子也會一陣震動。

不對，那個時代已經過去了；冷戰早已結束，內華達的沙漠也很久沒有進行任何核子試驗了。更何況剛才屋子一點動靜都沒有，只有相片從牆上跌落。

薇薇安皺著眉頭，滿心疑惑。她放下刀子，將沙發一端從牆邊拉開，撿起掉在後面的相框。除了沙發上那張，這裡還有五張相片。其中兩張造成了吸引她離開廚房的聲響，另外三張則是剛才在她眼前從掛鉤上飛落。她將所有相片回復原位，然後將沙發拉回牆邊。

此時，一陣高頻率的電子噪音猛然爆出，響徹了整間屋子：喔咿……喔咿……喔咿……

薇薇安倒吸一口氣，轉過身來。屋內依舊只有她一個人。

防盜警報。這是第一個閃過她腦海的想法。

但是伊凡斯家並沒有裝設防盜系統。

薇薇安咬緊牙關，尖嘯聲越來越響，伴隨著極具穿透力的震盪。附近的窗戶和咖啡桌上的厚重玻璃蓋開始震動起來。她甚至能感受到牙齒和骨頭都產生了共鳴。

她無法辨識出聲音的來源。它似乎來自於屋內的每一個角落。

「這裡到底是怎麼回事？」

她並沒有想要拿起刀子，因為她很清楚這與入侵者無關；這些異象來自於別的事物、更為詭異的事物。

她越過客廳，來到連接臥室、浴室和小書房的走道上。她猛地關上燈。這裡的聲音比在客廳裡要更為響亮，而且在狹窄走道兩側的牆面上不斷反射、迴響，幾乎要把人逼瘋。

薇薇安看了看走道兩端，然後轉向右邊，朝盡頭那扇緊閉的門走去。那是丹尼生前的房間。

走道上的空氣比屋內任何地方都要寒冷。薇薇安一開始以為溫度的變化只是自己的錯覺。但越接近走道的底端，寒氣就越強。當她終於來到丹尼的房門前時，皮膚上已經起了一片雞皮疙瘩，同時牙齒不斷地打顫。

恐懼與好奇心爭鬥著，她知道這個地方一定出了什麼事。一股不祥的力量似乎壓縮著她周圍的空氣。

喔咿……喔咿……

明智的做法是轉身折返，然後奪門而出，離開這間房子。但此時她似乎無法控制自己；這有一點像是夢遊的感覺。儘管她滿心憂懼，她依然感受到那股她無法理解的力量勢不可當地將她拉向丹尼的房間。

喔咿……喔咿……喔咿……

薇薇安正要伸手去握著門把，卻在碰到它之前停下了動作。她不敢相信眼前所見；她快速地眨眨眼，閉上眼睛，然後重新睜開。門把上包覆著一層凹凸不平的……冰。

她最終還是伸手碰觸了門把。那毫無疑問是冰。她的肌膚差點就凍黏在門把上。她撤回手掌，檢視潮濕的手指。濕氣在門把的金屬上逐漸凝結。

但這怎麼可能呢？為什麼一間暖氣正常運作的房屋裡會結冰？更別說今夜屋外的溫度至少比冰點要高上二十度？

那陣電子尖嘯響得更急了，而且絲毫沒有減弱，還是一樣刺骨鑽心。

夠了，薇薇安在心裡告訴自己。快逃吧。盡快逃出這裡。

但她卻無視內心的警告，她從褲襠拉出上衣的下襬，包住手掌，握住冰凍的金屬門把。

門把轉動，但房門依舊緊閉。強烈的寒氣讓門上的木材收縮變形。她將肩膀靠在門上，輕輕地向前推，然後慢慢加大力道。最後，房門終於向內敞開。

第六章

《魔幻！》是艾略特·史崔克爾在拉斯維加斯見過最精采的秀。

開場歌曲是〈古老的黑魔法〉，而且是激動人心的嶄新詮釋。舞台上安置了由玻璃鏡面組成的階梯和鑲板，打造出驚人的奇幻場景，歌手和舞者穿著華麗的服裝賣力表演。當舞台上的燈光轉暗時，一組旋轉水晶吊燈傾瀉下五彩碎光，在舞台前部的拱門下如跳舞般折射，營造出超自然的氣氛。舞蹈設計複雜炫目，兩位主唱歌手的歌聲嘹亮，如水晶般透澈。

第一首歌結束之後帷幕垂下，緊接著登場的是第一流的魔術表演。不到十分鐘後帷幕再次升起，此時鏡面已經全數離開舞台，整個場景變成了一座溜冰場。第二首歌舞就是由表演者以溜冰的形式完成，搭配逼真的冬季背景，連艾略特都能感受到一絲寒氣，忍不住顫抖起來。

儘管《魔幻！》確實精采絕倫，令人目不暇給，艾略特並未將全副心神放在表演上。他的目光不斷落在克莉絲蒂娜·伊凡斯身上。這個女人就像她一手打造的秀一樣，有著迷人的風采。

她專心地看著表演，完全沒有意識到艾略特的凝視。她皺著眉頭，臉孔上有若隱若現的緊張之情，不過當觀眾爆出驚呼、歡笑或讚歎聲時，微笑立刻取代了憂慮。

她很美。接近黑色的深棕長髮及肩，閃爍著光澤。瀏海掠過前額，在兩側飄蕩；在髮型的襯托下，她的臉孔就像是藝術大師筆下的傑作。她的臉孔骨架十分纖細，輪廓分明，充滿女性的嬌柔魅力。橄欖色的肌膚配上飽滿的豐唇，還有她的眼睛……如果她有和頭髮肌膚相稱的深色眼眸，那會有一股和諧的美感，但她的眼睛卻是清澈的藍色。義大利風格的漂亮臉孔和那雙有濃厚北歐味的藍色眼眸所造成的反差，更加散發出令人無法抗拒的吸引力。

也許其他人會在她的外貌上找到一些缺陷。也許有人會說她的眉毛太濃了，或者鼻梁太挺，看起來太過嚴肅。可能還有人會說她的嘴巴有點大，下巴過於尖銳。但在艾略特眼中，她的臉孔堪稱完美。

但是最令艾略特動心的並不是她的美貌。他感興趣的是什麼樣的心靈能夠創造出像《魔幻！》這樣的作品。目前節目還進行不到四分之一，他已經確信這齣秀會一炮而紅，而且遠遠勝過其他相同類型的表演。一場典型的拉斯維加斯華麗舞台秀很容易就一敗塗地。如果龐大的場景、奢華的服裝和繁複的舞步做得太過火，或者任何一個環節出了差錯，整個表演很可能就會從品味高尚的藝術變成庸俗的鬧劇。如果交給錯誤的人來製作，閃亮的奇幻場景也會淪為粗野愚蠢的無聊雜燴。艾略特希望更了解克莉絲蒂娜·伊凡斯。或者以更直截了當的話來說，他希望擁有她。

除了他三年前過世的妻子南西之外，沒有任何一個女人曾經這樣撩動他的心。艾略特坐在漆黑的劇院裡，臉上泛起微笑。但這份愉悅和台上的滑稽魔術表演無關，而是來自於他體內一股突如其來，蠢蠢欲動的年輕慾望。

第七章

薇薇安．奈德樂使勁推開變形的房門，木頭響起了嘎吱嘎吱的呻吟。

喔咿……喔咿……

一股逼人的寒氣從房內湧出，吹進了走道。

薇薇安伸手進房間，摸索著電燈開關。她打開了燈，然後走進房內。裡面空無一人。牆上海報裡的棒球明星和恐怖電影裡的怪物瞪著薇薇安。三架精緻的飛機模型從天花板垂掛下來。丹尼過世前她就來打掃過這裡，眼前的情景似乎沒有什麼改變。

喔咿……喔咿……喔咿……

惱人的電子噪音是從掛在床後牆上的一對小型立體聲喇叭傳出來的。床頭櫃上還擺著一台CD播放器和一台AM-FM收音機。

現在薇薇安終於知道聲音的來源是什麼，但她依舊不明白這股刺人的寒氣從何而來。房間裡每一扇窗戶都緊閉著，而就算開了窗，夜裡的溫度也沒有低到可以產生這種程度的寒意。

薇薇安朝收音機走去，警報聲戛然而止。突然的寂靜反而帶來了強大的壓迫力。耳鳴慢慢消減，喇叭傳出的剩下輕柔空洞的嘶嘶聲。薇薇安能聽見自己的心跳。

收音機的金屬外殼覆蓋著一層冰，閃爍著光澤。她好奇地伸手觸碰，一小片銀色的冰落在床頭櫃上，卻沒有融化。房間裡依舊寒冷。

窗戶和梳妝鏡都結了霜。薇薇安在鏡中的倒影模糊一片，扭曲且詭異。外頭的夜晚涼爽，但和如嚴冬般的房內有天淵之別。氣溫大概有十度左右，甚至有達十二、十三度。

此時，收音機上的顯示螢幕有了動靜，橘色的數字在頻率欄上不斷攀升，轉過一個又一個電台。片段的音樂、ＤＪ的嘮叨聲、不同新聞主播嚴肅的隻字片語、斷斷續續的廣告歌曲混和成了毫無意義的刺耳噪音。顯示螢幕的數字來到了頻寬的盡頭，然後又倒轉回去。

薇薇安顫抖著關掉收音機。

但就當她的手指離開開關時，收音機又自己打開。

她瞪著眼前的機器，感到既恐懼又疑惑。

顯示螢幕又開始依序轉換頻率，破碎的音樂聲從喇叭中爆出。

她又按了一次電源鍵。

一陣短暫的沉默之後，收音機還是自己啟動。

「這真是瘋了，」她顫聲說。

她第三次關掉收音機，這一次她用手指壓住了電源鍵。有好幾秒的時間，她可以感受到按鍵在手指下蠢蠢欲動，彷彿正試著猛力往上跳。

同時，她頭頂上的三架模型飛機也動了起來。每一架飛機都是用釣魚線綁著，另一端緊緊繫在拴進天花板牆面的螺絲上。三架飛機左右亂晃，毫無章法地飛舞著。

只是風嗎？

但她並沒有感覺到房裡有任何氣流。

模型飛機開始在釣魚線的另一端劇烈地上下跳動。

「上帝保佑，」她嘴裡說。

其中一架飛機先是繞著小圈，然後持續加速，圈子也越來越大，釣魚線和天花板的角度逐漸減少。過了一會兒，另外兩架飛機也不再詭異地跳動，而是和第一架飛機一樣開始迴旋，彷彿真的在飛行一樣。這絕對不可能是正常氣流所造成的現象。

是幽靈？還是傳說中的搗蛋鬼？

但是她並不相信幽靈的存在，世界上根本沒有這樣的東西。她相信無可避免的死亡、相信每一筆繳給國家的稅金、相信不可或缺的吃角子老虎機、相信每人五點九五美金的賭場自助餐。她相信上帝，甚至相信外星人和大腳雪怪，但就是不相信鬼魂。

衣櫃的門此時也開始滑動。薇薇安‧奈德樂有預感某種睜著血紅眼睛、張牙舞爪的可怕怪物即將從那個黑暗的地方冒出。她感受到一股力量在現場，一股想要將她吞噬的力量。櫃門緩緩打開，她忍不住尖叫出聲。

衣櫃裡並沒有任何怪物，只有成堆的衣物。

但櫃門接著憑空關上……然後又自動開啟。

上方的模型飛機繼續繞著圈子。

房間裡的寒氣越來越強。

此時連床也搖動起來，四隻床腳升起了十公分高，重重摔回地上，然後又再次升起，飄浮在地板上。床墊下的彈簧發出歌唱般的聲音，好像有人在用手指撥弄它們。

忽然，一切靜止了下來，床鋪也停止上下晃動。衣櫃的門砰的一聲關上，沒有再自行開啟。模型飛機的動作也變得緩慢，轉的圈子越來越小，直到完全靜止不動。

房間內一片死寂。

沒有任何動靜。

氣溫也開始回暖。

薇薇安的心跳逐漸緩了下來，不再是過去這幾分鐘裡那樣狂亂的節奏。她雙手環抱著自己，輕輕顫抖著。

一個合理的解釋，她心想，總該有一個合理的解釋。

但她實在想不出來是什麼造成這些異象。

隨著房內溫度升高，門把和收音機外殼等金屬材質的東西脫去了表面的薄冰，在家具上留下一灘灘淺水，也在地毯上留下潮濕的水漬。玻璃窗和梳妝鏡上的冰霜也慢慢消失，薇薇安扭曲變形的鏡像也恢復正常。

現在，這只是一個男孩的臥室，就像其他千千萬萬個房間一樣尋常。

當然，唯一的不同是曾睡在這裡的男孩已經在一年多前離世。也許他的鬼魂回到了這裡，縈繞著這個他曾經安歇的地方。

薇薇安必須提醒自己，世界上沒有鬼魂的存在。

無論如何，她認為蒂娜・伊凡斯最好還是盡快清理掉死去男孩的遺物。

薇薇安無法替剛才發生的事找到合理的解釋。但她打定主意不會告訴任何人她今晚目睹的怪異現象。不管她的描述再怎麼生動逼真，也沒有任何人會相信她的話。他們會點頭微笑，同意這確實是一樁可怕的怪事，並在心裡思忖可憐的薇薇安終究是上了年紀，神智不清了。她看到鬼的傳言遲早會傳到在沙加緬度的女兒耳中，這樣一來，她恐怕非得搬去加州和女兒女婿同住不可。薇薇安不想要失去珍貴的獨居生活。

她離開丹尼的臥室，回到廚房喝了兩杯蒂娜最棒的波本威士忌。然後她帶著個性中獨有的堅毅再次踏進男孩的房間，清理掉融冰留下的水漬。接著她照常打掃整間屋子。

她才不會被任何鬼魂嚇跑。

不過呢，她想星期天去一趟教堂會是個好主意。她已經好一陣子沒有去參加禮拜了。也許去教堂聽聽布道對她的身心都有益處。當然不用每週都去，大概一個月去一、兩次彌撒就好。她也好幾年沒有走進告解室了，可能也該向神父懺悔一下。小心謹慎一點總是上策。

第八章

任何從事表演工作的人都知道，那些免費受邀前來觀賞試演的觀眾最難取悅。免費入場不代表他們會以寬容的態度欣賞表演。對於相同的事物，花錢買到的人會比免費得到的人要更珍視它。這個老生常談也適用於舞台表演和觀眾之間的關係。

但今晚例外。這群觀眾整晚都無法冷靜地安坐在椅上。

最後一段表演結束之後，帷幕在九點五十二分時落下。但熱烈的掌聲和歡呼一直持續到蒂娜的手錶指針指向整點。《魔幻！》的表演者、工作人員和樂團一次又一次地鞠躬答禮，沉浸在這次巨大成功的喜悅之中。在心滿意足、熱情喧鬧的貴賓觀眾堅持下，燈光照在喬爾・班迪利和蒂娜的雅座上，讓他們接受一波又一波如雷掌聲的洗禮。

蒂娜體內腎上腺素高漲，她笑得合不攏嘴，幾乎喘不過氣來，不可置信地看著觀眾排山倒海般的熱情反應。海倫・曼威興奮地談論著驚人的特效，艾略特・史崔克爾在不斷讚美之餘，也不忘對製作上一些技術層面提出精闢的見解。當查爾斯・曼威倒了第三杯唐貝里儂香檳時，劇院的燈光亮起，觀眾開始依依不捨地離席。不知道有多少人湧過來向蒂娜道喜，讓她連啜一口香檳的機會都沒有。

十點半時大部分的觀眾都已經離開。剩下的人在階梯上排成一列，魚貫朝劇院兩側的後門移動。雖然今晚沒有安排第二場秀，侍者們還是忙碌地清理餐桌，換上乾淨的桌巾和銀器，為明晚八點的演出做好準備。

直到雅座前方的走道終於不再擠滿前來道賀的賓客，蒂娜站起身，喬爾也向她走來。她給了他一個大擁抱，然後喜極而泣。她驚訝於自己的激動，更用力地抱緊喬爾。「這是我見過最偉大的巨作！」他高聲宣布。

當他們兩人來到後台時，首演慶功派對已經來到最高潮。舞台上的場景和道具已經被移到他處，換上了八張鋪著潔白桌布的摺疊餐桌，上面擺滿了美食：五道熱騰騰的前菜、龍蝦沙拉、蟹肉沙拉、義大利麵、菲力牛排、艾菊醬烤雞胸、烤馬鈴薯，各種蛋糕、派和甜點以及水果、莓類和起司。酒店管理人員、模特兒、舞者、魔術師、舞台工作人員和樂師都圍繞在餐桌旁，品嚐每一道佳餚。金字塔酒店的行政主廚菲利浦・歐瓦利耶也親自坐鎮。大家都知道首演結束後能在派對上享用大餐，所以幾乎所有人都還沒有吃晚飯，大部分的舞者也只用過簡單的午餐。他們對著美食歡呼，在流動吧檯旁聚成一團，舉杯痛飲。派對上的氣氛歡欣愉悅，適才觀眾的熱情掌聲都還在每個人的腦海中迴響。

蒂娜也混入人群，在台上台下穿梭，感謝每一個人對演出成功的貢獻，讚美每一位表演者和工作人員完美的專業表現。她不時在人群中碰見艾略特．史崔克爾。他似乎對《魔幻！》如何達成那些炫目的特效真心感到好奇。每一次蒂娜改變交談的對象時，都會後悔離開艾略特身邊。她一次又一次在人群中遇見他，每一次兩人相處的時間都更長了一些。在他們第四次相遇時，她完全忘了兩人聊了多久。她也終於不再繼續兜圈子。

他們倆站在前台左側的柱子旁，遠離派對的主要人群。他們一起慢慢地享用蛋糕，聊到《魔幻！》、聊到法律工作、聊到查爾斯和海倫．曼威以及拉斯維加斯的房地產。最後，不知道怎麼轉的彎，兩人的話題變成了超級英雄電影。

「為什麼蝙蝠俠一天到晚穿著橡膠做的盔甲，卻不會得到慢性皮疹？」他問。

「我也不知道，但是橡膠蝙蝠裝也是有些優點。」

「什麼優點？」

「像是他可以在下班之後直接跑去潛水，完全不用換衣服。」

「或者他可以一邊開著時速三百公里的蝙蝠車，一邊吃外帶食物。就算灑得衣服一團糟，之後也只要用水管沖一沖就好了。」

「說得沒錯。一整天忙著打擊犯罪之後，他晚上可能會喝個爛醉，然後吐在自己身上。

那也沒差，根本不需要送洗。」

「而且那一身黑適合所有的場合——」

「——不管是去晉見教宗還是參加ＳＭ性派對——」

艾略特臉上泛起微笑。他用完蛋糕，說道：「我猜接下來許多夜晚妳都得待在這裡？」

「其實不用。我並不需要在場。」

「我以為導演都得——」

「導演大部分的工作都已經完成。我每週只來一次，確保表演沒有偏離我的構想。」

「但妳也是共同製作人？」

「怎麼說呢，現在首演已經成功。製作人的工作就只剩下公關和宣傳，也許再加上一些物流的事務，讓之後的演出更順利。這些事情我在辦公室裡就可以處理了。所以我不需要一直待在舞台旁。喬爾曾經告訴我，如果製作人每晚演出都待在後台，其實會造成不良的影響。他說這樣只會讓表演者緊張。技術人員也會盯著你瞧，忽略了手邊的工作。」

「但妳其實很喜歡在後台對吧？」

「的確是很難讓自己置身事外。但喬爾說得很有道理，所以我會盡量調適。」

「但我想在第一週，妳還是每晚都會在這裡吧？」

「不，」蒂娜說。「如果喬爾說得沒錯，我最好是一開始就習慣遠離舞台的做法。我想他一定是對的。」

「那明天晚上呢？」

「噢，我也許會過來幾趟。」

「我猜妳一定會去某個跨年派對？」

「我討厭跨年活動。每個人都喝得醉醺醺的，很無趣。」

「這樣啊……那妳在過來替《魔幻！》探班之餘，有沒有空一起吃晚餐？」

「這是約會的邀請嗎？」

「我喝湯的時候會盡量不發出聲音。」

「你是真的想約我出去？」她說，語音透著愉悅。

「沒錯。我已經很久沒那麼笨拙地對女孩子提出邀約了，這可真有點尷尬。」

「為什麼會這樣？」

「我想是因為妳的關係。」

「我讓你覺得尷尬嗎？」

「妳讓我覺得年輕。而當我年輕的時候，還滿容易尷尬的。」

「你嘴真甜。」

「我是在努力討妳歡心吔。」

「你做得很好，」她說。

他的笑容很溫暖。「我突然覺得沒那麼尷尬了。」

「那你要再試一次嗎？」她說。

「妳明天願意和我共進晚餐嗎？」

「好啊。七點半你覺得怎麼樣？」

「很好。妳想要正式還是隨意些的餐廳？」

「任何可以穿藍色牛仔褲的地方。」

他用手指輕撫拘謹的襯衫領口和燕尾服外套的翻領。「我很高興妳這麼說。」

「我給你我的地址。」她在皮包裡翻找鋼筆。

「我們可以約在這裡，觀賞《魔幻！》的前幾首歌，然後再過去餐廳。」

「為什麼不直接去餐廳呢？」

「妳不想先過來看看嗎？」

「我已經決定要置身事外了。」

「喬爾會以妳為傲。」

「如果我真的能讓他感到驕傲，我會以自己為傲。」

「妳可以做到的。妳是真材實料。」

「說不定明天晚餐吃到一半，我會突然想趕回來這裡，擺擺製作人的架子。」

「我會把車停在餐廳門口，引擎也不會熄火，以備不時之需。」

蒂娜給了他家裡的地址，然後他們不知不覺聊起了爵士樂和班尼・古德曼。接著話題轉到了拉斯維加斯糟糕的電信服務，就像相識已久的老朋友一樣閒聊。艾略特的興趣很廣泛，他不但是滑雪高手，還會駕駛飛機，說了很多關於學習滑雪和飛行的趣事。他讓蒂娜感到很自在，但又激起她的好奇心。他同時有著男性的力量和溫柔，散發出具侵略性的性魅力，卻又帶著暖暖的善意。

表演大受歡迎……大把的著作權利金等著入袋……今晚的成功將嶄新機會的無限可能送到她手中……而現在，還帶來了一位令她興奮無比的新戀愛對象。

蒂娜在心裡細數著今天的無數幸運時刻，同時感到驚訝：短短一年竟然能為她的人生帶來這麼多變化。她從可怕的悲劇和無盡的傷痛中走出，轉過身來迎接一片光明的前景。終於，眼前的人生讓她感到值得繼續活下去。這個當下，她無法想像未來會出現任何差錯。

第九章

黑夜籠罩著伊凡斯家，乾燥如沙漠的微風沙沙作響。

鄰居養的白貓潛行在草坪上，追逐著一張被風吹落的紙片。貓一躍而起，但卻撲了個空。牠一個踉蹌落在地上，似乎嚇著了自己，如一道閃電般溜到了隔壁的庭院。

屋內一片寂靜，除了冰箱偶爾發出的低沉嗡鳴和陣風吹在客廳窗櫺上的沙沙聲。暖氣系統也低聲地運作著，每隔幾分鐘，風箱無言地呢喃，將熱氣送出。

午夜來臨不久前，丹尼的房間又變得寒冷。門把、收音機外殼和其他金屬物品上的濕氣開始凝結。氣溫快速地下降，露珠結凍成冰。窗戶也蒙上了一層霜。

收音機自動打開。

一陣電子尖嘯像斧頭一般割裂了屋裡的寂靜，持續了幾秒鐘之後戛然而止。收音機數位螢幕上的頻率數字快速地變化。音樂的片段和破碎的語音交織成詭異的音響蒙太奇，在寒冷房間的牆面上反射、迴響。

但屋內沒有人能聽到這些聲音。

衣櫃的門打開、關上、打開……

衣櫃裡的襯衫和牛仔褲在衣架上亂晃，有些跌落到地板上。

床鋪劇烈震動。

擺放著九架模型飛機的展示櫃也在搖晃，不斷撞擊著牆壁。飛機一架接一架地從架上掉落，直到所有飛機堆積在地上。

床鋪左邊牆面上那張《異型》系列電影中的怪物海報從中裂開。

收音機不再轉換頻道，停在了一個公開頻率上，發出來自遠方的靜電干擾聲。喇叭發出一聲巨響。那是孩童的聲音，一個男孩。他沒有說話，只有漫長痛苦的尖叫。

尖叫聲持續了幾分鐘，然後逐漸消失，但床鋪依舊上下震動。

衣櫃的門繼續開開合合，力道比先前更為猛烈。

其他東西也移動了起來。在這短短五分鐘裡，整個房間彷彿有了生命一樣。

但一切瞬間停止。

屋內恢復了寂靜。

空氣再次變暖。

玻璃窗上的冰霜融解消逝，窗外的白貓依舊追逐著那葉紙片。

十二月三十一日，星期三

第十章

首演夜派對之後，蒂娜在週三將近凌晨兩點才到家。她筋疲力盡，回到家就直接上了床，沉沉睡去。

無夢侵擾的睡眠持續不到兩個小時，她再次做了關於丹尼的惡夢。她聽見丹尼充滿恐懼地喊著她。她從一道深淵的邊緣向下窺探，發現兒子就在遙遠的底端，臉孔只是個蒼白的小點。他絕望地想逃脫出來，蒂娜也瘋狂地想解救他。但是丹尼卻被鐵鍊鎖住，無法攀爬。而深淵的四壁陡峭且光滑，她根本沒有任何辦法。此時一名全身包裹在黑衣中的男子出現在對面，臉孔籠罩在黑影中。他開始鏟起泥土，往洞裡傾倒。丹尼的喊聲變成了恐怖的尖叫，他正面臨遭受活埋的厄運。蒂娜對黑衣人大喊，但他根本不聽，毫不停歇地將泥土鏟進洞裡，落在丹尼的頭上。蒂娜繞著崖邊行走，決心要阻止這個混蛋。但每當她靠近黑衣人幾步時，對方卻立刻移動同樣的距離。兩人始終隔著深淵維持著面對面的位置。她無法接近黑衣人，也無法到丹尼身邊。而泥土已經越過男孩的膝蓋，來到臀部，最後淹過肩膀。丹尼哭嚎著，現在泥土已經來到他的下巴，但黑衣人依舊不肯收手。她想要宰了那個王八蛋，用他手上的鏟子敲碎他的腦袋。當這個念頭升起時，對方抬起頭望向蒂娜。她終於看到了他的臉孔：腐爛的皮膚依附在毫無血肉的頭骨上，一對如火燃燒的紅眼，蠟黃的牙齒排列成一個獰笑。一群令人噁心的蛆聚集在左邊臉龐和眼窩裡，啃蝕著他。蒂娜對丹尼即將慘遭活埋的驚恐瞬間混雜了對自身安危的憂懼。丹尼的尖叫聲逐漸微弱，但聲調更為急迫，因為泥土已經蓋過他的臉孔，湧入口鼻。她必須下去，必須在丹尼窒息前撥開他臉上的泥土。於是在盲目的恐慌中，她孤注一擲地從崖邊朝可怕的深淵一躍而下，不斷地墜落、墜落——

她劇烈地喘氣，全身顫抖，將自己從睡夢中抽離。

她確信那個黑衣人就在臥室裡，沉默地站在黑暗中冷笑著。她感到心臟怦怦亂跳，連忙去摸索床邊檯燈。突如其來的光亮讓她忍不住眨眼。她定睛一看，房裡並沒有別人。

「天啊，」她虛弱地低語。

她伸手擦著臉，抹去一層薄薄的汗珠，然後用面紙擦乾手。

她做了幾次深呼吸，試著冷靜下來。

但卻無法停止顫抖。

她來到浴室洗臉，鏡中照映出了一個她幾乎不認識的人：一個憔悴、毫無血色、眼窩深陷的可怕女人。

她感到嘴裡又乾又澀，於是便喝了一杯冷水。

她回到床上，遲遲不敢關上燈。但恐懼反而令她惱怒，於是她最後還是咬牙熄燈。黑暗再次降臨，威脅感依舊潛伏。

她不確定自己是否能多睡一些，但總得嘗試。現在還不到五點，她還睡不足三個小時。明天一早她會清理丹尼的房間，然後這些惡夢就會消失。這一點她堅信不移。

她忽然想起丹尼的黑板，和她兩度擦拭掉的那兩個字：NOT DEAD。她也想起來自己忘記打給麥可了。她必須面對他，釐清心中的疑慮。她必須知道他是不是未經告知和允許就闖進屋子、溜進丹尼的房間。

這一定是麥可幹的好事。

她大可以打開燈，現在就打給麥可。他現在一定也在睡覺，但在經過這麼多失眠的夜晚之後，她可一點都不會對吵醒對方感到罪惡。然而，蒂娜現在並沒有心力去對質和爭論。酒精和疲勞鈍化了她的思考。如果真的是麥可摸進家裡，在黑板上留下訊息；如果確實是他一手策劃這個殘酷的惡作劇，那他心中對蒂娜的恨意恐怕超過了她的想像。他說不定已經變成一個窮途末路的病態惡徒。蒂娜需要清晰的思路來面對麥可可能訴諸的言語暴力。她決定在明早恢復精神之後，再打這通電話。

她打了個哈欠，翻過身，再次入睡。這一次她沒有再做夢，而當她在十點醒來時，她感到煥然一新，為昨夜的大成功感到興奮。

她打給麥可，但是對方不在家。除非他在過去半年裡有更改值班的時間，他應該是中午之後才會去上班。她決定過半小時再撥一次電話。

她從門廊拿來早報，閱讀了《評論日誌》上關於《魔幻！》的評論。藝評家認為這齣表演完美無瑕，他的讚美充盈在字裡行間。雖然蒂娜是在自家廚房讀著這篇評論，她也忍不住為這些溢美之詞感到有些難為情。

她吃了一頓只有英式瑪芬和葡萄汁的簡單早餐，然後走向丹尼的房間，準備清理遺物。

在打開房門的一瞬間，她倒抽了一口氣，全身如墮冰窖。

房裡簡直是浩劫餘生。模型飛機已經不在展示櫃裡，而是跌落在地面，有些變得殘破不堪。丹尼的書也從書架上不翼而飛，散落在房間的角落。原本在桌上的膠水、亮漆和其他模型製作工具也全部在地上。一張怪物海報被從中撕裂，只剩下碎片還黏在牆上。人物玩偶也從床頭板上摔落。衣櫃的門敞開著，裡面的衣服現在都堆在外面的地板上。遊戲桌翻倒在地，畫架擱在地毯上，黑板面朝下蓋著。

蒂娜氣得發抖。她慢慢越過房間，小心翼翼地走過滿地的雜物，來到畫架前。她將畫架立起，歸回原位，然後猶豫了片刻，將黑板轉過來面向自己。

NOT DEAD

「該死的！」她怒聲叫道。

薇薇安·奈德樂昨晚有來打掃，但她絕對做不出這種事。如果薇薇安過來時這裡就是這副模樣，她一定會整理乾淨並且留下紙條告訴蒂娜發生了什麼事。顯而易見，入侵者是在奈德樂太太離開之後才進到屋內。

蒂娜怒氣沖沖地搜遍整間屋子，仔細地檢查每一扇門窗，卻沒有發現任何強行闖入的痕跡。

她再次回到廚房，又撥了一次電話給麥可，但依舊無人接聽。她狠狠地將話筒甩在電話機上。

她從抽屜拿出電話簿，快速地瀏覽黃色的紙頁，找到鎖匠的廣告和電話號碼，然後挑了一間廣告最大的公司。

「您好，這裡是安德里根門鎖與保安服務。」

「你們在電話簿上的廣告說可以在一個小時之內派人來家裡換鎖。」

「那是我們的緊急服務，會收取較貴的費用。」

「我不在乎會花多少錢。」

「但是如果您願意登記在我們的正常作業名單，我們最快今天下午四點就能派人過去，最晚不會超過明天早上。收費是緊急服務的六折。」

「昨晚有人闖進我家搞破壞，」蒂娜說。

「這世界到底怎麼了？」安德里根的女職員說。

「他們弄壞了很多東西——」

「我很遺憾。」

「——所以我希望能馬上換鎖。」

「當然。」

「而且我要裝上好的鎖。給我你們最好的貨。」

「請告訴我您的大名和地址，我們會立刻派人過去。」

幾分鐘後蒂娜結束通話，回到丹尼的房間，再次查看損壞的狀況。她看著這一片狼藉，不禁喃喃自語：「你到底想怎麼樣，麥可？」

她懷疑就算麥可就在這裡，可能也無法回答這個問題。他能有什麼樣的理由？什麼樣扭曲的邏輯才能替這種變態的行為辯護？這太瘋狂、太可憎了。

她忍不住顫抖。

第十一章

星期三下午一點五十分，蒂娜抵達巴里酒店，將她的本田汽車交給代客泊車的接待員。

巴里酒店的前身是MGM大飯店，如今在快速重劃的賭城大道上已經是較古老的建築，但依舊是城裡最受歡迎的酒店之一，在今年的最後一天擠得水泄不通。大約有兩、三千人湧進了巴里酒店那間比足球場還大的賭場。上百名形形色色的賭客在此揮擲金錢；年輕貌美的女孩、和藹的老夫人、穿著西部牛仔裝的男子、衣著昂貴但走休閒風的退休人士，也有身穿三件式西裝的紳士。銷售員、醫生、技師、祕書，各行各業的美國人從西部各州來到此處，也包括那些喜歡假借出差名義玩樂的東岸人。除此之外，也有一些以日本人和阿拉伯人為主的外國旅客。他們坐在半橢圓的二十一點賭桌旁，推著桌上的鈔票和籌碼；有時候興奮地收回贏得的錢，然後迫不及待地去拿下一局的牌。每一個人在賭桌上的反應都千篇一律：激動的尖叫、頹喪的嘟囔；有些人後悔地微笑搖頭，也有些人和發牌員調情，半開玩笑地求她發些好牌。當然，也有些人全神貫注，一語不發，嚴肅得好像是在籌劃某項巨額的商業投資。還有數百人聚集在賭客身後，不耐地等著下一個空位。

花旗骰的賭客大多是男性，比二十一點的玩家還要喧鬧。他們尖叫、低吼、歡呼、呻吟；替投骰者打氣、對骰子祈禱。左邊一排又一排的吃角子老虎機延伸到賭場後方，不斷發出動人心魄的哐啷聲。這裡的賭客音量介於紙牌玩家和骰子玩家之間。右手邊越過花旗骰賭桌，再往下走一段距離，你可以看到一座從地板升起的白色大理石高台。那是專為百家樂所設置的區域，那邊的賭客更沉著冷靜，財力也更為雄厚。莊家、巡視員和發牌者都穿著燕尾服。負責雞尾酒的侍者穿著性感的制服，露出領口和修長的美腿。她們在偌大的賭場裡來回穿梭，宛如編織起人群的針線。

中央走道站滿了觀戰者，蒂娜艱苦地擠過人群，然後馬上就找到了麥可。他正在前排中的一張二十一點賭桌擔任發牌員。這裡的最低賭注是一把五塊美金，賭桌上的七張座位都各有主人。麥可臉露微笑，正親切地和玩家交談。有些發牌員不苟言笑，一句話也不多說。但麥可認為如果他和賭客保持友好，一天的時間會過得快些。當然了，這也讓他得到更多的小費。

麥可有著一頭金髮，身材細瘦，眼睛幾乎和蒂娜一樣藍。他長得有點像勞勃．瑞福。靠著這副英俊的外表，女客人總是會給他更豐厚的小費。

蒂娜擠到賭桌間狹窄的縫隙，此時麥可也注意到了她。但是他的反應卻出乎蒂娜的意料。她原以為看見自己之後，麥可臉上的笑容會瞬間消失。但相反地，他笑得更燦爛了，他眼中的愉悅似乎是發自內心。

當麥可看見蒂娜時，他正在洗下一局的牌。他手上的動作絲毫不停，開口說道：「嘿，哈囉。妳看起來棒極了，蒂娜。見到妳真好。」

她完全沒有想到麥可的態度會如此和善。他聲音裡的暖意讓蒂娜不知所措。

「這件毛衣很好看，我很喜歡，」他說。「妳一直都很適合藍色。」

她不安地笑笑，提醒自己此行的目的是來指控他殘忍的騷擾。「麥可，我得跟你談談。」

他看看錶。「五分鐘後我就可以休息一下。」

「我在哪裡等你？」

「不然妳就待在這裡吧。妳可以看看這幾位帥哥美女怎麼從我這兒贏走一大堆錢。」

賭桌上的每一個玩家都發出呻吟，七嘴八舌地抱怨從麥可手中贏錢有多難。

麥可咧著嘴笑，朝蒂娜眨眨眼。

她只能報以僵硬的微笑。

她不耐地等著這漫長的五分鐘。她從來就不喜歡繁忙時刻的賭場。這些瘋狂的遊戲、毫無節制的激情總是會高漲到近乎瘋狂，磨損著她纖細的神經。

室內吵雜的聲音好像凝結成了可見的實體，就像空氣裡潮濕的黃色煙霧。吃角子老虎機發出各種叮叮噹噹的音效，輪盤上旋轉的圓球撞擊著彼此。在後方雞尾酒吧旁的小舞台上，那支五人樂團透過擴音器嘶吼著野蠻的流行樂，蓋過了老虎機的聲響。賭場的廣播系統喊著人名，冰塊在賭客手中的酒杯裡哐啷作響。似乎所有人同時都在高談闊論。

麥可的休息時間到了之後，另一名發牌員接掌了賭桌。他離開二十一點區，來到中央走道上。「妳要跟我說什麼？」

「換個地方吧，」她說。「我連自己的聲音都聽不見。」

「我們到下面的拱廊商店街吧。」

「好。」

他們得穿過整間賭場才能搭乘通往商店街的電梯。麥可走在前方，輕輕地推開假日人群，蒂娜快步跟在後面，在人群再次聚合之前迅速通過。

他們走到一半，在一處空地前停下腳步。只見一名中年男子仰臥在二十一點賭桌前的地板上，顯然失去了意識。他穿著米黃色的西裝外套和深棕色的襯衫，領帶也同樣是米黃色。一張翻倒的高腳椅橫陳在他身旁。價值大約五百美金的綠色籌碼散落在地毯上。兩名身穿制服的保安人員正在實施急救，他們鬆開男人的領帶和衣領，測量他的脈搏。第三名人員正在維持秩序，不讓閒雜人等靠近。

麥可叫道：「是心臟病嗎，皮特？」

「嘿，麥可，」那名站著的保安人員說：「不，我不認為是心臟的問題。大概是『二十一點式昏厥』吧，要不就是『賓果膀胱症』。這傢伙已經在這兒待了整整八個小時。」

穿著米黃色西裝的男子躺在地上，發出呻吟，眼皮跳動著。

麥可搖搖頭，顯然覺得十分有趣。他們繞過空地，再次擠入人群。

他們終於來到賭場盡頭，走進電梯，向下往商店街移動。「什麼是『二十一點式昏厥』？」

「這簡直蠢到了家，」麥可說，心情依然愉悅。「那個傢伙坐下來玩牌，玩到忘記了時間。不過這本來就是賭場的經營策略，所以妳不會在賭場裡看見任何窗戶或時鐘。每次都會有一、兩個傢伙玩到不知現在是何年何月，就像殭屍一樣一直玩下去。同時呢，他又喝個不停。等他終於想要結束時，站起來的動作太快，腦袋一下子缺氧，就砰一聲昏倒在地上。這就叫『二十一點式昏厥』。」

「噢。」

「這我們看多了。」

「那『賓果膀胱症』呢？」

「有時候玩家太專注在遊戲上，有點像是被催眠了一樣。他一杯接一杯地喝酒，但是賭局讓他深陷其中，完全忘了生理需求，然後就『賓果！』：膀胱痙攣發作。如果嚴重的話，他還可能會尿道阻塞，無法排尿。最後只好送醫院，插上導尿管導尿。」

「天啊，真的假的？」

「千真萬確。」

他們走出電梯，來到拱廊商店街。人群湧過紀念品店、藝廊、珠寶店、服飾店和其他量販商店。這裡不像樓上的賭場裡那樣擁擠，遊客也沒那麼情緒高漲。

「我還是沒看到我們可以私下說話的地方，」蒂娜說。

「我們去那間冰淇淋店吧。可以買一、兩支開心果口味的捲筒冰淇淋。妳覺得怎麼樣？妳以前一直都很喜歡開心果。」

「我現在不想吃冰淇淋，麥可。」

先前怒火所激起的氣勢已經蕩然無存，現在她擔心自己連來此與麥可對質的目的都忘記了。麥可似乎在努力取悅她，這實在很不像他，至少不是過去這幾年蒂娜所認識的麥可。他們剛完婚時，麥可幽默隨和，散發出迷人的魅力，但他已經很久沒有對蒂娜展現這一面。

「我不想吃冰淇淋，」她重複自己的話。「我只是想談談。」

「妳不想吃開心果冰淇淋嗎？我自己倒是想來一點。我去買一支甜筒，然後到外面的停車場走走。今天挺暖的。」

「你的休息時間多長？」

「二十分鐘。但是我跟那區的主任很熟，如果我遲點過去也沒關係，他會幫我擋著。」

冰淇淋店在拱廊街遙遠的另一端。一路上麥可繼續用賭客的各種奇怪毛病來逗蒂娜開心。

「還有一種我們稱為『贏錢心臟病』的情況，」麥可說。「很多人從拉斯維加斯回到家鄉之後，都會跟朋友吹噓自己有多麼厲害，假裝贏了一大筆錢。每個人都想裝作自己是贏家。但是當某一次他們真的贏錢，他們可能會驚訝到昏過去。這種情形特別容易發生在吃角子老虎機上，因為一切都是如此突然。賭場裡客人最常心臟病發作的地方就是吃角子老虎機區，尤其是那些一上手就贏錢的傢伙。

「除此之外，還有『拉斯維加斯症候群』。遊客太忙著賭博和看秀，一整天都忘記吃飯。這種事發生在女人身上的機會跟男人一樣。最後在他感到飢餓，想起來自己什麼都沒吃之後，他狼吞虎嚥吃下一大堆食物，結果血液全部從腦部流到胃，人就在餐廳裡昏過去了。這種情況通常不會太危險，除非他昏倒的時候嘴裡還塞滿東西，那就有可能會噎死。「但是我個人最愛的還是『時間扭曲症候群』。很多人都是從一些沉悶無趣的地方來到拉斯維加斯，這裡對他們來說簡直就是成人版的迪士尼樂園，有太多精采的活動、太多東西可以玩可以看。持續不斷的刺激打亂了正常的生活規律；他們可能黎明升起時才上床睡覺，下午才起床，完全忘記究竟過了幾天。等最後退房時，他們才發現原本的三天週末假期變成了五天。他們無法相信，還以為是酒店想要敲詐，在櫃檯大吵大鬧。等到有人拿出日曆和當天的報紙，他們才震驚地明白過來。這就像是進入了時間傳送門，遺失了幾天的時間。是不是很有趣？」

麥可繼續談笑風生，直到買了他的甜筒冰淇淋。他們從酒店側門走到戶外，沿著停車場的邊緣漫步，沐浴在冬日陽光下。「所以妳想跟我談什麼事？」他問。

蒂娜不確定該如何啟齒。她原本打算一上來就態度強硬地指控麥可破壞丹尼的房間。這樣就算他想要隱瞞，情緒也會大受影響，然後不自覺就揭露犯行。但是如果現在就撕破臉，尤其是在麥可態度如此友善的情況下，她只會讓自己看起來像是歇斯底里的瘋子。她手中掌握的剩餘優勢也會消失殆盡。

過了片刻，她才終於開口。「家裡發生了一些奇怪的事情。」

「奇怪的事情？怎麼回事？」

「我覺得有人闖入。」

「妳覺得？」

「嗯……我還滿確定的。」

「什麼時候發生的事？」

蒂娜腦海裡浮現黑板上的那兩個字。「過去這一週裡有三次。」她說。

麥可停下腳步，盯著她瞧。「三次？」

「沒錯。最近的一次是昨晚。」

「警察怎麼說？」

「我還沒報警。」

他皺起眉頭。「為什麼不報警？」

「一方面是因為家裡沒丟任何東西。」

「某人闖進家裡，但是什麼都沒偷？」

如果麥可在裝無辜，那這番演技真是出乎她意料。她認為自己很了解對方，畢竟他們在一起生活了好幾年，一起經歷過幸福和磨難。蒂娜深知麥可撒謊的本領和極限；她總是能夠識破他的謊言。但現在她不認為麥可在說謊。他的眼中有著疑慮，這沒錯，卻不是罪惡感。他看起來似乎真的對家裡發生的事一無所知。也許他確實和這事無關。

如果不是麥可破壞丹尼的房間，如果不是他在黑板上留下字，那又會是誰？

「怎麼會有小偷闖進家裡，什麼都沒拿就離開？」麥可問。

「我猜他們只是想讓我難受，讓我感到驚嚇。」

「誰會想這麼做？」他看起來是真心關切。

蒂娜不知該如何措辭。

「妳從來就不是會樹敵的人，」他說。「妳是個很難讓人討厭的好女孩。」

「你不就做到了嗎？」這是她所能說出最接近控訴的一句話。

麥可驚訝地眨眨眼。「噢，不，不是這樣的，蒂娜。我從來沒有討厭過妳。我只是對妳的轉變感到失望和生氣，還有受傷。我承認我當時對妳的態度很糟，這毫無疑問。但那絕對不是討厭或憎恨。」

她嘆了口氣。

麥可並沒有破壞丹尼的房間。現在她確信事實如此。

「蒂娜？」

「我很抱歉。我不該拿這件事來煩你。我不知道我怎麼會這樣，」她撒謊。「我當時應該馬上去報警。」

他舔著冰淇淋，注視著蒂娜，然後露出微笑。「我了解。妳很難接受事實，不知道該怎麼開口，所以才對我編了這個故事。」

「編故事？」

「沒關係。」

「麥可，這可不是故事。」

「妳不用覺得難為情。」

「我沒有覺得難為情。為什麼我需要難為情？」

「放輕鬆點，沒事的，蒂娜，」他柔聲說。

「真的有人闖進家裡。」

「我了解妳的感受。」他的笑容漸漸帶有一絲得意。

「麥可——」

「我真的了解，蒂娜。」他的聲音很堅定，但是語調裡有居高臨下的優越感。「妳不用找理由來跟我說出妳的需要。親愛的，妳不需要編出一個有人闖入的故事。我理解，而且我都會在妳身邊，真的。別為此感到難為情。妳不用再拐彎抹角，直接說出來吧。」

她一頭霧水。「說什麼？」

「我們的婚姻出了差錯。但至少一開始的時候，我們一起度過了好幾年的幸福時光。如果我們有心的話，可以從頭來過。」

她震驚得幾乎說不出話來。「你是認真的嗎？」

「我這幾天一直在想這件事。剛才當我看見妳走進賭場時，我就知道我是對的。在我看見妳的那一瞬間，我就知道所有事情都會如我所想的發展。」

「你是認真的。」

「當然。」他把蒂娜的錯愕當成了驚喜。「現在妳已經過了當製作人的癮，可以安定下來了。這一切都說得通，蒂娜。」

過了當製作人的癮！她心中怒火升起。

他還是把蒂娜的志業當作一時的鬼迷心竅。這個令人難以忍受的混蛋！她感到五內俱焚，但卻保持沉默。她不確定自己會說出什麼話，只怕一開口就會是憤怒的尖叫。

「人生不只是擁有一個光鮮亮麗的職業，」麥可一臉高尚地說。「家庭生活也很重要。家庭和家人也是生活的一部分，也許是最重要的一部分。」他故作神聖地點著頭，好像在布道的神父。「家人。過去這幾天，就在妳的秀準備上演的時候，我就感覺到，妳終究會明白人生需要一些比製作舞台表演要更能帶來情感慰藉的事物。」

蒂娜的事業心也是造成婚姻失敗的一個原因，但這絕對比不上麥可對此展現出的幼稚態度。他對二十一點發牌員的工作感到滿足；薪水和豐厚的小費也足夠自給。他很安於悠閒地度過每一年。蒂娜並不願意每天在平凡的生活中隨波逐流。當她努力從舞者變成服裝師、編舞師，最後成為小劇場的控場和製作人，她對工作的投入讓麥可感到不滿。她自認從來沒有因此而忽視他和丹尼。她確信丈夫和兒子都沒有理由認為他們在她心中的地位有所減損。丹尼是很棒的孩子，一直都非常體貼。但麥可卻無法理解，或者說他根本不想去理解。麥可對蒂娜渴望追求成功的不滿逐漸混雜了更黑暗的情緒：嫉妒。他嫉妒蒂娜的事業，哪怕是一點微小的成就也會讓他惱怒不堪。她鼓勵過麥可爭取晉升，也許從發牌員變成監視人員，然後成為區主任，慢慢爬上賭場管理的高層職位。但麥可對升職一點興趣也沒有。他變得暴躁任性，最後竟然開始和別的女人約會。對於麥可的反應和作為，蒂娜感到震驚和困惑，最後是深沉的悲傷。唯一能遷就丈夫的方法就是放棄她的事業，但她拒絕這麼做。

不久之後，她就明白麥可根本從未愛過真正的克莉絲蒂娜．伊凡斯。麥可並沒有明說，但他的行為解釋了一切。他喜歡的是那個年輕貌美的舞者、秀場女模，那種大多數男人渴望的漂亮小女人，其存在的意義就是滿足他膨脹的自我。只要蒂娜甘於當個舞者，將生命的一切都奉獻給他，打扮得漂漂亮亮，對他投懷送抱，他就會認同蒂娜。而一旦蒂娜開始追求當一個花瓶以外的人生時，麥可就表現出抗拒的態度。

這個發現傷透了蒂娜的心，於是她決定放手讓他離開。

現在麥可竟然真心認為蒂娜想要回到他身邊！難怪他在賭桌上見到自己的時候，會露出那樣的微笑；難怪他會一直展現出迷人的一面。這個男人自以為是到這種程度，著實讓蒂娜感到驚訝。

他站在蒂娜面前，潔白的襯衫在陽光下閃閃發光。他那自鳴得意、充滿優越感的微笑令蒂娜感受到這個冬日本該有的寒意。

很久以前，她曾經那麼愛他。如今她實在無法想像當初為何要這麼在乎這一切。

「麥可，你大概沒聽說吧，《魔幻！》的首演很成功。我的作品大受歡迎。」

「我當然知道，」他說。「我知道，寶貝。而且我為妳高興，也為我們倆高興。現在妳已經證明了自己，可以好好放鬆一下了。」

「麥可，我打算以製作人的身分繼續工作。我並不打算——」

「噢，我並不希望妳放棄，」他寬宏大量地說。

「是嗎？」

「不，我當然不希望妳放棄。我現在明白，偶爾玩玩藝術創作對妳來說很重要。我了解妳的意思。現在《魔幻！》那麼成功，妳也不用像之前那樣再親自去處理每一件事。」

「麥可——」蒂娜開口，想要告訴麥可她已經準備要負責明年另一齣秀的製作，她不想讓單一個作品決定自己的生涯。她甚至也在幫紐約和百老匯的表演設計服裝，他們正準備重新搬演巴斯比・柏克萊風格的音樂劇，很可能會大受歡迎。

但麥可正沉浸在一個蒂娜並不想參與其中的幻想裡。她才剛叫了麥可的名字，就立刻被打斷。「我們可以做到的，蒂娜。記得我們剛在一起的時候嗎？那時候我們很幸福，現在我們可以重新享有那份幸福。我們還年輕。我們還有時間可以重建一個家庭。也許生個兩男兩女，這是我一直都想要的。」

他停下來去舔冰淇淋，蒂娜這才開口說：「麥可，不是這樣的。」

「嗯，也許妳說得沒錯。也許這年頭生那麼多小孩不是個好主意，畢竟國際局勢不穩，經濟狀況也不太好。但照顧兩個孩子是綽綽有餘，運氣好的話，說不定可以是一男一女。當然啦，也許也得等一年之後。像《魔幻！》這樣的大製作，就算首演成功之後應該也有很多事情要忙。我們會等到它熱潮減退之後再說，到時候妳就不用花太多時間在上面。然後我們就可以——」

「麥可，別再說了！」她厲聲說。

他身子一縮，彷彿挨了一巴掌。

「最近我並沒有覺得不滿足，」蒂娜說。「我也沒有渴望家庭生活。一直到現在，你還是一點都不了解我，跟離婚時沒有什麼兩樣。」

他臉上的錯愕慢慢凝結成了深鎖的眉頭。

蒂娜繼續說：「有人闖進家裡的事不是我編出來的，你以為我會捏造這種事情來滿足你的自尊心，讓你扮演一個保護柔弱女性的大男人？有人真的闖進家裡。我之所以今天過來找你，是因為我那時候以為……算了，那已經不重要了。」

她轉過身，朝酒店的側門走去。幾分鐘之前他們才從那裡過來。

「等等！」麥可喊道。「蒂娜，等等！」

她停下腳步，轉頭瞪著麥可，眼中帶著輕蔑和悲傷。

他快步走向她。「我很抱歉。是我的錯，蒂娜。老天在上，是我搞砸了。我剛剛像個白痴一樣胡言亂語，對不對？我沒有讓妳好好說話。我知道妳想說什麼，我應該讓妳依照妳的節奏來說。我錯了。我只是——我剛才太激動了，蒂娜。如此而已。我應該閉上嘴巴，先讓妳說出內心的想法。我很抱歉，寶貝。」他那討人歡心、男孩般的笑容再次浮現。「別對我發火，好嗎？我們都渴望一樣的東西：家庭生活，幸福的家庭生活。別浪費掉這次機會。」

蒂娜怒視著他。「沒錯，你說得對。我確實想要幸福的家庭生活。這句話沒錯。但其他的一切你都錯得離譜。我想成為製作人並不只是想要『偶爾玩玩』某個副業。玩玩！麥可，那真是愚蠢。哪一個『偶爾玩玩』的人可以得到製作《魔幻！》的機會？真不敢相信你竟然說出這種話。這並不是一時興起的念頭，這是一個需要投入大量體力和精神的工作。這很不容易，而且我樂在其中！老天在上，我會一次又一次繼續做下去。將來我會製作出讓《魔幻！》看起來像業餘節目的偉大作品。也許有一天我會再次為人母，而我也會做一個好母親。一個好製作人和一個好母親；我的天賦和才能不會讓我受限於一個角色。更別說當你的花瓶或者管家婆！」

「先等一下，」麥可說，脾氣也漸漸上來。「妳他媽的先等一下。妳不是——」

蒂娜打斷了他。好幾年來她都滿懷傷痛和苦澀，但她從來沒有發洩出這股黑暗的怒氣。一開始她是不想讓丹尼知道，她不希望兒子和父親對立。丹尼過世之後，她依舊壓抑住情緒，因為她知道麥可是真心為失去兒子感到哀傷。她並不想增加他的痛苦。而此刻她終於吐出了那長久以來侵蝕著內心的怨氣，讓麥可沒有機會說完一句話。

「你認為我會過來求你回去？大錯特錯！我為什麼要你回去？你有給過什麼我在其他地方得不到的東西嗎？你從來就不懂得給予和奉獻，麥可。你只有在知道能得到更多回報的情況下，才願意付出。你就是個坐享其成的人。省省你的甜言蜜語，別再鬼扯你對家庭的愛。讓我提醒你，當初拆散這個家的人可不是我。到處跟別人上床的人是誰，你心知肚明。」

「等等——」

「當時是你看到任何女人就想拐上床，然後誇耀這些廉價的小外遇來傷害我。晚上總是不回家的人是你。週末跑出去和情人度假的人是你。就是這幾個你到處亂搞的週末傷透了我的心，麥可，我的心早就碎了。但這就是你想要的，不是嗎？所以你認為自己一點錯都沒有。但你有沒有想過，每晚都不在家的父親會對丹尼造成什麼影響？如果你真的如此熱愛家庭生活，為什麼不把週末留給你的兒子？」

他滿臉通紅，眼睛裡閃爍著蒂娜十分熟悉的惡意。「所以我不懂得付出？是這樣嗎？是誰給了妳房子住？嗯？是誰得在分居之後搬去狹小的公寓？是誰可以留在我們的房子裡？」

麥可絕望地想轉移爭論的焦點。蒂娜看穿了他的企圖，也不會讓他輕易得逞。

「別說這麼可悲的話，麥可，」她說。「你很清楚房子的頭期款是我出的。你總是把錢花在跑車和高級的衣服上。你也知道，是我付清了每一期的貸款。而我從來沒有要求過贍養費。不過這些都不是重點。我說的是家庭生活，是丹尼。」

「現在妳聽我說——」

「不，現在輪到你聽我說。經過這麼多年，才輪到你仔細聽我要說的話，如果你還懂得如何傾聽的話。如果你當時不想待在我身邊，你大可以帶丹尼出去度週末。你可以帶他去露營，或者去迪士尼樂園玩幾天。你也可以帶他去科羅拉多河釣魚。但是你忙著利用別的女人來傷害我，來證明你像種馬一樣的性能力。你可以和兒子共享假日，丹尼很想念父親。你應該珍惜能和他相處的寶貴時光。但那不是你想要的。到最後我們才知道，丹尼當時已沒有剩下多少時間。」

麥可的臉色像牛奶一樣蒼白。他全身顫抖，眼中充滿陰沉的怒氣。「妳一直都是個該死的賤人。」

蒂娜嘆了口氣，垂下肩膀。她感到筋疲力盡。在說完這些話之後，她心中有著發洩的快感，彷彿有一股邪惡的力量終於從體內排出。

「妳還是那個天殺的婊子，」麥可說。

「我不想跟你吵，麥可。如果這些關於丹尼的話讓你感到受傷，我甚至感到抱歉。但是上帝為證，你得聽清楚事實。我不是有心要傷害你。說來奇怪，其實我也不再厭惡你了。我對你沒有任何感覺。一點都沒有。」

她轉過身，留麥可在陽光下呆立，融化的冰淇淋從甜筒邊緣流到他手上。

她走過商店街，搭乘電梯回到賭場，然後穿過吵鬧的人群，來到門口。代客泊車的侍者開來她的車，她駕車沿著酒店斜斜的車道離開。

她朝金字塔酒店駛去。在那裡她擁有一間辦公室，還有許多工作等待著她。

但是她才剛開過一條街，就不得不停在路邊。滾燙的淚水從臉頰上流下，她幾乎看不清楚前面的道路。她把車停好，嚎啕大哭起來，連她自己都感到驚訝。

一開始她連自己為了什麼而哭都不清楚，只是任由撕心裂肺的悲傷擺布，沒有任何思考的餘暇。

過了片刻，她才知道自己是為丹尼而哭。可憐的乖孩子。他才剛剛要享受大好的人生。這不公平。她為自己而哭，也為麥可而哭。她為所有可能降臨在他們身上的幸福而哭，也為那些再也無法挽回的時光而哭。

幾分鐘之後，她控制住了情緒。她擦乾眼睛，擤擤鼻子。

她不能再這樣消沉下去。她的人生已經有太多憂鬱，簡直就是個無底的深淵。

「正向思考，」她對自己說。「過去也許是一團糟，但是我有很棒的未來。」

她看著照後鏡，想知道眼淚在自己的容顏上造成了什麼損傷。看起來似乎沒有想像中的不堪。她紅著雙眼，但沒有到會被人誤以為是吸血鬼的程度。她打開皮包，拿出化妝用品，盡可能遮掩住淚痕。

她駕著車回到路上，朝金字塔酒店駛去。

她經過一個街區，停在紅燈前，這才想起來她心中的謎團尚未得到解答。她可以肯定破壞丹尼房間的人不是麥可。但究竟是誰？沒有任何其他人手上有房屋的鑰匙。只有技術高超的職業小偷才能不留一點痕跡。但職業小偷又怎麼會空手而回？他總不會只是為了在丹尼的黑板上寫字和破壞東西才闖進家裡吧？

這太詭異了。

當她懷疑是麥可幹的好事時，她只是覺得煩惱和悲傷，並不覺得害怕。但如果是某個陌生人想要利用丹尼的死來折磨她，那絕對是一件可怕的事。這個推測之所以可怕，是因為其中一點道理都沒有。陌生人？一定是這樣沒錯。就只有麥可一個人把丹尼的死怪在蒂娜頭上。她所有的親戚和朋友從來沒有表示她應該為此負責。而黑板上嘲弄的字眼，似乎在暗示這樁意外是蒂娜的錯。這意味著犯人不是任何蒂娜認識的人。為什麼一個陌生人會對丹尼的死懷抱著這樣激烈的情感？

燈號變換，後方的車喇叭聲響起。

蒂娜穿過十字路口，駛上通往金字塔酒店入口的車道。想到有一個懷有惡意的陌生人在旁窺視，她心中那股毛骨悚然的感覺就揮之不去。她檢查了一下照後鏡，看是否有人跟蹤。在她視線所及的範圍內，並沒有任何可疑的人或車輛。

第十二章

金字塔酒店的三樓是屬於管理階層和文書人員的區域。這裡沒有拉斯維加斯的五光十色，但卻是幕後工作的樞紐。這層樓維持著酒店的運作，支撐起一道幻想之牆，讓遊客在賭城的世界裡盡情享樂。

蒂娜擁有一間寬敞的辦公室。室內裝潢是以刷白的松木為主，展現出典雅前衛的當代風格。其中一面牆掛著厚重的窗簾，遮擋來自沙漠的烈日。窗外就正對著賭城大道。

傳奇性的賭城大道在夜晚呈現出令人目眩的景象。各種光芒匯流成一道長河；紅、藍、綠、黃、紫、粉紅和藍綠色，所有人眼可見的光譜顏色爭奇鬥豔。白熾燈、霓虹燈、光纖和雷射輪番閃爍和波動。五百呎長的招牌掛在十層樓高的地方，俯瞰著街道，彷彿在眨眼一樣閃著光芒，和綿延不絕的閃亮玻璃管相互輝映。成千上百的燈泡拼出酒店的名字，或者以光亮描繪出各種圖形。這些由電腦控制的燈光此起彼落，營造出狂歡的氣息和異國風情，象徵著人類縱情消費的無窮精力。

但是在白天，無情的陽光可就沒有對賭城大道這麼友善了。在炙熱的陽光下，這些巨大的華麗建築看起來魅力盡失。雖然賭城大道代表了數十億的商業價值，它在光天化日之下時常顯得庸俗、醜惡。

這條傳奇大道的景色對蒂娜毫無意義，因為她很少會在晚上的時候待在辦公室，牆上的窗簾自然也很少有拉開的時候。今天下午一如既往，窗簾依舊緊閉，辦公室有些陰暗。蒂娜坐在辦公桌前，沐浴在柔和的燈光下。

正當她在檢查《魔幻！》場景中某項木工的帳單時，她的祕書安潔拉走了進來。「我要回去了，還有什麼需要我做嗎？」

蒂娜瞥了一眼手錶。「現在才三點四十五分。」

「我知道。但是我們今天四點下班，因為是跨年夜。」

「也是，」蒂娜說。「我完全忘記要放假了。」

「如果妳需要的話，我可以待久一點。」

「不，不用了，」蒂娜說。「妳跟其他人一起四點下班吧。」

「那妳還需要什麼嗎？」

蒂娜靠回椅背上。「嗯，我確實有事情要拜託妳。有很多以出差名義來玩的遊客和富豪沒有趕上《魔幻！》的貴賓首演。麻煩妳把他們的名字輸進電腦裡，然後幫我做一份已婚客人結婚紀念日的清單。」

「沒問題，」安潔拉說。「妳有什麼主意嗎？」

「接下來這一年，我要對這些已婚的貴賓寄出特別邀請函，請他們來這裡慶祝結婚紀念日。在三天的行程裡所有服務都免費贈送。我想我們可以這樣說：『在《魔幻！》的奇妙世界裡慶祝您的結婚紀念日，這將會是您永生難忘的一夜。』類似這樣的廣告詞。弄得浪漫一些，在表演的時候送上香檳。這會是很棒的行銷，妳不覺得嗎？」她舉起手，彷彿在比劃出接下來這句話：「金字塔隆重鉅獻：專屬於愛人的《魔幻！》之夜！」

「酒店老闆應該會喜歡這個點子，」安潔拉說。「這樣我們也能得到媒體正面的關注。」

「賭場老闆們應該也會很滿意，這樣一來，今年許多有錢的老客戶會多來一趟。他們不會取消原本計劃好的拉斯維加斯之旅，而是會為了結婚紀念日再來一次。這一招也同時可以替我的秀添加更多話題。」

「這確實是個好主意，」安潔拉說。「我會馬上弄好名單。」

蒂娜回去繼續檢查木工的帳單。安潔拉在四點零五分時進來，交給她一疊三十頁的資料。

「謝謝妳，」蒂娜說。

「這沒什麼。」

「妳在發抖嗎？」

「對啊，」安潔拉說，雙手環抱著自己。「大概是空調的問題吧。最後這幾分鐘我的辦公室變得特別冷。」

「我這裡還滿暖的。」

「可能只是我那邊的問題。或者我說不定感冒了。希望不是這樣，我今晚都安排好了。」

「參加派對嗎？」

「嗯，蘭科圓環那邊有一場大型活動。」

「富豪街那邊嗎？」

「我男友的老闆就住在那邊。差不多是這樣……新年快樂，蒂娜。」

「新年快樂。」

「星期一見嘍。」

「噢？噢對，沒錯，這是四天連假。小心別宿醉了呀。」

安潔拉嘻嘻一笑。「我至少會好好放縱一天。」

蒂娜檢查完木工帳單，核定了要撥出的款項。

現在她一個人待在酒店三樓，沐浴在琥珀色的桌燈下，周圍籠罩著陰影。她打著哈欠，打算再工作一個小時，五點準時回家。她需要兩個小時來準備和艾略特．史崔克爾的約會。她一想到艾略特，臉上就忍不住露出微笑。她拿起安潔拉做好的名單，急著想完成最後的工作。

對於這些時常光顧的賓客，酒店掌握了驚人的資料。如果她想知道這些人的年收入，只要敲敲鍵盤，電腦就會秀出所有數字。她還能知道每個男士最喜歡的烈酒品牌、每一位夫人偏好的花朵和香水、他們擁有的車款、他們孩子的名字和年齡、他們可能有的任何疾病或醫療狀況、最喜歡的顏色和食物、音樂品味，甚至政治傾向。不管是重要的訊息或者瑣碎的小事，資料庫上全都有記載。這是金字塔酒店極力想取悅的客群，所以知道越多資訊，他們就越能了解該如何服務這些貴賓。雖說酒店搜集這些資料是為了提供更完善的服務（至少在大多數的情況下是如此），蒂娜認為如果賓客知道酒店連他們的體脂肪多少都瞭若指掌，恐怕不會太高興。

她快速地瀏覽過那些沒能趕上《魔幻！》首演的貴賓名單。她用紅筆將那些後面註記著結婚紀念日的名字圈起來，在腦中估算這次宣傳促銷的規模。當她數到第二十二個名字時，發現電腦居然在名單裡插入了一道令人難以置信的訊息。

她感到胸口一緊，幾乎無法呼吸。

她盯著電腦印出的文字，恐懼在心中升起。那是一種黑暗、冰冷、黏膩的恐懼。

在兩位富豪的名字之間，有五行和她所需資料完全無關的文字：

NOT DEAD

NOT DEAD

NOT DEAD

NOT DEAD

NOT DEAD

她雙手不由自主地顫抖，紙張發出窸窣聲。

先是在家裡、在丹尼的房間裡。現在又出現在辦公室裡。到底是誰在這樣作弄她？

安潔拉？

不，這太荒謬了。

安潔拉是個善良的女孩。她不可能做得出這種邪惡的事。她沒注意到文件上的異狀，因為她沒有時間檢查過一遍。

除此之外，安潔拉也不可能闖進家裡。老天在上，她可不是什麼神偷怪盜。

蒂娜翻著文件，想看是不是有更多的惡作劇文字。結果在二十六個名字之後，她又發現了這幾行字：

丹尼還活著

丹尼還活著

救救

救救

救救我

她感到心臟怦怦亂跳，但在她體內流動的彷彿不是血液，而是刺骨的寒氣。

突然之間，她意識到自己現在完全是孤身一人。整層三樓裡很可能只有她還沒離開。

她想起了惡夢中的那個人，那個一身漆黑，臉上爬滿蛆的男人。辦公室角落的陰影似乎變得更黑暗、深沉。

她目光又掃過接下來的四十個名字。當她看見電腦印出的另一段文字時，身子猛然一縮。

我好害怕

我好害怕

帶我離開

帶我離開這裡

求求妳……求求妳

救救救救救救我

這是最後一段異常訊息，後面的資料一切如常。

蒂娜扔下文件，奔進外頭的辦公區。

安潔拉已經關上了燈。蒂娜伸手打開燈光。

她來到安潔拉的桌前，在她的椅上坐下，然後打開電腦。螢幕籠罩著淡藍色的光芒。

在辦公桌中間那個鎖上的抽屜裡有一本密碼冊，讓使用者能夠取得那些儲存在中央硬碟的敏感資料。蒂娜翻著冊子，找到了存取酒店最重要顧客名單的密碼：1001012。這個密碼的代號是「Comps」，意思是「慷慨的客人」。這其實是對賭桌上的大輸家的委婉說法。因為這些客人在賭場收入上貢獻良多，酒店從來不對他們收取客房服務和餐廳的費用。

蒂娜輸入自己的員工代碼：EO133315555。酒店檔案庫裡的許多資料都是高度機密，尤其是那些重要賓客的名單，對競爭者來說有著極高的價值，所以只有通過認證的使用者才能進入，而且電腦會留下任何存取紀錄。電腦運作了一會兒，要求蒂娜輸入她的名字。她照做之後，電腦核對了她的員工代碼，然後顯示：

准許進入

她接著輸入存取貴賓名單的密碼，電腦立刻有了反應：

處理中，請稍候

指尖冒出了汗，她伸手在長褲上擦拭，然後快速地輸入她的要求，命令電腦調出剛才安潔拉存取的資料。螢幕上開始出現沒有出席《魔幻！》首演的賓客姓名和其中已婚者的結婚紀念日，一路向上捲動。一旁的雷射印表機也開始列印出同樣的文件。

印表機每印出一張紙，蒂娜就急忙拿起來檢視。二十個名字、四十個名字、六十個名字、七十個名字……機器印出一列又一列的資料，但卻沒有出現剛才那些和丹尼有關的文字。蒂娜等到印表機印出大約一百個名字之後，她確定系統只有設定在第一次列印時插入丹尼的訊息，也就是今天下午她的辦公室第一次要求存取這筆資料的時候。

她取消了存取的動作，關閉檔案。印表機也停了下來。

幾個小時之前，她才剛推論出這個不斷騷擾她的傢伙是個陌生人。但是怎麼會有陌生人能夠如此輕易地潛進家裡和駭進酒店的電腦系統？會不會這個人其實是她一直都認識的人？

但是究竟是誰？

又是為了什麼？

有哪一個陌生人會如此恨她？

恐懼，就像昂首的毒蛇，纏繞著她的內心。她不禁全身發抖。

她接著發現，令她顫抖的不只是心中的恐懼，還有寒冷的空氣。

她想起先前安潔拉對辦公室變冷提出抱怨。那時候她完全不以為意。

但是剛才她進來用電腦時，這裡還很溫暖，現在卻寒氣逼人。氣溫怎麼可能在這麼短的時間裡有如此劇烈的變化？她側耳傾聽空調的聲音，但牆上的風口沒有任何聲音。無論如何，室內變得比剛才要寒冷許多。

突然之間，一陣高昂尖銳的電子劈啪聲響起，蒂娜吃了一驚，看著電腦在無人要求下開始輸出額外的資料。她瞥了一眼印表機，然後直盯著螢幕上閃爍不定的文字：

我沒有死我沒有死
我沒有死我沒有死
我沒有被埋在地下
我沒有死
帶我離開這裡
帶我離開離開離開

這幾行訊息閃動了一下，從螢幕上消失。印表機也安靜了下來。

在這幾秒之間，室內又變得更為寒冷。

難道這一切只是她的幻覺？

她腦中有一個瘋狂的想法，覺得屋內還有別人：那個一身黑的男人。雖然她知道黑衣人只是惡夢的產物，不可能就這樣出現在這裡，但這個念頭卻緊緊攫住她的內心，揮之不去。那個有著一雙燃燒著的邪眼、一口猙獰黃牙的黑衣人似乎正站在她身後，準備對她伸出冰冷潮濕的魔爪。她猛然轉過身，但室內沒有別人。

當然了，那傢伙只是惡夢中的怪物。這念頭實在太過愚蠢。她實在不想再去看電腦螢幕，但她終究轉回了頭。她必須這麼做。

那幾行如烙印般的文字再度出現。

然後又消失無蹤。

恐懼讓她全身癱軟。她將雙手放在鍵盤上，決定要弄清楚這些與丹尼有關的文字究竟是事先設定好從印表機印出，還是在幾秒前才由某人透過酒店複雜的網路作業系統從另一間辦公室裡傳送過來。

她有一種近乎通靈的奇特感覺，彷彿這些邪惡玩笑的幕後黑手就在酒店裡，也許就和她一樣位於三樓。她想像自己離開這裡，走過長廊，打開每一扇門，窺探一間又一間無人的辦公室。最後，她發現一個男人坐在大樓的另一端。那人會一臉錯愕地轉頭望著蒂娜，而她會終於看清楚他的真面目。

然後呢？

這個男人是否會傷害她？或者試圖殺了她？

蒂娜之前從未有過這個想法：也許這人的最終目的不僅僅是要嚇唬或折磨她。

她猶豫了片刻，手指搭上鍵盤，不確定接下來該怎麼做。她可能無法找到她需要的解答。無論是誰在另一個辦公室作怪，她也只會對那人洩漏出自己的行蹤。不過她隨即明白，要是真的有人窺伺在旁，那他八成早就知道蒂娜現在是孤身一人待在辦公室裡。繼續追查資料的來源也不會讓她的處境更加危險。但正當她要輸入新的指令時，卻發現鍵盤似乎被凍住了，按鍵紋絲不動。

印表機發出嗡嗡聲。

室內現在變得像北極一樣冷冽。

電腦螢幕開始向上捲動：

我好冷，好痛

媽？妳聽得到我嗎？

我好冷
我好痛
帶我離開這裡
求求妳求求妳求求妳
我沒有死沒有死

螢幕上的文字閃爍著光芒，然後一片空白。

她再度試著輸入指令，但鍵盤依舊不聽使喚。

她還是感覺到這裡還有別人。隨著溫度下降，那種看不見的威脅感變得更為強烈。

如果不是透過空調，那人是如何讓辦公室變冷的？不管他是誰，他也許能夠從建築物的另一邊操控這裡的電腦。蒂娜可以接受這樣的解釋。但他怎麼可能在這麼短的時間內將室內變得如此寒冷？

此時，電腦螢幕又開始充滿了才剛剛消失的七行訊息。蒂娜受夠了。她關掉電腦，藍光在螢幕上逐漸黯淡。

正當她想起身時，電腦終端機又自動開啟。

我好冷，好痛
帶我離開這裡
求求妳求求妳求求妳

「帶你離開哪裡？」她忍不住問。「墳墓嗎？」

帶我離開離開離開

她得控制住自己。剛才她竟然對著一台電腦說話，以為自己是真的在和丹尼交談。該死的，這些訊息不是來自丹尼，丹尼已經死了！

她再次關掉電腦。

但它也再次自動開啟。

熱淚湧上眼眶，模糊了她的視線，她拚命忍耐住落淚的衝動。她想自己一定是瘋了；這該死的玩意兒怎麼可能會自己打開？

她快步繞過辦公桌，縮著身子擠過牆邊，朝電源插座走去。印表機嗡嗡作響，繼續印出那令人厭惡的文字。

帶我離開這裡

帶我離開

離開

離開

蒂娜站在牆邊，俯瞰著電腦接收電力和資料的來源。她抓住一條粗重的電源線和另一條普通的絕緣線。在她手中這兩條線彷彿有了生命，像一對毒蛇般抗拒著她。她猛力扯著，拔掉了它們的接頭。

螢幕暗了下來，不再有任何變化。

幾乎是在同一時刻，室內的溫度快速上升。

「感謝上帝，」她聲音發顫。

她繞著安潔拉的桌子離開牆邊，感到雙腿發軟，只想癱在椅上。

通往大廳的門突然打開，她大聲尖叫。

是那個黑衣人？

艾略特．史崔克爾站在門邊，蒂娜的尖叫聲嚇了他一跳。在看見艾略特的那一瞬間，她感到如釋重負。

「蒂娜？發生了什麼事？妳還好嗎？」

蒂娜向艾略特踏出一步，但隨即想到他說不定是來自三樓另一間辦公室的電腦前。艾略特有可能就是那個不斷騷擾她的人嗎？

「蒂娜？天啊，妳蒼白得像鬼一樣！」

他朝她走來。

「站住！等一下！」她喊道。

他一臉困惑地停下腳步。

蒂娜顫聲問：「你在這裡做什麼？」

艾略特眨著眼。「我來酒店辦公事。我想說妳會不會還在位子上，就過來瞧瞧。只是想打個招呼。」

「是你在電腦上搞鬼嗎？」

「妳說什麼？」他問，顯然被這個問題搞得一頭霧水。

「你來三樓做什麼？」她質問。「你怎麼會來這裡辦事？其他人全都下班回家了。這裡只有我一個人。」

艾略特依然滿臉不解，但聲音裡透著不耐。「我不是來三樓辦事。我跟查爾斯．曼威在樓下的餐廳有約，邊喝咖啡邊談公事。幾分鐘前會面結束，我才上來看看妳是不是還在這裡。妳到底怎麼了？」

蒂娜不答，只是用力地盯著他。

「蒂娜？發生了什麼事？」

蒂娜在艾略特臉上搜尋任何撒謊的跡象，但他的疑惑看起來是發自內心。而且如果他想說謊，就不會提到和查爾斯．曼威喝咖啡。因為這事很容易證實，也很容易拆穿。如果他需要說謊，他會編出更無懈可擊的故事。這足以證明他說的是實話。

蒂娜開口：「很抱歉。我只是……我……我在這裡遇到了……一些奇怪的……」

他走近她。「怎麼回事？」

當艾略特靠近時，他張開雙臂，彷彿給予蒂娜擁抱和安慰是再自然不過的事，彷彿他之前早已將她攬入懷中無數次。蒂娜依偎著這個剛剛相識的男人，一股奇妙的熟悉感如暖流般湧過全身。她知道自己再也不是孤身一人。

第十三章

蒂娜在辦公室一角設置了一個備齊各種酒類的小吧檯，讓同事在忙了一整天之後，偶爾可以放鬆一下。這是第一次她自己需要來這裡喝一杯。

在她的要求下，艾略特倒了兩小杯人頭馬白蘭地，將其中一杯遞給她。她的手依然在顫抖，無法自己倒酒。

他們坐在米黃色的沙發上，籠罩在昏暗燈光造成的陰影中。蒂娜得用兩隻手握住她的白蘭地，才能勉強保持寧定。

「我真不知道該怎麼說。我想得從丹尼開始吧。你知道丹尼嗎？」

「妳的兒子？」

「沒錯。」

「海倫．曼威跟我說過，他在一年多前不幸去世。」

「她有告訴你發生什麼事嗎？」

「是賈伯斯基的童軍露營團吧。報紙頭版有登。」

比爾．賈伯斯基是一位野外求生專家兼童軍團老師。過去這十六年裡的每個冬天，他都會帶一群童子軍前往內華達州北部，穿過雷諾，在雪樂山裡進行為期一週的野外求生探險。

「這是一個培養孩子人格特質的好機會，」蒂娜說。「男孩們每年都搶破頭才能被選中參加這個活動。照理說應該會非常安全，因為比爾．賈伯斯基是全國數一數二的冬季野外求生專家。這裡的人都是這樣對我說。另一名成人領隊湯姆．林肯據說就和比爾一樣厲害。大家都這麼說。」她的聲音變得細微，透著苦澀。「我相信他們，相信這個活動很安全。」

「妳不能因此而責怪自己。他們每年都帶孩子們進山，從來沒有人受過一點擦傷。」

蒂娜吞下一口白蘭地，感受到酒精在喉頭灼燒。但這股熱流也無法驅趕她心中的寒意。

去年那次探險總共有十五個男孩參加。他們每一個都是優秀的童軍成員，年齡介於十二到十八歲之間。但所有人都隨著賈伯斯基和湯姆．林肯一起葬身在墜落的校車裡。

「當局有弄清楚到底為什麼會發生這樣的意外嗎？」艾略特問。

「他們一直都沒查出原因，只知道事情發生的經過。童軍團乘坐一輛四輪驅動的小校車進山。那輛車是特別為冬天的鄉間道路設計的。加大的輪胎以鐵鍊纏繞，車頭甚至還裝了一具雪犁。他們沒有打算要進入真正的荒野，只會在外圍活動。不管準備有多周全、有多少訓練和補給，不管隨行有多少大哥哥照顧他們，沒有任何腦袋清楚的人會帶著一群十幾歲的小孩跑到雪樂山的深處。

「如果情況允許，賈伯斯基原本計劃駕著校車從高速公路轉進一條伐木用的小道。孩子們可以穿著雪靴背著背包享受三天的登山體驗。他們會以校車為中心四處活動，在週末時回到校車旁。

「他們帶著最好的保暖衣物和最高級的睡袋、冬季帳篷，一大堆的木炭和其他取暖的物資、充足的食物，領頭的是兩位野外求生專家。『絕對安全』，每個人都這麼說。絕對安全，所以到底出了什麼差錯？」

說到這裡，蒂娜再也無法安坐。她站起身來，在辦公室裡踱步，又吞下一口白蘭地。

艾略特一語不發。他似乎明白蒂娜必須一口氣說完這整件事，將這段記憶再次從心中挖出。

「一定是發生了什麼可怕的錯誤，」她說。「不知道為什麼，他們在離開高速公路之後，又足足多跑了六、七公里，開上一條陡峭的廢棄伐木山道，周圍雲霧繚繞。那條破敗的山路深鎖在凜冽的寒風和大雪中，根本沒有人會想踏進那個鬼地方。

「校車衝出了山道，崖邊沒有任何護欄，也沒有寬廣的路肩和緩坡。校車打滑之後從將近八十公尺的高度摔到谷底的岩石上。油箱爆炸，車子像鐵罐一樣又翻滾了將近三十公尺，跌進了樹林中。」

「孩子們……所有的孩子……都死了。」蒂娜聽見自己聲音裡的苦澀，絕望地明白這道傷口絲毫沒有痊癒。「為什麼？為什麼比爾．賈伯斯基會做出這麼愚蠢的事？」

艾略特靜靜坐在沙發上。他輕輕搖頭，凝視著手中的白蘭地。

蒂娜並不期待他回答。她也不是真的在問艾略特這些問題。也許只有上帝才能解開她心中悲傷的謎團。

「為什麼？賈伯斯基是最優秀的，沒人比得上他。十六年來他都帶著孩子們安全地進入雪樂山，這是許多野外求生專家根本做不到的事。比爾．賈伯斯基很聰明、堅強，而且他嚴肅看待這項活動可能帶來的危險，不像那種有勇無謀的登山客。為什麼他會這麼蠢、這麼粗心大意，在風雪中將車開到深山裡去？」

艾略特抬頭看她，目光裡蘊含著善意和深刻的同情。「妳可能永遠也無法知道答案。我能理解那種無法知道事情原因的痛苦。」

「很難受，」她說。「真的很難受。」

她回到沙發上。

艾略特從她手中拿過空酒杯。她不記得自己已經喝完了那杯酒。艾略特朝吧檯走去。

「我不用了，」她說。「我不想喝醉。」

「別瞎說，」他說。「像妳這樣一口氣發洩掉緊張的情緒，兩小杯白蘭地根本不會有什麼影響。」

艾略特帶著更多人頭馬白蘭地回到沙發。這一次蒂娜能夠單手拿住酒杯，不再顫抖。

「謝謝你，艾略特。」

「但妳可別叫我調酒，」他說。「我大概是全世界最爛的酒保。把酒倒到冰塊上我沒有問題，但是連最簡單的伏特加混柳橙汁我都會搞砸。」

「我說謝謝並不是因為你幫我倒酒，是因為你願意好好聽我說話。」

「大部分的律師都太多嘴。」

他們沉默地坐了一會兒，啜飲著白蘭地。

蒂娜的情緒還是有點緊繃，但心中不再感到寒冷。

艾略特開口：「像這樣失去一個孩子……確實令人心碎。但是剛才我進來時，妳並不是因為想起兒子而心情激動吧？」

「某方面來說是。」

「但還另有別情？」

於是蒂娜將最近所遇到的怪事都告訴了艾略特：黑板上的訊息、丹尼房間的破壞，以及出現在名單和電腦螢幕上那些可憎的嘲弄文字。

艾略特查看了印出的文件，接著他們一起檢查安潔拉的電腦。他們插上電源，試著讓電腦重現剛才的情況，但很不幸地，電腦的表現一切正常。

「別人是有可能透過程式弄出那些關於丹尼的文字，」艾略特說。「但我不知道他該如何讓終端機自動開啟。」

「它真的有自己打開。」

「我不是在質疑妳說的話。只是難以理解。」

「而且那時候……變得好冷。」

「溫度的變化有沒有可能是……主觀的感覺？」

蒂娜皺起眉頭。「你的意思是那是我的想像？」

「妳那時候受了驚嚇——」

「但是我很確定那不是想像。是安潔拉先覺得辦公室變冷，然後她印出了那份有丹尼訊息的名單。難道我和安潔拉都剛好有這樣的想像？我覺得不太可能。」

「這倒是。」他若有所思地凝視著電腦。「走吧。」

「去哪裡？」

「回妳的辦公室。我把白蘭地放在那裡，需要一點酒精來滋潤思緒。」

兩人回到木材裝潢的內室。

艾略特從沙發前的矮几上拿起酒杯，坐在辦公桌桌沿。「究竟是誰？誰會想對妳做這種事？」

「我一點頭緒都沒有。」

「妳心中沒有懷疑任何人嗎？」

「我也希望有。」

「很明顯，這人要不是恨妳，至少也對妳懷有敵意。他想要讓妳受苦，把丹尼的死怪在妳頭上。看來丹尼的死對他來說也造成了很大的影響……他不太可能會是妳完全不認識的人。」

艾略特的推論和蒂娜幾乎一模一樣，這點令她感到不安。現在整件事情又陷入了原先的死胡同。她在辦公桌和蓋著簾幕的窗戶間踱步。「今天下午我才認定這一定是陌生人幹的。我實在想不起來認識的人裡面有誰可以做出這種事。有誰會恨我恨到想要這麼做？除了麥可以外，我也想不到有誰會因為丹尼的死而怪罪我。」

艾略特眉毛一挑。「麥可是妳的前夫？」

「沒錯。」

「他把丹尼的死怪在妳頭上？」

「他說我根本不該讓丹尼參加賈伯斯基的活動。但這些骯髒事不是麥可做的。」

「他聽起來很有嫌疑。」

「不是他。」

「妳確定嗎？」

「絕對不是他。凶手另有其人。」

艾略特啜了一口白蘭地。「妳需要專業人士的幫助，在這傢伙下次惡作劇時將他逮個正著。」

「你是說警方嗎？」

「警方恐怕幫不上什麼忙。他們八成會覺得這件事沒有嚴重到需要花時間處理。畢竟妳的人身安全並沒有受到威脅。」

「這人所有的行為都隱含著威脅。」

「是的，這很可怕，我同意。但是警察通常沒什麼想像力，『隱含的威脅』對他們來說一點意義都沒有。而且，如果要好好監視妳的房子，這超出了警方可以安排的人力。除非是調查謀殺案、綁架案或者毒品交易，他們不可能這樣大費周章。」

蒂娜停止踱步。「那你剛才說請專業人士來逮住這個變態，指的是什麼？」

「私家偵探。」

「這聽起來有點狗血。」

他苦笑。「怎麼說呢？騷擾妳的傢伙恐怕就是這麼狗血。」

蒂娜忍不住嘆氣，吸了一口白蘭地，坐在沙發的邊緣。「我不知道……說不定我請了私家偵探，最後他們逮到的卻是我。」

「妳這話什麼意思？」

她得先啜一口白蘭地，才能說出現在的想法。艾略特說得沒錯，酒精對她沒有造成太大的影響。她現在已經比十分鐘之前要放鬆許多，但連微醺的感覺都沒有。「我有想過……也許是我自己在黑板上寫了字，也是我自己破壞了丹尼的房間。」

「我被妳弄糊塗了。」

「也許我是在睡夢中做了這些事。」

「那太扯了，蒂娜。」

「會嗎?九月的時候我以為我已經走出丹尼過世的陰影。那時我睡得很好,獨處的時候思緒也不像之前那樣一直糾結在這件事上。我以為我已經度過了最痛苦的時期。但是在一個月前,我又開始夢見丹尼。第一個星期發生了兩次,第二個星期四次。過去這兩週裡我每個晚上都夢見他。而且這些夢變得越來越可怕,根本是活生生的惡夢。」

艾略特回到沙發,坐在她身旁。「都是什麼樣的夢?」

「我夢見他還活著,困在某個地方,通常是一個很深的地洞、峽谷或水井,總之是在地底下。他叫喚著我,求我救他,但我卻無能為力。我無法趕到他身邊。然後周圍的大地開始閉合,將他吞噬。我尖叫著驚醒過來,全身都是冷汗。我……我總是會有一股強烈的感覺,感覺丹尼並沒有死。但這不會維持太久,只有在驚醒的那一瞬間,我確定他還在某處活著。你了解嗎?在我意識清醒的時候,我相信丹尼已經死了。但是在睡夢中是潛意識掌控了心靈,而我在潛意識裡不相信丹尼真的走了。」

「所以妳認為妳是在,呃,夢遊嗎?妳在睡夢中在黑板上寫下否認丹尼死亡的文字?」

「你不覺得這很有可能嗎?」

「我不這樣想。怎麼說呢……」艾略特說。「我不是心理學家。但我不認為夢遊是合理的解釋。我承認我對妳的了解並不深,但我可以很肯定地說這不會是妳該有的反應。妳會正面迎擊所有問題和挑戰。如果妳現在的問題是無法接受丹尼的死，妳不會將這件事壓抑進潛意識裡。妳會試著直接處理它。」

蒂娜笑了笑。「沒想到你對我有這麼高的評價。」

「沒錯，」他說：「我確實很看重妳。除此之外，如果是妳在黑板上寫字，然後砸壞丹尼房間裡的東西，那也是妳半夜跑來這裡，修改酒店電腦的程式來印出那些跟丹尼有關的訊息。妳真的認為妳會做完這些事情，然後完全不記得嗎？還是妳有多重人格，完全不知道另外一個妳有什麼打算？」

她頹然坐回沙發上，疲憊地垂著肩膀。「我想不是這樣。」

「很好。」

「那現在該怎麼辦？」

「別沮喪。我們已經有進展了。」

「是嗎？」

「當然，」他說。「我們正在排除各種可能性。剛才我們已經將妳和麥可從嫌疑犯名單中剔除。我也確信這絕不是陌生人所為，範圍其實已經很小了。」

「我也確定不是哪個朋友或親戚。你知道這意味著什麼嗎？」

「什麼？」

她傾身向前，將酒杯放在桌上。她雙手摀著臉，呆坐了好一會兒。

「蒂娜？」

她抬起頭。「我只是在思考該怎麼說出現在的想法。這是個瘋狂的推測，有點荒唐可笑。甚至有點……病態。」

「我絕對不會認為是妳瘋了，」艾略特向她保證。「妳的想法是什麼？告訴我吧。」

她猶豫了片刻，不知道即將出口的話聽起來會有多荒謬。也不知道自己是不是真的相信這個想法，足以將它化為言語。這個想法在現實世界裡的可能性微乎其微。

最後，她直截了當地說：「我在想的是……也許丹尼還活著。」

艾略特側著頭，用那雙具洞察力的深色眼眸審視著她。「還活著？」

「畢竟我沒有看過他的遺體。」

「是嗎？為什麼？」

「驗屍官和葬儀社的人說丹尼的身體支離破碎。他們認為親眼目睹這個慘況對我和麥可沒有任何好處。其實我們倆都沒有很想看到遺體，就算他完好無缺也一樣，所以就接受了他們的建議。喪禮也是採用閉棺的方式。」

「警方是怎麼辨識出遺體的身分？」

「他們跟我要了丹尼的照片。但我想他們應該是用牙醫紀錄來證實罹難者的身分。」

「牙醫紀錄幾乎和指紋一樣可靠。」

「沒錯。但也許丹尼沒有死在那場意外。也許他倖存了下來。也許某人知道他現在在哪裡。也許這個人正試著告訴我丹尼還活著。也許這些怪事其實不代表任何威脅。也許這個人只是在給我一連串的暗示，希望我正視丹尼還活著的事實。」

「太多『也許』了，」艾略特說。

「也許事情真的是這樣。」

艾略特將手放在她肩上，溫柔地扶著。「蒂娜，妳知道這番推論並不合理。丹尼已經死了。」

「看吧，你認為我瘋了。」

「不。我認為妳現在心煩意亂。這可以理解。」

「你難道完全不考慮他還活著的可能性嗎？」

「這怎麼可能？」

「我也不知道。」

「他要怎麼從妳說的那場意外中倖存下來？」艾略特問。

「我不知道。」

「如果他不是埋葬在墳墓裡，這段時間他都待在什麼地方？」

「這我也不知道。」

「如果丹尼還活著，」艾略特耐心地解釋：「知道這件事的某人會直接過來告訴妳，沒有必要這樣大搞神祕，妳說是嗎？」

「也許吧。」

蒂娜意識到自己的回答有些敷衍。她低頭看著緊握著的雙手，關節處因為過於用力而發白。

艾略特輕觸蒂娜的臉龐，溫柔地讓她面對自己。

他帶著情感的漂亮眼眸充滿了對她的關切。

「蒂娜，這其中沒有任何『也許』。妳比誰都清楚。就算丹尼還活著，然後某人試著告訴妳這件事，他也不會用這種方式，搞一大堆戲劇化的暗示。我說得沒錯吧？」

「可能是吧。」

「丹尼已經走了。」

蒂娜沒有說話。

「如果妳一直說服自己他還活著，」艾略特說：「妳只會陷溺得更深。」

她深深望進艾略特的眼睛，終於嘆了口氣，點點頭。「你說得對。」

「丹尼已經走了。」

「沒錯，」她勉強地說。

「妳真的這樣想？」

「嗯。」

「很好。」

蒂娜從沙發上起身，來到窗前。她拉開窗簾，突然感受到一股想看看賭城大道的渴望。在談論了這麼多關於死亡的事之後，她需要瞥一眼生命的喧囂和流動。雖然在白天沙漠烈日的照耀下，賭城顯得有些破敗骯髒，但大道上無論日夜都充滿了強韌的生命力。

此時整座城市沐浴在冬日暮光中。巨大招牌上千萬個燈泡閃爍著，形成一道道五光十色的浪潮。上百輛汽車慵懶地在繁忙的街道上前進，計程車在車流中穿梭，尋找著載客賺錢的最佳位置。大批的遊客如潮水般湧過人行道，從一間賭場流向另一間賭場，從一間劇院流向下一間劇院，追逐著接下來要粉墨登場的表演秀。

蒂娜再次轉頭面向艾略特。「你知道我現在想做什麼嗎？」

「什麼？」

「我要掘開墳墓。」

「妳要挖出丹尼的遺體？」

「沒錯。我從來就沒有親眼見過他。這就是為什麼我很難接受他的離世。這也是那些惡夢的來源。如果當初我有見到他的遺體，我會很確定他已經走了。我就不會幻想他還活著。」

「但是遺體的狀況……」

「我不在乎，」她說。

艾略特皺起眉頭，顯然並不認同掘墳這個點子。「就算遺體存放在密封的棺材裡，他的情況恐怕會比一年前他們建議妳不要看的時候更糟。」

「我非看不可。」

「妳會被那個恐怖的情景——」

「這就是我要的，」她飛快地說。「一瞬間的震驚：強大到可以摧毀糾結在我心中的疑惑。如果我見到丹尼的……殘骸，我就不會再有任何疑問。惡夢也不會再發生。」

「也許是這樣。但妳也有可能因此而做更可怕的惡夢。」

她搖搖頭。「不可能有比現在的惡夢更可怕的景象了。」

「當然，」他說：「但是挖出遺體不能解答最重要的問題；妳不會因此而知道是誰在背後騷擾妳。」

「其實有可能，」蒂娜說。「不管這個傢伙是誰或有什麼樣的動機，他絕對不是一個心性正常的人。他的腦袋一定有毛病，對不對？也許採取某些行動可以逼使他現身。如果他發現我要掘開墳墓，說不定會有強烈的反應，因此而暴露自己。任何事都有可能。」

「妳說的也許有點道理。」

「無論如何，」她說：「就算掘墳不能幫助我找到開這些噁心玩笑的人——不管這算不算是玩笑——至少我能夠確定自己對於丹尼的想法。這會改善我的心理狀態，我就能夠專心對付這個變態。從各方面來看，這都是最好的方法。」她離開窗邊，回到沙發上，坐在艾略特身旁。「我需要一位律師來處理這件事，對嗎？」

「妳說掘墳嗎？沒錯。」

「你可以代表我嗎？」

他沒有半點猶豫。「當然。」

「這會很棘手嗎？」

「這麼說吧，現在挖掘遺體在法律上並沒有任何急迫的理由。我的意思是說，目前死因並沒有任何疑問，也沒有任何法院判決需要新的驗屍報告。如果是那樣的話，我們很快就能掘開墳墓。但即使沒有這些條件，我想也不會太麻煩。我只要打悲情母親牌，相信法院會感同身受。」

「你之前處理過類似的案件？」

「的確是有，」艾略特說。「五年前，有一個八歲的女孩因為先天腎臟疾病突然過世。她的兩顆腎臟在一夜之間衰竭。前一天她還是個快樂的正常小孩，第二天出現了感冒的症狀，第三天就離開人世。她的母親傷心欲絕，無法再看遺體一眼。雖然她的身體並沒有像丹尼那樣受到嚴重的破壞。在下葬幾週之後，母親開始因為沒有見女兒最後一面而感到罪惡。」

蒂娜回想自己的磨難。「我知道。唉，我懂那種感覺。」

「罪惡感最終演變成嚴重的情緒問題。由於當時這位母親在殯儀館沒有親眼見到遺體，她後來拒絕相信女兒真的死了。她拒絕事實的狀況比妳要糟得多。大多數的時候她都處在歇斯底里的狀態，緩慢地走向崩潰。所以我幫她安排掘墳的事宜。而在準備向當局提出申請文件時，我發現這位當事人的情況其實很常見。當小孩過世時，父母最不應該做的就是拒絕看棺木中的遺體最後一面。妳需要花時間與亡兒相處，直到接受他再也不會醒過來的事實。」

「所以掘墳對你的當事人有幫助嗎？」

「噢是的，她的情況改善了很多。」

「你看吧，我說得沒錯。」

「但別忘了，」艾略特說：「她女兒的遺體完好無缺。」

蒂娜肅穆地點頭。

「而且開棺距離喪禮不過兩個月，不是整整一年。所以遺體還保存得很好。如果是丹尼的話……情況會很不一樣。」

「我知道，」她說。「老天在上，我並不想這麼做，但我相信這是必要的。」

「那好。我會著手處理。」

「你需要多久的時間？」她問。

「妳的前夫是否會反對？」

她想起幾小時前分開時，麥可臉上的恨意。「嗯，我想他會。」

艾略特將他們的空酒杯拿到角落的吧檯，打開水槽上的燈。「如果妳前夫可能會阻撓，那我們最好趕快行動，而且要低調。如果我們夠機靈，等他知情的時候我們早已經挖開墳墓。明天是假日，所以得等到週五才能開始正式的程序。」

「也許週五也不行，畢竟這是四天連假。」

艾略特在水槽下找到清潔液和洗碗布。「一般來說，我會建議等到週一。但剛好我認識一位很通情達理的法官：哈羅德．肯尼貝克。我跟他一起在陸軍情報處服勤過。他是我的上司，如果他——」

「陸軍情報處？你是間諜嗎？」

「沒那麼了不起。我們可沒有穿著黑色雨衣潛伏在陰暗的小巷裡。」

「所以你精通空手道，身上總是帶著氰化物膠囊之類的東西？」她問。

「嗯，我是受過很多種武術訓練。一直到現在每週也會鍛鍊個幾次，這是維持身材的好方法。但說真的，我的工作不像電影裡演的那樣。我不會開著007那種車頭燈後面藏著機關槍的車。其實大部分都是很無聊的情報搜集工作。」

「不知道為什麼，」她說：「我覺得那份工作一定比你說的要有趣許多。」

「才怪。一天到晚都在分析文件、解讀衛星偵察照片之類的，悶得很。總之，我和肯尼貝克法官共事了很久，我們都很信任且尊敬彼此。我相信只要能力所及，他會很願意幫我點小忙。明天新年派對之後我會跟他見面。我會跟他討論一下這件事。也許他週五會有時間進法院審查一下我提出的開墳要求，然後批准。那花不到他幾分鐘。到週六一早我們就可以開挖。」

蒂娜走到吧檯前，坐在高腳凳上，隔著檯面與艾略特相對。「越快越好。現在既然下定了決心，我想立刻解決這件事。」

「我了解。這個週末就行動還有個好處。如果我們動作夠快，麥可不會來得及發現我們的計劃。就算他聽到風聲，他也得找到另一名願意暫停或撤銷開墳命令的法官。」

「你覺得他做得到嗎？」

「這就是我要說的。假日期間不會有太多有空的法官。而少數當值的法官會被那些酒駕或酒後傷人的提訊和保釋弄得焦頭爛額。我敢說，到週一早上以前麥可都找不到任何可以幫他的法官。而到了那個時候一切都太遲了。」

「真狡猾。」

「『狡猾』就是我的稱號。」他洗好酒杯，將它們浸在熱水裡，然後放在杯架上晾乾。

「艾略特．『狡猾的』．史崔克爾，」她說。

他微微一笑。「任您差遣。」

「我很高興你是我的律師。」

「看我是不是能符合妳的期待。」

「你一定可以。你會正面迎擊所有問題和挑戰。」

「沒想到妳對我有這麼高的評價，」他重複了剛才蒂娜對他說的話。

她也笑了起來。「沒錯，我確實很看重你。」

不過幾分鐘前那些關於死亡、恐懼、瘋狂和痛苦的交談似乎一下子變得遙遠。他們希望在即將來臨的夜晚裡享受一點樂趣，現在最好開始醞釀一下心情。

艾略特洗好第二只酒杯，然後晾在架上。蒂娜說：「你還挺熟練的。」

「洗碗可以，但可別叫我洗窗戶。」

「我喜歡會做家事的男人。」

「那妳可得見識一下我的廚藝。」

「你會下廚？」

「我有夢幻般的手藝。」

「拿手菜是？」

「什麼菜都行。」

「看來謙虛不是你的強項。」

「每一位厲害的廚師都對自己的技術很自負。如果他想在廚房裡正常發揮，他就得對自己的天賦和才能有百分之百的信心。」

「要是你為我下廚，但是我覺得不好吃，你怎麼辦？」

「我只好連妳的份一起吃下肚了。」

「那我吃什麼呀？」

「妳這麼行，就自己煮吧。」

在經歷好幾個月的悲傷之後，現在能和一個富有魅力的風趣男人共度夜晚，蒂娜對此感到無比幸福。

艾略特收起清潔液和洗碗布，用紙巾擦乾手。「今晚我們不如別去餐廳了，就讓我為妳下廚吧！」

「這麼臨時，你可以嗎？」

「準備工作不會花上很多時間。我動作快得很。而且一些比較無聊的工作可以交給妳，像是洗蔬菜和切洋蔥。」

「我得先回家梳洗一下，」她說。

「妳現在就已經煥然一新了。」

「我的車——」

「妳可以開車，就跟在我後面。我帶妳到我家。」

他們關上燈，離開蒂娜的辦公室，關上身後的門。

他們經過接待區，朝大廳走去。蒂娜緊張地朝安潔拉的電腦瞥了一眼，害怕它突然又會自動開啟。

但電腦始終保持沉默，漆黑的螢幕目送著她和艾略特關閉所有燈光，離開外圍的辦公區。

第十四章

艾略特．史崔克爾住在一間寬敞宜人、充滿現代風格的宅邸，俯瞰著拉斯維加斯鄉村俱樂部的高爾夫球場。屋內是溫暖悅目的泥土色調裝潢，搭配了J．羅伯特．史考特設計的家具和幾件古董工藝品，腳下是極富質感的愛德華．菲爾德斯地毯。艾略特收集了不少定居於美國西部的藝術家的作品，包括了艾文德．厄爾、傑森．威廉森、拉瑞．W．戴克、夏洛特．阿姆斯壯和卡爾．J．史密斯。他們的繪畫主題大多和舊西部和新西部時期有關。

艾略特帶著蒂娜參觀整間屋子，迫不及待想聽到她的反應。而蒂娜也沒讓他等太久。

「好漂亮，」她說。「令人歎為觀止。你的室內設計師是誰？」

「他就站在妳面前。」

「真假？」

「當我還很窮的時候，我希望未來有一天我的房子可以擺滿漂亮的事物，然後請最棒的室內設計師來規劃。但是等我真的賺了錢，我就不想要讓某個陌生人來打點自己的房子。為什麼不自己享受這份樂趣？我和過世的內人南西一起設計了第一間房子。她把全副心力都放在那次計劃上，我花在上面的時間也幾乎和法律工作一樣多。我們夫妻倆走遍了拉斯維加斯、洛杉磯和舊金山的家具店、古董店和畫廊，從最便宜的跳蚤市場到最昂貴的精品店，無一遺漏。那是一段很幸福的時光。而當她過世時……我發現如果待在那個充滿回憶的地方，我根本無法面對失去南西的事實。大概有五、六個月我的情緒都接近崩潰，因為屋子裡每一樣東西都讓我想起她。最後，我保留了一些能夠永遠緬懷她的紀念品，毅然搬了出去，賣掉了那間房子。然後我買下現在這間，自己重新安排所有的設計。」

「我不知道你是這樣失去妻子，」蒂娜說。「我是說，我以為你們是離婚才分開的。」

「她是三年前過世的。」

「發生了什麼事？」

「癌症。」

「我很遺憾，艾略特。」

「至少她走得很快，沒怎麼受苦。胰臟癌，很凶猛的病。從診斷出來到過世才不過兩個月。」

「你們結婚了很久嗎？」

「十二年。」

蒂娜伸手輕輕搭在艾略特的手臂上。「十二年的情感……這確實會掏空你心裡的一部分。」

艾略特明白他和蒂娜之間有更多的相同之處。「沒錯。妳和丹尼母子一場，也將近有十二年了吧。」

「是啊。我變成獨身一人也不過一年多。對你來說，這是三年的孤獨時光。也許你可以告訴我……」

「告訴妳什麼？」

「那種感覺有消失的時候嗎？」

「妳是說傷痛嗎？」

「對。」

「到目前為止，傷痛都沒有消失。也許過了四年、五年、十年之後吧。現在已經不像當初那樣痛了，至少它不再時時刻刻都刨著我的心。但是在某些時刻……」

艾略特帶著蒂娜參觀房裡餘下的地方。她興致勃勃，畢竟她是靠著真才實學製作出風格獨具的表演；她的品味和審美觀讓她能夠立刻區分庸俗的裝飾和真正的美感，同時也能看出工匠和藝術大師之間的差別。艾略特很享受和她討論古董藝品和繪畫的時光。時間快速流逝，這一個小時彷彿只有幾分鐘長。

寬敞的廚房是這趟參觀之旅的終點：黃銅材質的天花板、聖塔菲磁磚地板和餐廳等級的配備。她看了看連人都走得進去的大冰庫、一公尺寬的烤爐、大烤盤、狼牌瓦斯爐、微波爐和一整排的高檔器具。「看來你在這裡花了不少錢啊。我猜你的法律事業應該不只是替人打離婚官司吧。」

艾略特笑了笑。「我是『史崔克爾．威斯特．德懷爾．考菲和尼可拉斯法律事務所』的合夥創始人之一。我們是城裡規模最大的事務所。這不能全都歸功於我。我們很幸運，在對的時間來到對的地方。十二年前，我和歐文．威斯特在一間便宜的店面開始了我們的事業，剛好是這座城鎮經濟起飛的時候。我們為一些新興企業家提供法律服務，那時候很少有律師願意接他們的案子，因為他們剛開始創業，沒有太多錢可以花在法律顧問上。後來我們的客戶完成了幾次成功的操作，隨著賭博產業和房地產的爆炸性成長一飛沖天。妳可以說我們是搭上了他們成功的浪潮。」

「很有趣，」蒂娜說。

「是嗎？」

「我是說你。」

「我很有趣？」

「你對輝煌的法律事業很謙虛，但是說到廚藝卻自大到不行。」

他哈哈大笑。「那是因為我當廚師比律師要行得多。嘿，要不妳給我們調幾杯酒，我去換掉這身西裝。等我五分鐘，待會兒妳就會見識到天才廚師是如何創造藝術。」

「要是你失敗了，我們隨時都可以跳上車，去麥當勞買漢堡。」

「那未免太low了。」

「他們的漢堡很好吃啊。」

「我會讓妳吃烏鴉。」（譯注：原文eat crow，是指認錯、收回所說的話。）

「你要怎麼料理烏鴉？」

「妳真幽默。」

「如果你用很幽默的方式料理烏鴉，我怎麼吃得下去？」

「如果我真的拿烏鴉當食材，」他說：「那一定會美味到妳吃得一點都不剩，求我給妳更多烏鴉料理。」

她的笑容很美。在艾略特心中，他願意一整晚都站在這裡，凝視著她甜蜜雙唇的誘人曲線。

蒂娜觸動了艾略特心中的許多情感，他對於這樣的變化感到很有趣。他想不起上一次在廚房裡手腳如此笨拙是什麼時候。他失手摔了幾支湯匙，還打翻了一些瓶瓶罐罐。他忘記要盯著鍋子，讓裡面的東西滾過了頭。在調沙拉醬時，他又犯了幾個錯誤，只好從頭來過。蒂娜在身旁讓他感到慌亂，但是他很享受這分慌亂。

「艾略特，你確定這不是因為在辦公室裡喝酒的關係？」

「絕對不是。」

「你剛才在這裡也有喝酒。」

「不是的。這就是我下廚的風格。」

「摔東西是你的風格嗎？」

「這才是廚房該有的樣子，亂七八糟但賞心悅目。」

「你還堅持不去麥當勞嗎？」

「麥當勞可沒有像我這樣的廚房。」

「但他們的漢堡很好吃——」

「他們的漢堡看起來亂七八糟。」

「——薯條也很棒。」

「好啦，我是有點笨手笨腳，」他說。「但優雅並不是大廚必備的條件。」

「記憶力是大廚必備的條件嗎？」

「啥？」

「你現在要加進沙拉醬裡的芥末粉。」

「怎麼了嗎？」

「你一分鐘前才剛加過。」

「是嗎？謝啦。我可不想要調三次這鬼玩意兒。」

她低沉的笑聲和南西有點像。

當然，從很多方面來說，她和南西截然不同。但與她相處讓艾略特想起南西還在的時光。她隨和健談、聰明、風趣且心思細膩。

也許現在這麼想還太早了些。但艾略特隱約感覺到命運女神罕見地展現出仁慈與慷慨，賜予他再次擁有幸福的機會。

●

用完甜點之後，艾略特倒了第二杯咖啡。「還想去麥當勞吃漢堡嗎？」

今晚的蘑菇沙拉、奶油白醬寬板麵和沙巴翁（譯注：zabaglione，一種用蛋黃、糖和甜酒做成的義式甜點）都棒極了。「你真的挺會做菜。」

「難道我會騙妳嗎？」

「我現在恐怕得吃烏鴉了。」

「我相信妳才剛剛嚥下。」

「好吃到我連羽毛都沒注意到。」

當他們在廚房裡調笑，連晚餐都還沒完全準備好時，蒂娜就感覺到他們最後可能會上床。享用完晚餐之後，她對此已經深信不疑。艾略特並沒有採取主動，她也沒有。但他們都感受到了體內一股力量的驅使，就像水往低處流一樣自然，也宛如逐漸積蓄的暴風雨，緊接著一陣電光石火。蒂娜和艾略特都體會到，在肉體、心靈或情感上，他們需要彼此。無論兩人之間發生什麼事，那都會是美妙醉人的一刻。

事情發展得很快，但一切都是如此理所當然、勢不可當。

今夜這場約會剛開始時，性慾的暗流讓蒂娜感到緊張。從十九歲之後，這十四年來她沒有和麥可之外的男人親熱過。而最近兩年更是沒有和任何男人上過床。突然之間，這兩年來如修女般的禁慾生活在她眼中顯得瘋狂、愚昧。當然，一開始的時候她和麥可還維持著婚姻關係，即使分居和離婚已經是進行式，她也認為自己有義務保持忠貞，即使對方完全沒有相同的道德觀。後來，表演製作和丹尼的死帶來沉重的壓力，她根本沒有心思談戀愛。現在她覺得自己像是個沒有任何經驗的少女，不知道該怎麼做。她擔心自己在床上會毫無反應、笨拙可笑。她告訴自己性愛就像是騎腳踏車一樣，一旦做過一次，就不可能會忘記。但這個輕浮的比喻並沒有為她帶來更多自信。

但是隨著她和艾略特通過男女約會的正常儀式之後，她感受到若隱若現的悸動，對這段關係開花結果的期待之情在心中升起。雖然一切都發生得很快，但她已經找回了曾經失去的熟悉感。她對此感到驚訝；也許這就真的像騎腳踏車那樣簡單。

晚餐結束之後，兩人來到小書齋。艾略特在黑色大理石壁爐裡點了火。雖然沙漠裡的冬日白天常常像其他地方的春天一樣溫暖，夜晚卻總是十分寒冷，讓人感受到刺骨的凜冽寒氣。窗外夜風在屋簷下呼嘯，壁爐裡閃爍著火光，送出陣陣暖意。

蒂娜踢掉了腳上的鞋子。

他們並肩坐在壁爐前的沙發上，看著舞動的火焰，偶爾爆出橘色的火星。他們聽著音樂，不著邊際地聊著。蒂娜感覺這一整個夜晚他們的交談從未停下；他們輕聲絮語，但急切地想分享自己的一切，彷彿他們必須在分開之前將所有重要的話都講完。兩人談得越來越深入，也發現更多彼此的共同點。在火光閃爍中一個小時接著一個小時飛快地流逝。蒂娜在艾略特・史崔克爾身上發現的每一樣新特質都讓她更喜愛這個男人。

蒂娜不知道是誰給了對方第一個吻。也許是艾略特湊近過來，也許是她斜著身子靠在他身上。在她有意識之前，兩人的雙唇就輕柔但短暫地交疊，一次又一次、一次又一次。接著他開始輕吻蒂娜的額頭、眼睛、臉頰、鼻子、嘴角和下巴。他的嘴唇游移到她的耳後，再次來到眼睛，接著一路沿著脖子往下。最後他回到蒂娜的雙唇，這一吻比先前更深沉、甜美。她也立刻有所回應，嘴巴微張，迎合對方的熱情。

他的雙手遊走在蒂娜的肌膚上，彷彿在體會她身體的緊緻和彈性。她也撫摸著艾略特，溫柔地捏著他的肩膀、手臂和背後堅硬的肌肉。此時此刻，艾略特帶給了蒂娜前所未有的美妙感受。

他們離開書齋，來到臥房，彷彿走入一場夢境。艾略特點亮了梳妝台上的檯燈，闔上百葉窗的葉片。

在艾略特離開她身邊的這一分鐘，蒂娜感到一陣恐懼，害怕這一切就會像魔咒解除般破滅。當艾略特回到身旁時，蒂娜試探地吻著他。在感受到對方熱情依舊之後，蒂娜才更激烈地擁抱他。

她有一種奇妙的感覺，好像他們曾經在此相擁無數次。

「我們才剛剛認識彼此，」她說。

「這是妳的感受嗎？」

「不。」

「我也一樣。」

「我好像已經認識你……」

「一輩子了。」

「其實才不過兩天。」

「會太快嗎？」他問。

「你覺得呢？」

「對我來說不算太快。」

「我完全不覺得會太快，」她同意。

「妳確定嗎？」

「確定。」

「妳真可愛。」

「好好愛我吧。」

艾略特的身材並不特別高大，但依然輕巧地將蒂娜抱起，像是抱著小孩一樣。

她緊貼著艾略特的胸膛，看見對方那雙深色眼眸中的渴望和需求。這股慾望不完全和性有關，她深知自己的雙眼也流露出同樣的需求，希望得到愛與尊重。

艾略特抱著蒂娜來到床邊，輕輕放下她，讓她躺下。令人屏息的期待之情照亮了艾略特的臉孔，但他依舊保持從容，溫柔地解開蒂娜的襯衫。

他快速地脫去自己的衣服，將蒂娜攬入懷中。

他緩慢且仔細地摸索著蒂娜的身體，起先是用眼睛，接著是那雙迷人的手，最後是他的嘴唇和舌頭。

蒂娜現在明白，以禁慾來作為哀悼的方式是一個錯誤。愛情和性生活反而有助於走出傷痛。和真正關心自己的男人做愛，可以更快地治癒她心中的傷口。性愛是對生命的歡欣讚頌，是否定死亡的力量。

琥珀色的燈光在他結實的肌肉上凝結。

艾略特低下頭，兩人再次接吻。

蒂娜將手滑進兩人之間，撫弄著他。

她感受到一絲放蕩、渴求的悸動。

當艾略特進到她體內時，她的雙手在男人身體上游移，撫過他的腰身。

「妳好棒，」他說。

他開始了古老的愛情律動。有好長一段時間，他們忘卻了死亡的存在，探索甜美如絲綢般滑順的愛之地。在這醉人的閃亮時刻，他們彷彿得到了永恆的生命。

一月一日，星期四

第十五章

蒂娜與艾略特共度了整個夜晚。他幾乎忘記了與一位他真心關懷的女人同床共枕是多麼美妙的經驗。過去這兩年裡，他不是沒有和別的女人上床，其中有幾人完事後也曾留下來過夜。但從來沒有哪一個女人像蒂娜這樣，以純粹的存在為他帶來如此滿足的幸福感。性愛不是他希望蒂娜在身邊的主因，反而像是附贈的禮物、一種額外的驚喜。蒂娜是很棒的情人，溫柔婉約但也不會虛偽地掩飾自己渴求的快感。同時，她又顯得脆弱、善良。在解開衣物的束縛後，她籠罩在黑暗中的模糊身影有著能夠驅散孤寂的神祕力量。

最後他沉沉睡去。但凌晨四點時，卻被蒂娜悲傷的啜泣聲驚醒。

她坐直了身子，手裡緊抓著被單，剛從惡夢中掙脫出來。她全身顫抖，喘著氣描述一名全身漆黑的男子、那個在她夢境中徘徊的怪物。

艾略特打開床頭燈，向她保證房裡沒有別人。

蒂娜之前確實提過她的惡夢，但艾略特直到現在才了解這些夢對她造成多大的恐懼。掘開墳墓也許對她會有幫助，但她必須面對棺木揭起那一瞬間的悲慘景象。如果親眼見到丹尼的遺體能夠終止這些令人毛骨悚然的惡夢，那這個可怕的經驗也有助於她日後的生活。

艾略特關上燈，哄著她躺下。他緊緊擁著蒂娜，直到她不再發抖。

但他很驚訝地發現蒂娜的恐懼迅速轉化成了慾望。他們很自然地又進入先前美妙的韻律和節奏。結束後，兩人再度入睡。

早餐時，他邀請蒂娜一起參加下午的派對。他們會在那裡與肯尼貝克法官見面，討論掘墳的事宜。但蒂娜想先回家清理丹尼的房間。她現在有信心面對這個挑戰；她也希望能夠在下次情緒失控前解決這件事。

「那我們就晚上見，好嗎？」艾略特問。

「好。」

「我會再做飯給妳吃。」

她的微笑帶著挑逗。「你還想做些什麼別的吧？」

她從椅上站起，傾身越過桌面去親吻他。

艾略特伸手輕觸蒂娜的臉頰。她身上的氣味，她眼睛裡的藍色水波和柔軟的肌膚都在他心裡激起一陣陣情感和渴望的漣漪。

艾略特陪著蒂娜走到本田汽車旁。當蒂娜坐進駕駛座之後，艾略特從車窗探頭進來，又多耽擱了蒂娜十五分鐘，和她討論晚餐的每一道菜餚。

最後她終於發動汽車，向前駛去。艾略特凝視著本田汽車，直到它消失在轉角。在這一瞬間，他才明白自己為什麼不希望蒂娜離開；他之所以一直耽擱蒂娜，是因為他害怕一旦蒂娜駕車離去，他將永遠再也見不到她。

這樣黑暗的想法毫無來由。當然，那個暗中騷擾蒂娜的人可能有暴力的意圖。但蒂娜自己並不認為有實際的危險，艾略特也同意她的看法。這個邪惡的傢伙只想造成蒂娜精神上的痛苦，他絕不會希望蒂娜遭受生命危險，這樣只會破壞他的樂趣。

對艾略特來說，蒂娜離開所造成的恐懼純粹出於一種迷信。他認為昨晚的幸福來得太快太容易。他有一種可怕的預感：命運給予他短暫的喜樂，只是想帶來更深沉的幻滅。他害怕蒂娜會像南西一樣從他身邊被奪走。

艾略特無法甩開這個不祥的念頭，他轉身走回屋裡。

他在圖書室裡花了一個半小時閱讀法條和卷宗，溫習一些關於掘墳的判例。他找到其中一個判決：「在沒有急迫法律必要性的情況下，單純出於人道理由，考量特定遺族的需求，得以挖出遺體……」艾略特不認為哈羅德．肯尼貝克會有任何刁難。他也不認為他需要舉出一大堆判例來讓法官允許這樣一件無害的小事。但他還是希望能準備周全。在陸軍情報處時，肯尼貝克是一位公正但對下屬有嚴格要求的上司。

下午一點鐘，艾略特啟動他的銀色賓士雙門跑車，前往在日出山脈舉辦的新年派對。他看著清澈湛藍的天空，真希望有時間駕著他的西斯納小飛機出來飛幾個小時。今天的天氣太適合飛行了。在如水晶般晴朗的日子裡俯瞰大地，總是讓他感到心情暢快，無拘無束。

也許在星期六完成掘墳之後，他可以帶蒂娜飛去亞利桑那或洛杉磯，度過悠閒的一天。

日出山脈上那些昂貴的大宅都坐擁同樣的自然景致：堅硬的岩壁、各種顏色的石塊和成排成列的仙人掌。你看不到那些刻意栽種的草坪、灌木叢或樹木。這代表人類對這片沙漠的開發還處於很早的階段。從山上往下眺望，拉斯維加斯的夜景確實壯麗，但除了這一點之外，艾略特想不到任何理由，會讓人捨棄市區裡綠化程度較高的社區，跑到這個不毛之地定居。在棕色的山坡上，那幾棟豪宅就像某種古老宗教的紀念碑，透著一絲荒涼。日出山脈的居民對於出現在陽台和游泳池的蠍子、毒蜘蛛或響尾蛇早已見怪不怪。在風大的日子，揚起的沙塵就像濃霧一樣，將塵土從門縫、窗戶和閣樓通風口吹進屋內。

這場派對辦在一棟建於半山腰的托斯卡尼風豪宅。後院搭起了一座三面的扇形帳篷，一邊是二十公尺長的泳池，另一邊入口正對著房屋。帳篷的帆布彩繪著充滿歡樂氣息的條紋，一支十八人組成的管弦樂團在後方演奏。大約有兩百名賓客在宅邸後面跳舞，另外一百多人則是待在宅子那二十個房間裡狂歡。

艾略特看見了許多熟面孔。至少有一半的客人是他的同行律師和他們的另一半。檢察官、公設律師、稅務律師、刑事辯護律師、企業法律顧問全部廝混在一起，和平常在法庭上爭得面紅耳赤的法官們把酒言歡。這個情景也許會讓某些對法律有道德潔癖的人直搖頭。但是賭城的法律界自有其獨特的風格與標準。

艾略特和周圍的同行交際了將近二十分鐘，才找到了哈羅德·肯尼貝克。這位法官有著一頭鬈曲的白髮，身材高大，表情陰鬱。他熱情地招呼艾略特，然後兩人聊了聊彼此共同的興趣：烹飪、飛行和泛舟。

艾略特不希望在耳目眾多的情況下向肯尼貝克討人情，但屋內實在沒有多少私人空間。於是兩人走出宅邸，沿著街道走過一輛輛賓客的愛車，車款從勞斯萊斯到荒原路華攬勝，應有盡有。

艾略特用輕鬆的語氣探問開挖丹尼遺體的可能性，肯尼貝克饒富趣味地聽著。艾略特並沒有對法官提到那一系列惡作劇，因為這只會增加沒必要的麻煩。他還是相信，在確定丹尼真的死亡之後，最快速有效的方式是雇用第一流的私家偵探來逮住那個傢伙。現在，為了讓法官好辦事，也為了解釋為什麼蒂娜突然如此迫切地需要掘墳，艾略特誇大了蒂娜遭遇的精神痛苦和混亂，並且表示她的情況是當時無法見丹尼最後一面所造成的。

哈羅德・肯尼貝克有一張標準的撲克臉：陰沉、堅毅、沒有半點起伏。艾略特很難看出他對蒂娜的遭遇是否感到絲毫同情。兩人緩步走過陽光傾瀉而下的街道，肯尼貝克思量了許久，終於開口問道：「孩子的父親怎麼說？」

「我本來是希望你不要問這個問題。」

「這樣啊，」肯尼貝克說。

「孩子的父親會激烈反對。」

「你確定？」

「是的。」

「基於宗教信仰？」

「不是。那個男孩死後，他們的離婚並非和平收場。麥可・伊凡斯恨他的前妻。」

「所以他反對掘墳只為了增加前妻的痛苦？」

「沒錯，」艾略特說。「沒有其他理由。我的意思是，沒有正當的理由。」

「即使如此，我還是得考慮父親的意願。」

「只要與宗教信仰無關，法律規定這樣的案件只需要雙親其中一人同意，」艾略特說。

「無論如何，我有責任保護所有當事人的權益。」

「如果父親有機會提出反對，」艾略特說：「這恐怕會演變成曠日費時的法律戰，會占掉法院許多時間。」

「我並不想要那樣，」肯尼貝克若有所思地說。「法院的工作量已經太大了。我們沒有足夠的法官和經費。法庭系統已經不堪負荷。」

「如果真的鬧上法庭，」艾略特說：「等塵埃落定之後，我的當事人還是很有可能贏得掘墳的權利。」

「是有可能。」

「這毋庸置疑，」艾略特說。「她的前夫會用盡一切醜惡的手段阻撓，浪費法院好幾天的寶貴時間來傷害前妻，而最後結果不會有任何不同。那還不如一開始就不要給他反對的機會。」

「原來如此，」肯尼貝克說，眉頭微蹙。

他們又走過一條街，然後停下腳步。肯尼貝克閉上雙眼，揚起臉面對溫暖的冬日太陽。

過了片刻，法官終於開口。「所以你是要我便宜行事。」

「倒不盡然。你只要在母親的要求下發出命令就行了。這完全合法。」

「我猜你是想要立刻得到這份命令？」

「如果可能的話，明天一早。」

「然後你們會在明天下午掘墳開棺。」

「最晚星期六。」

「在父親能夠從另一名法官那裡取得禁制令之前，」肯尼貝克說。

「如果不出差錯，也許他永遠也不會知道掘墳這件事。」

「嗯。」

「這樣對每個人都好。法院不用浪費時間和精力。我的當事人也不用經歷多餘的痛苦。她前夫可以省下一大筆律師費，不必打一場必輸無疑的官司。」

「嗯，」肯尼貝克沒有多說。

他們在沉默中走回宅邸，派對的喧鬧聲越來越響。

肯尼貝克終於說：「我得考慮一下，艾略特。」

「你需要多久時間？」

「嗯，你一整個下午都會在這裡嗎？」

「恐怕不會。這裡全部都是律師，讓我覺得根本沒在放假。」

「打算回家嗎？」肯尼貝克問。

「是的。」

「嗯，」他將一縷白髮從前額撥到耳後。「今晚我會打電話到你家。」

「可以至少告訴我你現在的想法嗎？」

「我是很想給你方便，大概吧。」

「你知道我是對的，哈利。」

肯尼貝克微微一笑。「我已經聽過你的論點了，律師。現在暫時休庭。等我有時間思考之後，晚上會打給你。」

至少肯尼貝克沒有直接拒絕。但艾略特原本期待他會爽快地答應幫忙。這件事其實也不是什麼天大的人情，而且兩人又有如此深厚的淵源。他深知肯尼貝克生性謹慎，但通常也沒有小心到這種程度。法官對這件相對單純的小事為什麼需要猶豫？艾略特覺得有些奇怪，但他沒有別的選擇，只能回去等待法官的來電。

於是他們一面聊著搭配橄欖油、大蒜和甜羅勒醬汁的義大利麵，一面漫步走回人聲鼎沸的豪宅。

艾略特只在派對上待了兩個小時。這裡律師太多了，讓整個盛會變得無聊透頂。不管他走到哪裡，聽到的都是「侵權」、「令狀」、「案件摘要」、「訴訟」、「反訴」、「延續動議」、「上訴」、「答辯協商」和最新的逃稅手段。這些對話就跟他平常一週五天、每天七八小時的工作時間裡聽見的一模一樣。他可不想浪費一整天的假日聽同行嘮叨一堆該死的法律術語。

下午四點時艾略特已經到家，在廚房裡忙碌著。蒂娜預計六點會過來，所以他想在那之前完成一些準備工作，才不用像昨晚那樣浪費太多時間在料理晚餐的前置作業上。他站在水槽前，切好洋蔥、清洗芹菜，然後將胡蘿蔔削皮。他打開一瓶義大利香醋，往量杯裡倒進四盎司。此時，他聽見了身後的動靜。

艾略特轉過身來，看見一名陌生男子從飯廳走進廚房。這傢伙大概一百七十公分出頭，有一張狹小的臉孔，金色的鬍鬚剃得整整齊齊。他穿著深藍色的西裝外套，搭配白襯衫和藍色領帶，手裡提著一個醫用包，臉上表情緊繃。

「搞什麼？」艾略特說。

這人身後出現了另一名男人，模樣比他的同僚更令人畏懼。他高大粗獷，一雙強韌的大手上關節凸起，像是從某個基因重組實驗室裡逃出來的人熊混種生物。他穿著燙平的長褲、俐落的藍色襯衫和有圖案裝飾的領帶，套著一件灰色運動外套，好似出席黑手黨老大孫子受洗禮的專業殺手。但他倒是顯得一派從容。

「這是幹什麼？」艾略特質問。

兩名入侵者在冰箱旁停下腳步，距離艾略特大概三、四公尺。矮個子看起來煩躁不安，高個子臉上掛著微笑。

「你們是怎麼進來的？」

「解鎖槍，」高個子說，友善地笑著點頭。「鮑伯，」他指著矮個子。「他手邊有一組不錯的工具，讓事情好辦許多。」

「你們到底想怎樣？」

「放輕鬆，」高個子說。

「我的錢都沒有放在家裡。」

「不，不，」高個子說。「跟錢沒有關係。」

鮑伯也附和著搖頭。他皺著眉頭，被認為是普通小偷似乎讓他很不爽。

「放輕鬆，」高個子又重複一次。

「你們恐怕是找錯人了，」艾略特向他們保證。

「你就是我們要找的人。」

「沒錯，」鮑伯說。「就是你，我們不可能弄錯。」

這個情景讓艾略特想起愛麗絲與仙境裡那些古怪生物的對話，有一種扭曲不現實的詭異感。

艾略特放下醋瓶，拿起菜刀。「滾出我的房子，」他說。

「冷靜點，史崔克爾先生，」高個子說。

「沒錯，」鮑伯說。「請冷靜。」

艾略特朝他們踏上一步。

高個子從灰色運動外套底下抽出一把裝有滅音器的手槍。「別緊張。你最好乖乖聽話，放輕鬆。」

艾略特退後一步，背靠在水槽旁。

「很好，」高個子說。

「好多了，」鮑伯說。

「把刀放下，讓我們彼此都好過些。」

「別讓我們為難，」鮑伯跟著說。

「沒錯。」

這簡直是瘋了。

「放下刀，」高個子說。「快照做吧。」

艾略特終於放下了手中的菜刀。

「把刀推過來，推到你碰不到的地方。」

艾略特乖乖照辦。「你們到底是誰？」

「你只要合作，就不會受到傷害，」高個子保證。

鮑伯說：「我們開始吧，文斯。」

「我們在角落早餐區那邊進行吧。」高個子文斯說。

鮑伯走到圓形的楓木桌前，打開黑色的醫用包，取出一個卡匣式錄音帶。接著他從包裡掏出更多東西：一長條橡皮管、一個血壓計、兩小瓶琥珀色的液體和一袋拋棄式皮下注射針筒。

艾略特在腦中搜尋著公司最近經手的法律案件，想找出跟這兩名入侵者的任何關聯，但什麼也想不起來。

高個子用手中的槍示意。「過去桌子那邊坐下。」

「你們先解釋清楚這到底是怎麼回事。」

「發號施令的是我。」

「我不吃這一套。」

「你如果不照做，我只好讓你吃子彈了。」

「不，你不會這麼做，」艾略特說，希望自己聲音裡的自信不是假裝出來的。「你們心裡有其他的企圖，對我開槍會壞了你們的事。」

「他媽的，給我滾過去。」

「你先解釋清楚。」

文斯怒目瞪著他。

艾略特迎上對方的目光，毫不退讓。

最後文斯說道：「理性一點。我們只是有幾個問題要請教你。」

艾略特知道任何恐懼的跡象都會被視為軟弱，他下定決心不要讓對方認為自己在害怕。

「是嗎？如果只是想叫我做問卷調查，你們採取的方式還真是怪異。」

「過去那邊。」

「那些皮下注射器是做什麼用的？」

「過去。」

「你要用它們做什麼？」

文斯嘆了口氣。「我們必須確保你說實話。」

「沒有任何遺漏的實話，」鮑伯說。

「你們要給我下藥？」

「這種藥劑很有效，也很可靠，」鮑伯說。

「所以你們問完之後，我的腦袋就會變得跟果凍沒什麼兩樣？」

「不，不，」鮑伯說。「這些藥不會對身體或心理造成持久的傷害。」

「你們要問什麼問題？」

「我對你快要失去耐心了，」文斯說。

「彼此彼此，」艾略特回擊。

「過去。」

艾略特一步都沒動。他一眼都不瞧對方手上黑洞洞的槍口，希望讓他們知道他不會對槍枝感到害怕。其實在心中，他就像一把調音叉般顫抖著。

「你他媽的混蛋，過去！」

「你們到底要問什麼問題？」

高個子怒視著他。

鮑伯開口說道：「老天在上，文斯，你就跟他說吧。反正待會兒他坐下之後也是會聽到這些問題。讓我們趕快把事情辦好。」

文斯用他鐵鏟般的手抓抓如水泥塊堅硬的下巴。他伸手進外套裡，從內袋掏出一疊摺起的列印紙張。

他手中的槍移了開去，但沒有製造出讓艾略特有機可乘的距離。

「我們得問你這張清單上的問題，」文斯說，在艾略特面前晃著那一疊摺起的文件。「問題不少，總共有三、四十個吧。如果你過去坐下，好好合作，這不會花上太多時間。」

「關於什麼的問題？」艾略特毫不讓步。

「克莉絲蒂娜・伊凡斯。」

這完全出乎艾略特的意料。他張口結舌。「蒂娜・伊凡斯？她怎麼了？」

「我們想知道她為什麼想要掘開兒子的墳墓。」

艾略特瞪著他，一臉錯愕。「你們怎麼知道這件事？」

「那不重要，」文斯說。

「沒錯，」鮑伯說。「我們怎麼知道的並不重要。我們就是知道。」

「你們就是騷擾蒂娜的混蛋嗎？」

「啥？」

「一直傳訊息給她的人就是你們？」

「什麼訊息？」鮑伯問。

「是你們破壞那個男孩的房間？」

「你在說什麼？」文斯問。「我們從來沒聽過這樣的事。」

「有人傳那個小孩的訊息給她嗎？」鮑伯問。

他們看起來像是真心對這件事感到驚訝。艾略特也相信他們不是一直企圖驚嚇蒂娜的傢伙。除此之外，雖然這兩人看起來有些古怪，他們並不像是騙徒或者那種以騷擾無助女性為樂的反社會瘋子。他們的外貌和動作透露出他們是隸屬於某個組織的成員，即使那個大個子很容易讓人以為是一個普通的流氓。那些裝備——滅音器手槍、解鎖槍還有吐真藥劑——顯示他們背後的組織一定十分複雜，而且擁有很多資源。

「她一直收到什麼樣的訊息？」文斯問，目光依舊緊盯著艾略特。

「這又是一個你得不到答案的問題，」艾略特說。

「我們會得到解答的，」文斯冰冷地說。

「我們會得到一切的解答，」鮑伯唱和。

「現在，」文斯說：「大律師，你是要自己乖乖過去坐好，還是需要我用這個玩意兒『激勵』你一下？」他又舉起了槍。

「肯尼貝克！」艾略特靈光一閃。「你們這麼快就知道掘墳的事只有一種可能。是肯尼貝克告訴你們的。」

兩人面面相覷，顯然並不想聽見法官的名字。

「你說誰？」文斯問。但剛才兩人的表情已經洩了底。

「這就是為什麼他想要拖延，」艾略特說。「他要讓你們有時間找到我。為什麼肯尼貝克會在意丹尼的墳墓？為什麼你們會在意？你們到底是誰？」

這個像從人魔島逃出來的大熊怪失去了耐性，同時怒火中燒。「聽著，你他媽的蠢蛋，我受夠你了。我不會再回答你任何問題。如果你再不滾過去坐好，我會一槍打碎你的卵蛋。」

艾略特假裝沒聽見這句威脅。槍口固然令他害怕，但他心中浮現了更令人恐懼的想法。

一道冷流閃過背脊，他意識到這兩人的出現一定與丹尼喪生的意外有關。

「丹尼的死並不單純……那起害死所有童軍的意外一定事有蹊蹺。事實的真相並不像是大家知道的那樣。校車車禍……那是一個謊言，對吧？」

兩人都沒有回答這個問題。

「事實的真相比車禍更可怕，」艾略特說。「可怕到一些位高權重的人物想要遮掩過去。肯尼貝克……一日情報員，終生情報員。你們替哪個單位工作？不是聯邦調查局，現在他們的人都是常春藤名校出身，外表光鮮亮麗。中央調查局也一樣，你們倆的模樣太粗魯了。肯定也不是陸軍的犯罪調查分部，你們看起來不像有受過軍事訓練。我猜你們隸屬於大眾所不知道的祕密機構，專門幹些檯面下的髒活。」

文斯臉色一沉，那顏色就像是煎鍋裡的加工肉片。「該死的，從現在起，你是負責回答問題的人。」

「放輕鬆點，」艾略特說。「我知道你們的把戲。我在陸軍情報處服役過，並不完全是局外人。我很清楚這種祕密行動的準則和做法。你們不需要對我來硬的。讓我們放開心胸，告訴我我想知道的，我自然會有所回報。」

鮑伯顯然注意到文斯的怒火一觸即發，這對他們的任務沒有好處。他很快地說：「聽著，史崔克爾，我們無法回答你大部分的問題，因為我們自己也一無所知。你說得沒錯，我們是為某個政府機關工作，那確實是一個你以前從未聽過、未來也不會聽見的單位。但我們不知道為什麼這個叫丹尼・伊凡斯的小孩這麼重要。高層並沒有告訴我們所有細節，甚至一半都說不上。老實說，我們自己也不想知道。你懂我的意思，一個人知道得越少，他之後被處理掉的可能性就越低。老天在上，我們並不是什麼厲害的角色，嚴格來說只是僱傭人員。他們只告訴我們需要知道的部分。這樣說你放心了嗎？你只要過來坐好，讓我注射一點藥劑，回答我們的問題，然後大家就可以回去過各自的生活。我們總不能在這兒站一輩子。」

「如果你們是為政府的情報機關工作，請先出示合法的授權文件，」艾略特說。「讓我看看搜索令或傳票。」

「你的見識不只如此吧？」文斯粗聲說。

「以官方的角度來說，我們服務的單位並不存在，」鮑伯說。「一個不存在的單位要怎麼向法院申請傳票？別裝糊塗了，史崔克爾先生。」

「如果我真的讓你們注射藥物，你們也問完了問題，接下來你們會對我做什麼事？」艾略特問。

「不會做什麼事，」文斯說。

「我們絕對不會傷害你，」鮑伯說。

「我怎麼能確定？」

聽見艾略特似乎有打算屈服，高個子鬆了一口氣，雖然那張大臉依然透著怒氣。「我說過了，我們得到答案之後就會離開。我們只是想弄清楚為什麼這個叫伊凡斯的女人想要掘開墳墓。我們也必須知道是否有人在騷擾她。如果有的話，我們會好好教訓那個傢伙。但我們並沒有要針對你的意思。這事無關個人，你懂吧？在得到需要的資訊之後，我們就會離開。」

「那我可以報警嗎？」艾略特問。

「我們不怕警察，」文斯傲慢地說。「見鬼了，你根本沒辦法跟警方說我們是誰，或者該去哪裡找我們。他們一點線索都沒有。就算警方真的發現了我們的蹤跡，我們的單位也可以立刻施壓讓他們放棄調查。老兄，這事關國家安全，沒有什麼比這更重要的了。在國家安全上，政府可以隨意改變規則，畢竟規則就是政府制定的。」

「法學院可不是這樣解釋國家機制，」艾略特說。

「那是不食人間煙火的象牙塔，」鮑伯說，有點緊張地整理了一下領帶。

「沒錯，」文斯說。「歡迎來到現實世界。現在你給我過來餐桌這邊，乖乖坐好。」

「麻煩你，史崔克爾先生，」鮑伯說。

「不。」

艾略特很清楚，在他們得到答案之後，就會殺了他。如果他們不打算殺他，就不會在他面前使用真名。他們也不會花這麼多時間哄騙他合作，而是會直接採用武力。他們之所以不想用暴力逼他就範，是因為他們不願意留下痕跡。顯而易見，他們打算將現場偽裝成意外或自殺，而自殺的可能性更高一些。在他還因為藥物作用而意識不清時，他們可以逼使他寫下幾可亂真的遺書。這兩個傢伙會架著他來到車庫，把他塞進他那輛小賓士車，繫上安全帶。然後在車庫大門緊閉的情況下啟動引擎。藥物作用讓他無法動彈，剩下的工作就交給一氧化碳來完成。一、兩天之後會有人發現他在車裡，臉孔青綠，黑色的舌頭軟軟垂下，雙眼凸出瞪著擋風玻璃，彷彿正駕車前往地獄。如果他身上沒有任何不尋常的痕跡，也沒有任何與驗屍報告不符的傷口，那警方就會心滿意足地以自殺結案。

「不，」他又說了一次，聲音更響了些。「你們兩個王八蛋別想要我任你們擺布。有種就親自過來動手。」

第十六章

蒂娜懷抱著堅毅的決心清理了丹尼的房間，將兒子的遺物裝箱。她打算把這些東西捐給古德溫慈善機構。

有好幾次她都差點落淚，因為每一樣東西都勾起如潮水般的回憶。她咬緊牙關，抗拒想離開丹尼房間的衝動。

現在只剩下衣櫃深處那三個紙箱裡的東西必須清理。她試著舉起其中一個紙箱，但它實在太重了。她只好在地毯上拉著紙箱進臥室。午後陽光透過外面的樹枝和紗窗，化成一道道帶著紅暈的金色光芒，灑落在屋內的地板上。

蒂娜打開紙箱，發現裡面裝的是丹尼收藏的一部分漫畫書和圖像小說，幾乎都是恐怖題材的作品。

她一直都不太能理解丹尼個性中黑暗的一面。怪物電影、恐怖漫畫、吸血鬼小說；各式各樣、以不同媒介呈現的嚇人故事。一開始蒂娜覺得兒子對恐怖和死亡的興趣似乎不太健康，但她並沒有禁止他去追求自己喜歡的事物。丹尼大多數的朋友也對鬼魂妖怪很有興趣，而且這也不是他唯一的嗜好。所以蒂娜決定不要為此太過操心。

紙箱裡有兩堆漫畫書，擺在最上面的兩本都有全彩的陰森封面。第一本描繪著一匹眼睛閃爍著恐怖光芒的黑馬，拉著一輛黑色馬車，奔馳在暗夜的月光下。一名無頭騎士手握韁繩，驅使瘋狂的馬匹向前急衝。鮮血從騎士頸部凹凸不平的切口流下，閃閃發光。凝結的血塊沾黏在他白色的襯衫上。那顆可怕的斷頭就擺在他身旁的駕駛座上，臉上還掛著惡毒的微笑。即使已經身首分離，那顆頭依然充滿了邪惡的生命力。

蒂娜忍不住笑了笑。如果這是丹尼每晚的睡前讀物，他怎麼還能夠睡得那麼香甜？他總是一夜好眠，從來沒有被惡夢侵擾過。

蒂娜從衣櫃拉出另一個紙箱，它幾乎和前一個一樣重。她猜裡面裝了更多的漫畫書，但還是打開來確認。

她在震驚中倒抽了一口氣。

在箱裡一本圖像小說的封面上，那人怒視著蒂娜。他：那個全身漆黑的男人，頭骨上攀附著枯萎的皮肉，顴骨突出，充滿惡意、毫無人性的血紅眼睛射出深沉的恨意。成群的蛆在臉頰上和眼窩裡蠕動。還有那一口猙獰黃牙擠出的笑容。所有令人憎惡、噁心的細節，都和徘徊在蒂娜惡夢中的那個可怕怪物一模一樣。

為什麼她昨晚才夢到這個怪物，今天就在這裡找到他的圖像？這中間不過相隔了幾個小時。

她不由自主地倒退了幾步。

圖像裡怪物那雙燃燒的紅眼彷彿緊隨著她。

在丹尼第一次帶這本書回家時，她一定有見過這張恐怖的插圖。這段記憶想必深深刻進了她的潛意識，默默地滋長，直到進入她的惡夢。

這似乎是唯一的合理解釋。

但她很清楚這不是事實。當丹尼開始用零用錢蒐集恐怖漫畫時，她曾經仔細檢查過這些書籍的內容，確定不會對兒子帶來不良影響。但在她決定不再限制丹尼的閱讀自由之後，她就再也沒有看過他買的書一眼。

然而，她卻夢到了這個黑衣人。

現在這人就在她眼前，對著她獰笑。

蒂娜想知道這個人物插圖是出自哪一個故事，於是她翻動紙箱，拿出那本圖像小說。這本書是用油光紙印刷而成，比其他漫畫要厚得多。

就在她手指碰到光滑封面的一瞬間，門鈴響了起來。

她身子一縮，差點喘不過氣。

門鈴再次響起，她這才明白有訪客在門外。

她來到門廳，心臟怦怦亂跳。

透過門上的貓眼，她看見一個外表整潔的年輕人，頭戴一頂上面有個模糊標誌的藍色帽子。他臉上笑咪咪的，等著主人應門。

蒂娜沒有開門。「有什麼事嗎？」

「我是瓦斯公司的維修人員。我們得檢查一下妳家的管線。」

蒂娜皺起眉頭。「在新年第一天？」

「我是緊急處理人員，」維修員的聲音透過門板傳來。「我們正在調查附近社區一起可能的瓦斯漏氣。」

她猶豫了片刻，將門打開，但是依然掛著粗重的門鏈。她透過狹窄的門縫檢視著對方。

他臉上再次浮現令人安心的笑容。「應該不會有什麼危險。有些管線有失壓的問題，我們正試著找到原因。目前沒有撤離的需要，不用恐慌。但我們得檢查每一間屋子。妳廚房裡有瓦斯爐嗎？」

「瓦斯漏氣？」

「沒有，是電子爐。」

「暖氣系統呢？」

「嗯，暖氣確實是用瓦斯。」

「我想也是，這區的房子都是這樣。我最好進去檢查一下，看看裡面的配備和輸入管線。」

蒂娜謹慎地看著眼前的男子。他身穿瓦斯公司的制服，提著一個大型的工具箱，上面有公司的標誌。

她說：「我可以看看你的證件嗎？」

「當然。」他從襯衫口袋拿出一張透明壓模的員工證，上面有瓦斯公司的印章、他的照片、姓名和其他資料。

蒂娜突然覺得自己有點蠢，就像個容易大驚小怪的歐巴桑。「不好意思，」她說：「我沒有認為你是什麼危險人物，只是——」

「嘿，沒事的，不用道歉。妳做得很對，本來就該檢查證件。在這種年代，妳是腦袋壞掉了才會隨便讓陌生人進屋。」

她暫時關上門，將門鏈取下，然後再次開門，往後退了一步。「請進。」

「請問暖氣的瓦斯爐在哪裡？車庫裡嗎？」

在拉斯維加斯，很少有房屋建有地下室。「是的，在車庫裡。」

「如果妳介意的話，我可以直接從車庫的門進去。」

「不，沒關係。請進吧。」

他跨過門檻。

蒂娜關上門，並且鎖上門鎖。

「妳的房子真不錯。」

「謝謝。」

「顏色選得真棒，看起來很舒服。我很喜歡這些泥土的色調。其實和我家有點像呢。我太太也很懂得色彩美學。」

「這種色調可以讓人放鬆，」蒂娜說。

「真的嗎？的確是很美，也很自然。」

「車庫在這邊，」蒂娜說。

她帶著維修員通過廚房和走道，來到洗衣間，然後從那裡進入車庫。

蒂娜打開燈，驅散裡頭的黑暗。但陰影仍然徘徊在牆角。

車庫裡飄著淡淡的霉味，不過蒂娜並沒有聞到任何瓦斯味。

「這裡聞起來沒有什麼問題，」她說。

「妳說得也許沒錯，但不能百分之百確定。管線有可能在妳的房子底下破裂。瓦斯可能在地下的水泥隔板間積蓄。這樣的話妳沒辦法馬上發現有洩漏，但還是等於坐在一顆炸彈上。」

「真是迷人的想法。」

「讓人生更有趣，不是嗎？」

「還好你不是在瓦斯公司的公關部門工作。」

他大笑。「別擔心。如果我真的認為有可能發生那樣的事，我就不會在這裡嘻嘻哈哈了。」

「我想也是。」

「放一萬顆心。我說真的，別害怕。這只是例行檢查。」

他來到鍋爐前，將沉重的工具箱放在地上，蹲下身子。他打開拴緊的鐵片，暴露出爐裡的配置。裡面有一圈閃爍跳動的火焰，讓他的臉孔沐浴在詭異的藍光裡。

「如何？」

維修員抬起頭望著她。「大概得花上十五到二十分鐘。」

「是喔，我以為一下就好了。」

「最好是檢查得仔細一點。」

「當然，麻煩你多費心。」

「嘿，如果妳有別的事要忙，別讓我耽擱妳。我這裡沒有需要什麼別的東西。」

蒂娜想到那本封面上畫著黑衣人的圖像小說。她很好奇這個人物來自於什麼故事。她有一種奇特的感覺，這個故事肯定和丹尼遭逢的意外有相似之處。這個古怪的想法不知從何而來，但就是在腦中揮之不去。

「既然如此，」她說：「我剛剛正在整理後面的房間。如果你確定的話——」

「噢，沒問題，」他說。「快去吧，別讓我打斷妳的家事。」

蒂娜將維修員留在陰暗的車庫裡。藍色的光芒在他臉上舞動，他的眼睛裡閃爍著火焰的倒影。

第十七章

艾略特拒絕從水槽旁走到廚房另一端角落的早餐桌。矮個子鮑伯猶豫了片刻，不大情願地向前踏上一步。

「等等，」文斯說。

鮑伯停下動作，顯然很欣慰他壯碩的同伴要出手對付艾略特。

「別擋著我，」文斯警告。他將印滿問題的文件塞回外套口袋。「讓我來處理這個王八蛋。」

鮑伯退到桌旁，艾略特將注意力轉到高大的入侵者身上。

文斯右手握著槍，左手握成拳。「你是真的想跟我打上一架，小子？見鬼了，我的拳頭跟你的臉一樣大。你是不是想嘗嘗滋味，小子？」

艾略特很清楚那會是什麼樣的滋味，他可以感受到手臂下和背後冷汗直流。但他還是沒有動，也沒有理會對方的嘲弄。

「我會像一輛貨櫃車那樣輾過你，」文斯說。「所以別再固執了。」

看來他們費盡心力想要避免使用暴力。艾略特知道自己猜得沒錯，他們不想在他身上留下任何痕跡，之後他的屍體上才不會有切傷或瘀傷這些與自殺不符的證據。

這個像黑熊一樣巨大的男人搖晃著身子走近。「你改變心意，要乖乖合作了嗎？」

艾略特堅守在原地。

「我一拳打在你肚子上，」文斯說：「你會連腸子都吐出來。」

他又踏上一步。

「你吐完腸子之後，」文斯說：「我會抓住你的卵蛋，然後把你一路拖過來。」

又一步。

然後高個子停下腳步。

他們之間距離不到一隻手臂的長度。

艾略特瞥了鮑伯一眼。矮個子還站在早餐桌旁，手中是裝著注射器的小包。

「這是最後一次讓你好過點的機會，」文斯說。

在這一瞬之間，艾略特以閃電般的速度拿起量杯，將裡面四盎司的香醋直接灑在文斯臉上。高個子痛苦地驚叫一聲，暫時失去了視覺。艾略特扔下量杯，伸手抓住了槍。文斯直覺地扣下扳機，一顆子彈掠過艾略特的臉頰，打碎了水槽後的窗戶。艾略特躲過一記勾拳，欺近對方，仍然緊抓著文斯不願放手的槍。他手臂一彎，一記肘擊正中文斯的咽喉。高個子的腦袋向後一甩，艾略特緊接著以手刀攻擊暴露出的喉結，同時膝蓋猛撞對方的胯下，順勢從那如熊掌般的手中奪下槍。文斯身子前傾，乾嘔著。艾略特用槍托重擊他的腦袋，發出了像是石塊撞擊碎裂的聲音。

艾略特退了一步。

文斯跪了下來，然後俯身倒了下去。他一動也不動，舌頭碰觸到地板的磁磚。

這場打鬥持續不到十秒鐘。

高個子太過大意，以為自己比對方高了十五公分，多了八十磅的肌肉就能輕易取勝。顯然這是大錯特錯。

艾略特舉起槍，轉身面對另一名入侵者。

但鮑伯已經逃出了廚房，從飯廳直奔前門。他沒有帶槍，而且在看到艾略特俐落地制伏文斯之後，他已經喪失鬥志。

艾略特追了上去，但鮑伯沿路推翻了飯廳一張張的椅子，也推倒了客廳許多家具，書本散落一地。到玄關的路有不小的阻礙。

艾略特終於來到前門，衝出屋子，此時鮑伯已經奔過車道，穿過馬路。他爬進一輛不起眼的深綠色雪佛蘭轎車。艾略特追到街上，但只能看著他駕車絕塵而去，引擎的吼聲迴蕩在空氣中。

那輛雪佛蘭的車牌被泥土弄得模糊，艾略特無法記下號碼。

他快步走回屋內。

廚房裡的高個子還沒恢復意識，也許還會再昏迷個十或十五分鐘。艾略特翻翻他的眼皮，也檢查了脈搏。文斯不會有生命危險，但可能還是需要送醫治療。接下來這幾天他吞嚥食物時恐怕會痛苦不堪。

艾略特檢查了這個惡棍的口袋，找到一些零錢、一支梳子、一個皮包和那一疊印滿問題的紙張。

他將紙張摺好，塞進自己的長褲口袋。

文斯的皮包裡有九十二塊美金，沒有信用卡、駕照等任何身分證明。他絕對不是聯邦調查局的人，因為調查局探員一定會攜帶證件。肯定也不是中央情報局，因為特工總是帶著一大堆身分證，即使上面印的是假名。在艾略特眼中，完全沒有身分證明比假證件要危險得多。這種徹頭徹尾的匿名代表對方是屬於某種祕密警察組織。

祕密警察。這個推論讓艾略特膽顫心驚。在美國？如果是中國、伊朗或伊拉克還有可能。

沒錯，世界上有一半國家都還保有祕密警察，就像是現代版的蓋世太保，讓人民生活在半夜響起敲門聲的恐懼中。但這裡可是美國啊，該死的！

退一步來說，就算政府真的建立了祕密警察機構，為什麼這個組織急著要掩蓋丹尼之死的真相？那場雪樂山悲劇裡，到底有什麼他們需要隱藏的祕密？那天在山上究竟發生了什麼事？

蒂娜。

他猛然驚覺，蒂娜的處境就跟自己一樣危險。如果這些傢伙會為了阻止掘墳而殺了艾略特，那他們也一定會對蒂娜出手。事實上，蒂娜很可能才是他們的主要目標。

他急忙跑進廚房，拿起電話，但隨即想起他根本沒有蒂娜的號碼。他快速地翻閱電話簿，但是裡面並沒有克莉絲蒂娜．伊凡斯的資料。

他不可能從接線員那裡問到電話簿裡沒有的號碼。就算他去報警，等到他向警方解釋完整個來龍去脈，恐怕已經太遲了。

一瞬間他陷入可怕的兩難，失去蒂娜的恐懼讓他一時無法動彈。他腦海中浮現她有些頑皮的微笑、她有如山中泉水般湛藍清澈的眼眸。他胸中感到一股巨大的壓力，幾乎難以呼吸。

然後他想起兩天前《魔幻！》的首演夜蒂娜曾經給過他地址。她住得並不遠，只要五分鐘就可以趕到。

他手裡還握著那把滅音器手槍。他決定將這件武器帶在身上。

他朝街道上那輛車奔去。

第十八章

蒂娜留瓦斯公司的維修員在車庫裡，然後回到丹尼的房間。她從紙箱中取出那本圖像小說，在床邊坐下。黃銅色的黯淡陽光宛如一大把錢幣，透過窗戶灑落在房裡。

這本書收錄了好幾個附有插圖的恐怖故事。封面的圖畫來自一個長約十六頁的故事。故事第一頁上方的標題文字用腐爛的屍衣布條組成，下面描繪著一座籠罩在綿綿細雨中的陰沉墓園，畫中每一處細節都十分精緻。蒂娜驚訝地凝視著標題文字，難以相信眼前所見：

那個男孩沒有死

蒂娜想到了黑板上和電腦列印文件上的文字：沒有死，沒有死，沒有死……

她用力搖搖頭。她感到自己的手在劇烈顫抖，幾乎無法繼續閱讀下去。

故事的場景設在十九世紀中葉，那是一個醫生無法準確判斷病人生死的年代。主角是一名叫做凱文的小男孩。他從屋頂上跌落，撞擊到後腦，然後陷入了深沉的昏迷中。當時的醫學技術無法探測到他的生命跡象，於是醫生宣告他死亡。凱文悲傷的父母將他埋進了墳墓。在那個年代，遺體沒有經過任何防腐處理，凱文等於是被活埋了。他的父母在喪禮之後立刻出城，打算在鄉間的夏日別墅生活一個月，避開所有生意上的來往和社交活動，專心哀悼亡兒。但是才剛抵達鄉下的第一個晚上，母親就夢見了被活埋的凱文向她呼救。夢中的情景實在太過真實，她和丈夫決定立刻趕回城中，在黎明時挖開墳墓。但是死神認為凱文已經屬於他，因為喪禮早已舉辦，墳墓也已封起。死神決定要阻止這對父母及時趕到墓園拯救自己的兒子。大部分的情節都在描述死神如何百般阻撓他們的暗夜旅程。他們遭受各種殭屍、吸血鬼、鬼魂和妖精的攻擊，但最終還是戰勝了死神。他們在黎明時分趕到墓園，打開墳墓，發現兒子還活著，已經從昏迷中甦醒。故事最後一頁的插圖描繪死神在後方凝視著一家三人離開墓園的情景。死神喃喃地說：「這只是暫時的勝利。你最終會屬於我。你會回到這裡的，我等著你。」

蒂娜感到口乾舌燥，全身虛脫。

她不知道該如何解讀這個該死的故事。

這只不過是一本愚蠢的漫畫、一個荒謬的恐怖故事。但是……這個可怕的故事和她最近現實生活中的遭遇卻有不尋常的相似處。

她放下書，封面朝下。她不想再看到死神那張雙眼血紅、滿布蛆蟲的臉孔。

那個男孩沒有死。

真是太詭異了。

她之前確實做過丹尼被活埋的惡夢。在夢裡出現的人物卻來自於丹尼收藏的一本老舊漫畫雜誌。而這本漫畫的主打故事就是圍繞在一個和丹尼年紀相仿的男孩，被誤判死亡然後活埋，最後又重見天日。

是巧合嗎？

是啊，就跟日出接著日落一樣巧。

蒂娜有一種瘋狂的感覺；她覺得惡夢似乎不是來自於她的內心，而是來自外部。就好像有某個人或某股力量將夢灌注進她的心中，為了要——

為了要做什麼？

告訴她丹尼也是被活埋了嗎？

不可能。丹尼不可能被活埋。男孩的遺體在車禍中被摔得支離破碎、被大火焚燒，然後被冰雪封住。不管怎麼看，他都不可能生還。這也是警方和驗屍官告訴她的情形。更別說現在可不是十九世紀，如今醫生可以探測到最微弱的心跳和呼吸，甚至是若隱若現的腦波活動。

下葬時，丹尼肯定已經死了。

退一萬步來說，就算他被埋葬時真的還活著，為什麼過了整整一年這些景象才從另一個世界傳送到蒂娜的夢裡？

最後這個想法讓蒂娜感到震驚。另一個世界？幻象？靈視經驗？她本來完全不相信這些超自然現象的玩意兒。至少她認為自己不相信。但現在她卻認真思考起這種可能性，也許她的夢代表了來自另一個世界的重要訊息。這根本是胡扯。夢的根源來自於腦中的記憶和經驗，才不是某種神靈或惡魔從異次元傳來的。她對自己突然動搖的信念感到沮喪，因為她驚覺到，現在就算挖出丹尼的遺體，可能也無法如願平復她的情緒。

蒂娜從床上起身，來到窗前。她凝視著安靜的街道、隨風搖曳的棕櫚葉和橄欖樹。

她必須專注在鐵一般的事實上。排除一切胡思亂想，她的夢不可能來自外在力量。那是她自己的夢，由她的思想塑造而成。

那這本恐怖漫畫又該怎麼解釋？

她認為唯一符合邏輯的解釋很明顯。就是當時丹尼第一次帶書回家時，她一定有看見封面上的死神圖像。

只是她知道她沒有看過。

而且就算她真的看過封面插圖，她也確定自己從來沒有讀過〈那個男孩沒有死〉這個故事。她只有快速翻閱過丹尼最早買的那兩本雜誌，為了確保這種不太尋常的閱讀材料不會對兒子造成不良影響。從封面上的日期來看，這本收錄了〈那個男孩沒有死〉的圖像小說不可能是丹尼最早的收藏。出版日期是兩年前，那時距離蒂娜讓丹尼自由閱讀後，又過了很長一段時間。

她又回到了原點。

她的夢再現了恐怖故事的插圖，這點看起來毫無疑問。

但是她在幾分鐘前才知道這個故事，這也同樣是鐵一般的事實。

她無法解開這個謎團，心裡交雜著沮喪和憤怒。她轉身離開窗邊，回到床上。她想再看看那本雜誌。

這時，瓦斯公司維修員的聲音從房屋前端傳來，蒂娜嚇了一跳。

她走出房間，發現維修員在前門口等她。

「我弄好了，」他說。「只是想跟妳說一聲，讓妳把門鎖好。」

「都沒什麼問題嗎？」

「啊，是的。當然。一切都沒有問題。如果社區有外洩，那也不是發生在妳家。」

蒂娜道謝，對方表示自己只是善盡職責。兩人互相說了「祝你有美好的一天」之後，維修員離開，蒂娜鎖上了門。

她回到丹尼的房間，拿起那本可怕的雜誌。封面上的死神飢渴地瞪視著她。

她坐在床沿，又讀了一遍故事，希望找到一些先前忽略的線索。

大約三、四分鐘後，門鈴又響了起來。一聲、兩聲、三聲、四聲，毫不間斷。

她拿著雜誌前去應門。在她走到前門的十秒鐘裡門鈴又響了三次。

「怎麼這麼沒耐心啊，」她暗自嘀咕。

她透過貓眼向外張望，驚訝地發現站在門廊上的是艾略特。

她打開門，艾略特矮著身子快步走了進來。他目光越過蒂娜，左顧右盼，掃視著客廳和飯廳，然後急匆匆地說：「妳還好嗎？都沒事嗎？」

「我沒事。你是怎麼了？」

「這裡只有妳一個人嗎？」

「既然你來了，就不是嘍。」

他關門上鎖。「收拾行李。」

「什麼？」

「妳留在這裡不安全。」

「艾略特，那是槍嗎？」

「嗯，剛才——」

「真的槍？」

「是的。從一個想殺我的傢伙手上搶來的。」

在蒂娜耳中，艾略特就像是在開玩笑。「誰？什麼時候？」

「幾分鐘前，就在我家。」

「可是——」

「聽我說，蒂娜，他們想殺我只是因為我要幫妳挖掘出丹尼的遺體。」

蒂娜張口結舌，呆望著他。「你到底在說什麼？」

「謀殺、陰謀。有些詭異的事正在發生。他們很可能也想殺妳。」

「可是，這聽起來——」

「很瘋狂，」他說。「我知道，但千真萬確。」

「艾略特——」

「妳先趕快收拾東西吧！」

一開始她認為艾略特只是在耍她，玩一齣把戲來取悅她。她正要告訴他這個玩笑一點都不有趣，但當她望進他深邃的眼眸時，她立刻明白他每一句話都是認真的。

「天啊，艾略特，真的有人想要殺你？」

「這事待會兒再說。」

「你有受傷嗎？」

「沒有。但在弄清楚整件事之前，我們都得小心。」

「你有報警嗎？」

「這恐怕不是個好主意。」

「為什麼？」

「警方可能也牽涉其中。」

「牽涉其中？警察？」

「妳的行李箱收在哪裡？」

她感到一陣暈眩。「我們要去哪裡？」

「目前還不知道。」

「拜託，動作快。在他們又派人過來之前，收拾好東西離開這裡。」

「可是——」

「行李箱收在臥房的衣櫃裡。」

他伸手拍拍蒂娜的背，溫柔但堅定地催促她離開門廳。

她朝主臥室走去，滿心的疑惑逐漸轉變為恐懼。

艾略特緊跟在她身後。「下午有任何人來過嗎？」

「只有我一個人。」

「我是說，有沒有在房子附近徘徊，或者來到門前？」

「沒有呀。」

「我想不透為什麼他們會先過來找我。」

「對了，有一個瓦斯人員來過，」蒂娜說，一面快步走過短短的走廊，朝主臥室前進。

「誰？」

「瓦斯公司的維修員。」

就在他們走進臥室時，艾略特伸手搭住她的肩膀，停下她的腳步。他轉過蒂娜的身子。

「瓦斯公司的員工？」

「是啊。別擔心。我有要他出示證件。」

艾略特皺起眉頭。「但今天是假日。」

「他說他是緊急工作小組。」

「什麼緊急工作？」

「他說有一些瓦斯管線失壓，說這個社區可能有外洩。」

艾略特的眉頭皺得更深了些。「這傢伙為什麼要來這裡？」

「他說要檢查瓦斯爐，看看是不是有任何外洩。」

「妳有讓他進來？」

「當然。他有瓦斯公司的員工身分證。他檢查了暖氣爐，一切都沒事。」

「那是什麼時候的事？」

「就在你進來的幾分鐘前。」

「他在這裡待了多久。」

「大概十五、二十分鐘吧。」

「檢查爐子需要這麼久？」

「他想要仔細一點。他說——」

「他在檢查的時候，妳有在旁邊嗎？」

「沒有。我正在清理丹尼的房間。」

「暖氣爐在哪裡？」

「在車庫裡。」

「帶我過去。」

「那行李箱呢？」

「恐怕沒有時間了，」他說。

他臉色蒼白，豆大的汗珠在髮際浮現。

蒂娜臉上也血色盡失。

「天啊，」她說：「該不會——」

「暖氣爐在哪兒？」

「這邊走。」

她快步穿過屋內，從廚房進入洗衣間，手上還抓著那本雜誌。通往車庫的門就在這間狹小的矩形房間另一端。她伸手握向門把，卻嗅到了從車庫傳來的瓦斯味。

「不要開門！」艾略特警告。

她猛然抽回手，彷彿摸到了一隻劇毒的蜘蛛。

「轉動門閂可能會產生火花，」艾略特說。「我們趕快離開這裡。從前門走，來吧，快！」

他們依照原路急奔回去。

蒂娜經過一株枝葉茂盛的綠色植物，那是已經長到四呎高的鵝掌柴。當初她買來時還不到現在的四分之一高度。她有一股瘋狂的衝動，想要停下腳步，冒著房屋隨時都有可能爆炸的危險帶這株心愛的植物一起走。但死神那張紅著眼睛斜目瞪視的蠟黃臉孔一瞬間在她心中閃過。她腳下絲毫不緩，朝門口奔去。

她的左手依舊緊緊抓著那本恐怖漫畫雜誌。這是不能丟失的重要線索。

兩人來到玄關，艾略特推開前門，讓蒂娜先行。他們一起衝進了金黃色的午後陽光裡。

「快到街上！」艾略特催促著。

蒂娜腦中出現了一幅令人血液凝結的可怕景象：她的房子被巨大的爆炸從中扯裂，木片玻璃和金屬殘骸呼嘯著四散飛落，尖銳的碎片刺穿了她全身。

草坪上那條鋪著石子的步道就像是惡夢中常出現的無盡道路；她越奮力奔跑，目標就離她越遠。艾略特的賓士就停在另一端的圍籬旁。就在她和車子距離只剩下一、兩公尺時，後方突如其來的爆炸震波將她往前猛推了出去。她踉蹌地跌在跑車旁，膝蓋撞得發疼。

她在恐怖中扭過身子，喊著艾略特的名字。他平安無事，就在她身後不遠處。震波的力道讓他喪失了平衡，他腳步搖晃地前進，但是毫髮無傷。

首先遭殃的是車庫，大門被爆炸力扯下，碎片拋到了車道上。屋頂分解成了千百片著火的木質殘骸。蒂娜的目光在艾略特和大火之間梭巡，那些粉碎的瓦片還沒落地之前，第二波爆炸也跟著發生在主屋，火焰和煙霧低吼著橫掃過整棟建築，摧毀了那些在首次爆炸倖存的幾扇玻璃窗。

蒂娜震驚地望著火舌從窗口竄出，點燃了附近乾燥的棕櫚葉。

艾略特拉了蒂娜一把，並打開賓士跑車的副駕駛座門。「上車，快！」

「可是我的房子著火了！」

「現在已經救不了了。」

「我們應該等消防隊過來。」

「我們在這裡待得越久，就越有可能成為目標。」

他抓住蒂娜的手臂，轉過她的身子，讓她背對燃燒的房子。那幅景象就像催眠師緩慢晃動的懷錶一樣，對蒂娜有種難以擺脫的魔力。

「老天在上，蒂娜，上車。在我們成為槍靶之前趕快離開這裡。」

蒂娜看著自己的世界以不可思議的速度崩解，震驚變成了茫然。她依言上車。

「妳沒事吧？」他問。

她麻木地點頭。

「至少我們還活著，」他說。

他將槍放在大腿上，槍口對著車門，遠離蒂娜。他啟動引擎，雙手依然顫抖著。

蒂娜透過車窗，難以置信地望著火焰從車庫的廢墟延伸到主屋屋頂，細長的火舌搖曳著，貪婪地舔舐一切，將原本是橘色的午後陽光染成了一片血紅。

第十九章

艾略特駕著車離開烈火焚燒的房屋。他對於危險的直覺又回復到以前服役時的敏銳。動物本能的警覺和疑神疑鬼之間只有一線之隔。

他瞥了一眼後視鏡，發現一輛黑色貨車駛離圍籬，和他們維持著半個街區的距離。

「我們被跟蹤了，」他說。

蒂娜剛才一直回首望著她的房子。現在她轉過頭，也盯著後視鏡瞧。「我敢打賭，在暖氣爐上搞鬼的傢伙一定在車上。」

「很有可能。」

「如果讓我逮到那個混蛋，我會親手挖出他的眼睛。」

她的怒火讓艾略特有點訝異，但也感到欣慰。蒂娜在目睹這一切突然的暴力、家園的毀滅，並且和死亡擦身而過之後，一度陷入了恍惚之中。但現在她已經恢復了正常。她的韌性讓艾略特精神一振。

「繫上安全帶，」他說。「我要飆車了，會有些顛簸。」

她扣上環扣，正視前方。「你要試著甩掉他們嗎？」

「等著看吧。」

這個住宅區的速限是每小時四十公里。艾略特一踩油門，這輛流線型的雙座賓士跑車瞬間加速，向前猛衝。

後視鏡裡的貨車快速地縮小，直到兩台車相隔了一條街半。貨車此時也開始加速，身影不再縮小。

「他追不上我們的，」艾略特說。「頂多只能保持一定的距離。」

街上的居民都走出屋子，尋找爆炸聲的來源。他們轉頭看著呼嘯而過的賓士車。

駛過兩個街區之後，艾略特減速到九十公里，準備轉彎。輪胎發出磨擦地面的尖叫聲，車身斜斜滑向下一條道路。極佳的懸吊和靈敏的操控系統讓這輛賓士平穩地轉過這個大彎。

「他們不會真的對我們開槍吧？」蒂娜問。

「我怎麼知道？他們打算讓妳看起來像是死在一場瓦斯爆炸意外裡。我猜他們當時也想殺死我，然後偽裝成自殺的樣子。但現在他們知道我們已經盯上他們了。這些傢伙如果慌張起來，不知道會做出什麼事。我不確定。我只知道他們絕不會讓我們活著離開。」

「可是到底是誰——」

「我會告訴妳我的想法，但不是現在。」

「他們和丹尼有什麼關係？」

「晚點再說，」他不耐地說。

「可是這一切都太瘋狂了。」

「還用妳說。」

艾略特轉過一個又一個街角，盡力拉開與後面那輛貨車的距離，希望他們會搞不清楚該轉進哪條街，最後只能放棄追逐。直到他看見第四個十字路口上的標示「此路不通」時，已經太遲了。賓士車高速轉過彎，衝進了狹窄的死巷，兩邊各有一排樸素的灰泥房屋。

「媽的！」

「最好退出去，」蒂娜說。

「那樣會直接撞上他們。」

「你不是有槍嗎？」

「追兵可能不止一個人，而且一定都有帶武器。」

左邊第五棟房子的車庫大門敞開，沒有車子停放在裡面。

「我們先離開街上，躲起來，」艾略特說。

他大著膽子將賓士車駛進車庫，好像回自己家一樣。他熄滅引擎，爬出駕駛座，朝大門奔去。他用力拉了半天，鐵捲門就是不肯降下。然後他才發現門是由一組自動機械系統所控制。

蒂娜在他身後喊道：「退後。」

她也已經下了車，找到牆上的控制按鈕。

艾略特朝外面街道上張望了一眼，並沒有看見那輛貨車。

鐵門轟然落下。任何經過外面的人都無法看見他們。

艾略特朝蒂娜走去。「好險。」

她握住他的手，輕輕捏著。她的手很冰冷，但是不再發抖。

「所以那些人到底是誰？」她問。

「我那時候去見了哈羅德．肯尼貝克。就是我跟妳說過的那個法官。他——」

連結車庫和房屋的門突然打開，發出一陣尖銳單調的嘎吱聲。

一名身材高大、胸肌飽滿的男子打開了車庫的燈，好奇地盯著兩人。他身上穿著白色T恤和卡其色棉褲，手臂壯碩，幾乎和艾略特的大腿一樣粗。他的脖子也同樣粗壯，恐怕沒有哪一件襯衫能扣好衣領套上去。即使有一圈啤酒肚蓋在褲襠的皮帶上，他依舊氣勢驚人。

先是和文斯交手，現在又遇到這個傢伙。今天到底是什麼日子？巨人紀念日嗎？

「你們是誰？」這位宛如聖經裡巨獸的男子問。他的聲音意外地輕柔，和外表極不相稱。

艾略特有種不好的預感。這傢伙可能會將手伸向幾分鐘前蒂娜才按過的按鈕。車庫鐵門會拉起，那輛黑色貨車正好經過外面的街道。

他必須拖延時間。「噢，嗨，我是艾略特。這位是蒂娜。」

「我是湯姆，」高大的男子說。「湯姆．波朗比。」

這位湯姆．波朗比似乎不怎麼介意有陌生人把車開進他的車庫。他看起來只是有些困惑。以他的體魄，可能也沒什麼人嚇得了他。就好像哥吉拉對那些手持火箭筒的渺小士兵毫不在意一樣。

「好棒的車，」他說，聲音裡透著敬意。他凝視著艾略特的賓士S600，臉上表情不勝欽羨。

艾略特差點笑出來。好棒的車！兩個陌生人闖進他的車庫，擅自把車停進來，還當自己家一樣關上大門。這傢伙居然在稱讚好棒的車！

「這款車真的不賴，」湯姆點著頭，舌頭舔舔嘴唇，檢視著艾略特的賓士。

看來湯姆是相信，如果一個人有錢到可以買這款賓士，那他一定不會是盜賊、殺人犯，或者其他社會敗類。在他心中，開賓士的一定是正派人士。

艾略特忍不住想，要是他們開進車庫的是一輛破爛的雪佛蘭，湯姆不知道會作何反應。

湯姆終於不再羨慕地望著艾略特的車。「你們在這裡做什麼？」他的聲音裡依然沒有任何懷疑或敵意。

「我們是依約前來，」艾略特說。

「啥？我今天沒有任何訪客。」

「我們……我們是為了那艘小艇過來的，」艾略特信口胡謅，不知道這句謊話該如何發展下去。只要能阻止湯姆打開車庫大門將他們趕回街上，要他說什麼都行。

湯姆眨了眨眼。「什麼小艇？」

「那艘長二十呎的型號。」

「我家裡沒有二十呎的小艇。」

「裝有Evinrude船外馬達的那艘？」

「沒有那樣的玩意兒。」

「你確定嗎？」艾略特問。

「你們是不是找錯地方了？」湯姆說，他走進車庫，伸手去按大門的開關。

蒂娜及時開了口：「波朗比先生，請等一下。這其中一定有什麼誤會。這裡就是我們要找的地方。」

湯姆的手停在半途。

蒂娜繼續說道：「也許您不是我們要見的人。可能是他忘記告訴您小艇的事了。」

艾略特驚訝地對蒂娜眨眼，想不到她撒起謊來如此自然。

「那你們是要來見誰？」湯姆皺著眉頭問。

「索爾．費茲派崔克。」蒂娜不假思索地脫口而出，連她自己都有些驚訝。

「這裡沒有人叫這個名字。」

「但這是索爾告訴我們的地址。他說車庫的門會開著，我們可以直接把車子停進來。」艾略特真想給她一個擁抱。「沒錯，索爾說把車開進車庫，不要停在車道上。他來的時候才有空間把小艇拉出來。」

湯姆抓抓頭，捏著耳朵。「費茲派崔克？」

「是的。」

「沒聽過這個人，」湯姆說。「他要把小艇帶來這裡做什麼？」

「要賣給我們，」蒂娜說。

湯姆搖搖頭。「不，我的意思是，為什麼是在這裡？」

「呃，」艾略特說：「我們以為他就住在這裡。」

「不是啊，」湯姆說。「住在這裡的是我，還有我太太和女兒。她們現在不在家。這裡從來就沒有一個姓費茲派崔克的人。」

「那他怎麼會告訴我們這個地址呢？」蒂娜問，裝出不悅的模樣。

「小姐，」湯姆說：「我也沒有半點頭緒。除非……你們已經付錢了嗎？」

「這個嘛……」

「先付了頭款？」湯姆問。

「我們先給了他兩千元訂金，」艾略特說。

蒂娜接著說：「那是可以退還的訂金。」

「讓他替我們保留小艇，等見到實物之後我們再決定要不要買。」

湯姆臉上露出笑容。「恐怕這筆訂金你們是拿不回來了。」

蒂娜故作驚訝：「你是說費茲派崔克先生騙我們嗎？」

買得起賓士的有錢人並不怎麼聰明，發現這點讓湯姆心中大樂。「如果你們付了訂金，然後他給你們這裡的地址，說他住在這裡，那很可能這位索爾．費茲派崔克一開始根本就沒有什麼小艇。」

「可惡，」艾略特說。

「我們被詐騙了嗎？」蒂娜問，繼續裝出錯愕的表情，拖延時間。

湯姆現在已經笑開懷。「可以這麼說。但換個角度來看，這個叫費茲派崔克的傢伙替你們上了寶貴的一課。」

「這真的是詐騙嗎？」蒂娜搖著頭。

「千真萬確，就像太陽明天會升起一樣。」

蒂娜轉頭問艾略特：「你覺得呢？」

艾略特瞥了一眼車庫鐵門，然後看看手錶。「現在應該安全了。」

「安全？」湯姆問。

蒂娜輕巧地走過湯姆．波朗比身旁，按下開關升起鐵門。她對一臉困惑的主人笑笑，然後坐進副駕駛座。艾略特也打開駕駛座車門。

波朗比的目光在兩人之間來回，弄不清楚是怎麼回事。「安全？」

艾略特說：「沒錯，我相信你這裡很安全，湯姆。感謝你的協助。」他坐進駕駛座，倒車駛出車庫。

重新回到道路上之後，剛才耍弄波朗比的得意之情立刻煙消雲散。艾略特僵硬地抓著方向盤，咬緊牙關，擔心隨時都會有一顆子彈打穿擋風玻璃，粉碎他的腦袋。

他不大習慣現在的緊張感。以身體狀態來說，他依然強壯。但是在心理層面和情緒管理上，他比年輕時要軟弱得多。他擔任軍事情報人員已經是很久以前的事；夜色中令人恐懼的波斯灣和中東亞洲那些受戰火摧殘的城市早已塵封在過去的記憶裡。當年他還有著年輕人的堅韌，也不像現在這樣害怕死亡。在那些日子裡，擔任獵殺者的角色對他來說輕而易舉，他也從行動中得到很多樂趣。就算是轉換角色，從獵人變成獵物，他也同樣樂在其中。因為他總是能夠智取那些企圖逮到他的敵人，證明自己高超的反追蹤能力。然而事過境遷，他現在是事業有成的律師，有著美好的生活。這一切都讓他變得軟弱。他也從來沒有想到會再次陷入貓捉老鼠的遊戲；他難以相信自己又成為獵殺的目標。而這一次，他不知道自己能存活多久。

蒂娜看了看街道兩端。「沒看到那輛黑色貨車，」她說。

「目前是這樣。」

往北方幾條街之外，一道醜惡的濃煙從蒂娜家的廢墟升起，進入黃昏的天空。濃煙翻滾著，如暗夜般漆黑，玷汙了落日的粉紅色餘暉。

艾略特駛過一條又一條住宅區街道，逐漸遠離了濃煙。賓士車朝城中的大路馳去。在每一個轉彎處，艾略特都有預感那輛黑色貨車會再度現身。

蒂娜看起來也同樣緊張。艾略特不時偷眼瞧她：她不是向前弓著身子，斜眼看著他們剛進入的街道，就是扭頭盯著車窗外看。她表情肅穆，用力咬著下唇。

最後，他們經過馬里蘭公園大道、撒哈拉大道和賭城大道進入查爾斯頓大道。一直到此時，他們才放鬆下來。現在兩人的位置已經遠離蒂娜的社區。不管在後方追蹤的人是誰，不管他們背後的組織有多麼龐大，他們也不可能在這座大城市的每個角落都布下眼線。賭城裡有超過一百萬的人口，再加上每年湧進來的兩千萬遊客，周圍是廣大無邊的沙漠。這裡有上千個隱蔽的地方可以讓兩人躲藏。蒂娜和艾略特可以緩一口氣，思考接下來的行動。

至少這是艾略特目前的想法。

「接下來去哪裡？」蒂娜問。艾略特在查爾斯頓大道上轉頭向西。

「先沿著這條路跑上幾公里再來討論。我們有很多事要弄清楚，得做好周全的計劃。」

「什麼計劃？」

「保命的計劃。」

第二十章

一路上，艾略特描述了發生在他家裡的事情經過。他告訴蒂娜，那兩名歹徒隸屬於某個政府組織，他們想知道她為什麼要打開丹尼的墳墓。他也提到了吐真藥劑和皮下注射器。

蒂娜說：「我們應該回去你家。如果那個叫文斯的傢伙還在那裡，我們可以在他身上試試那種藥。就算他真的不知道為什麼組織對丹尼的墳墓有興趣，他至少可以告訴我們他的上司是誰，也許我們能夠知道幾個名字。他身上一定有很多有用的訊息。」

他們在紅燈處停下。艾略特握住蒂娜的手，這份觸感帶給他力量。「我也很想好好審問文斯。但沒有辦法，他現在很可能已經不在我家裡了。他如果恢復意識，就會自己離開。如果他的昏迷比我想像的還嚴重，他的同夥八成也在我衝去找妳時把他救走了。而且他們一定還監視著我的房子，我們現在回去等於是自投羅網。」

綠燈亮起，艾略特戀戀不捨地放下蒂娜的手。

「這些傢伙找不到我們的，」他說：「除非我們主動送上門。不管他們是誰，都不可能無所不在。我們可以躲起來。只要他們找不到我們，就殺不了我們。」

他們繼續在查爾斯頓大道上往西奔馳。蒂娜說：「你之前說，我們不能去報警。」

「沒錯。」

「為什麼？」

「警方可能也牽涉其中。至少文斯說過，他的組織可以對警方施壓。而且我們面對的是政府機關，他們肯定會官官相護。」

「這聽起來很像某種被害妄想。」

「他們可能到處都布有眼線。如果他們可以掌控一名法官，幾個警察又算得了什麼？」

「可是你說過你很尊敬肯尼貝克。你說他是一位好法官。」

「他確實是啊。他精通法條，為人公正。」

「那他怎麼會和這些殺手共事？這違反了法官的誓言吧？」

「一日情報員，終生情報員，」艾略特說。「這是情報界的箴言。我本人不吃這一套，但很多情況下確實如此。對某些人來說，他的忠誠只獻給組織。肯尼貝克在不同的情報機構都有職位。他在情報界打滾了三十年之久。十年前退休時，他才不過五十三歲，需要一些工作來打發時間。他本來就有法律學位，不過他對每天吵架的律師工作沒有興趣，所以就去參加法官選舉，也順利贏得了職位。他很認真看待現在的工作。即使如此，他當情報員的時間還是遠比當法官要長，所謂積習難改。但也有可能他其實根本就沒有真的退休過。也許他到現在還領著某個祕密機構的薪水。或者也有可能這全部都是計劃的一部分：他假裝退休，然後到拉斯維加斯當法官，讓他的上司在賭城的法律界安排對自己有用的勢力。」

「這真的有可能嗎？我是說，他怎麼能肯定自己一定會當選法官？」

「也許都在檯面下安排好了。」

「不是在開玩笑吧！」

「還記得十年前德州一名選務官出來爆料說前總統詹森第一次地方選舉時作弊嗎？那傢伙說他在這麼多年之後說出來，只是為了自己的良心。但老實說他是多此一舉，因為根本沒有人覺得這有什麼大不了。這種事情隨時都在發生。像肯尼貝克贏的這種小地方選舉，只要你有足夠的金錢和政府勢力，安排起來簡直易如反掌。」

「既然如此，為什麼不把肯尼貝克派去更重要的地方，像是華盛頓或紐約的法庭？」

「拉斯維加斯很重要啊，」艾略特說。「如果妳想洗錢，這裡大概是最方便的地方了。如果妳需要假護照、假駕照或者其他類似的東西，妳可以在賭城找到世界上最頂級的偽造文書專家。如果妳想找職業殺手、買一卡車的非法武器，甚至是雇用可以去海外出任務的傭兵團，拉斯維加斯都應有盡有。在金融法規上，內華達可能是全美國最寬鬆的州。這裡的稅率很低，根本沒有所得稅這種東西。除了賭場之外，針對銀行和房地產的規定也不像其他州那樣麻煩。對大部分人來說這減輕了負擔，但對某些人而言，這裡是投資或銷花髒錢的天堂。內華達州提供了美國任何一個地方都比不上的個人自由。我認為這是件好事。但這也吸引了那些鑽法律制度漏洞的投機分子。對任何祕密機構來說，拉斯維加斯都會是一個重要的據點。」

「所以真的到處都是眼線。」

「某方面來說，是這樣沒錯。」

「可是就算肯尼貝克對拉斯維加斯警方有很大的影響力，警察會任由我們被殺嗎？真的可以做到這樣的程度？」

「就算警方不想涉入，他們可能也無力保護我們。」

「到底哪個政府機構可以這樣無視法律，有權力殺害任何阻擋他們的無辜公民？」

「我也還在思考。相信我，我也很害怕。」

他們在另一個紅燈前停下。

「那你說怎麼辦？」蒂娜問。「就靠我們兩人處理這整件事嗎？」

「至少目前是這樣。」

「這也太令人絕望了吧！我們該怎麼做？」

「現在還不是絕望的時候。」

「就我們兩個普通人，要怎麼對付他們？」

艾略特瞥了一眼後視鏡。自從開上查爾斯頓大道之後，他每隔一、兩分鐘就查看一次後方。沒有任何車輛跟在後面，但他依然不放鬆警戒。

「還不到絕望的時候，」他重複剛才的話。「我們只是需要時間思考，想出一個計劃。也許我們可以找到能求援的對象。」

「像是誰？」

綠燈亮起。

「像是報社，」艾略特說。他加速越過十字路口，又看了一眼後視鏡。「我們手上握有一些證據，足以證明一些不尋常的事情正在發生：這把從文斯那裡奪來的滅音器手槍，還有妳被炸毀的屋子……一定會有記者願意追查，然後寫出報導，告訴大眾有一群無名無姓的祕密人士企圖阻止我們打開丹尼的墳墓，並且指出當年雪樂山悲劇可能有不可告人的祕密。到時候其他罹難男孩的家屬也會要求開墳、要求重新驗屍和重啟調查。肯尼貝克的上司不希望我們激起大眾對官方說法的懷疑。但只要放出消息，只要其他罹難者家屬和所有市民都出來大聲疾呼，肯尼貝克的同夥就算殺了我們也沒有用。所以還不到絕望的時候，蒂娜。如果這麼快就放棄，那也太不像妳了。」

蒂娜嘆了一口氣。「我不會放棄的。」

「很好。」

「我不會放棄，直到知道丹尼到底發生了什麼事。」

「好極了，這才是我認識的克莉絲蒂娜．伊凡斯。」

暮色很快地隱沒在黑夜中。艾略特打開了車頭燈。

蒂娜說：「我只是覺得……過去這一整年來，我都在努力調適，去接受丹尼已經死在那個愚蠢的意外裡。而現在，就在我終於可以面對這個事實，繼續往前走的時候，我卻發現他可能根本就沒有死。突然之間，一切又都陷入迷霧之中。」

「事情會結束的。」

「是嗎？」

「沒錯。我們會找到事實的真相。」

他又看了一眼後視鏡。

沒有任何可疑的跡象。

艾略特感受到蒂娜的目光。過了好一會兒，她才開口。「你知道嗎？」

「什麼？」

「我覺得……你好像……怎麼說，其實樂在其中？」

「樂在其中？」

「被人追逐、獵殺。你好像還挺享受這種經驗。」

「噢，並沒有。我可不覺得從比我高大兩倍的傢伙手中奪槍是很好玩的事。」

「我知道，那不是我的意思。」

「而且如果有得選的話，我也絕對不會讓我原本平靜的生活毀於一旦。我想當個能安心過平凡日子的市民，不想變成亡命之徒。」

「我說的不是你的選擇。我的意思是，現在事情已經發生了，你好像還挺開心的。你內心深處有個地方似乎是愉快地在面對這些挑戰。」

「胡扯。」

「那是一種動物性的直覺……你現在身上有一股新的力量，是今天早上所沒有的。」

「現在和早上唯一的差別，就是我現在害怕得快要尿褲子了。」

「恐懼，那也是其中一部分，」她說。「危險在你心中產生了共鳴。」

他微微一笑。「妳是說那些間諜和反間諜工作？不好意思，我一點都不懷念。我不是那種天生的外勤探員。」

「不管怎麼說，」蒂娜說：「我很高興你在我身邊。」

「我比較喜歡妳在我上面，」艾略特說，朝她眨眨眼。

「你的想法一直都那麼齷齪嗎？」

「當然不是，這得慢慢培養。」

「你還真懂得苦中作樂。」

「『笑聲是受難者的慰藉、抵禦絕望的盾牌、治癒憂鬱的良藥。』」

「這句話是誰說的？」她問：「莎士比亞？」

「格魯喬・馬克斯，如果我沒記錯的話。」

蒂娜彎腰拾起雙腿間的某樣東西。「還有這個該死的玩意兒。」

「妳有什麼發現？」

「這是我從家裡帶出來的，」她說。

當時他們趕著在爆炸前逃出屋子，艾略特並沒有注意到她手裡拿著什麼東西。他冒著行車危險瞥了一眼，但車裡燈光太暗。「那是什麼？」

「一本恐怖漫畫雜誌，」她說。「我在清理丹尼的房間時找到的，和其他雜誌裝在同一個紙箱裡。」

「所以呢？」

「記得我跟你說過的惡夢嗎？」

「當然記得。」

「惡夢中的怪物就是這本雜誌封面的圖畫，一模一樣。」

「那妳一定是之前有看過這本雜誌，然後妳就——」

「不是的。我一開始也是這樣告訴自己。但直到今天之前，我從來沒有見過這本書。我很確定沒有。我翻遍了丹尼所有收藏。以前他從書報攤回來時，我不會檢查他買了哪些書。我很尊重他的隱私。」

「也許妳——」

「等等，」她說。「我還沒告訴你最可怕的部分。」

隨著他們遠離城鎮中心，路上的車輛也越來越少。遠方的黑色山脈逐漸逼近，山頂籠罩著西部天空最後一抹紫色餘暉。

蒂娜告訴了艾略特她在〈那個男孩沒有死〉裡的發現。

恐怖故事的內容和他們試圖打開丹尼墳墓這件事之間有著驚人的相似處。艾略特感到背脊發涼。

「現在，」蒂娜說：「就像故事裡死神想要阻擋那對父母，有人也企圖阻止我打開兒子的墳墓。」

他們已經離城鎮太遠了，道路兩側的黑暗彷彿要吞噬一切。地勢在這段路上開始上升，查爾斯頓山就在前方不到一小時的車程處，冰雪覆蓋著那裡的松樹林。艾略特轉過車頭，只見夜裡城市的燈光散布在黑色荒原上，宛如一大群蔓生的菌類。

「的確是有相似之處，」他說。

「沒錯，太多巧合了。」

「但其中也有很大的差異。在故事裡，男孩遭到活埋。但是丹尼確實已經死了。令人懷疑的是他真正的死因。」

「這是故事情節和真實情況的唯一不同。別忘了故事標題裡的『沒有死』。而且故事裡男孩的年紀也和丹尼相同。太多相同的元素了。」她說。

兩人沉默了片刻。

艾略特終於開口：「妳說得對。這不可能是巧合。」

「你怎麼解釋？」

「我不知道。」

「唉，我們都想不透。」

一間路邊餐館出現在右方，艾略特將車駛進停車場。入口處的水銀蒸氣燈散發出淡淡的紫色光芒，但停車場依舊大半籠罩在黑暗中。艾略特驅車到餐館後方，將賓士停進最陰暗的停車格裡，旁邊是一輛豐田Celica轎跑車和一輛露營車。任何人從道路上都無法看見這個位置。

「餓了嗎？」

「餓壞了。但我們先看看那份問題清單再進去吧？就是他們要你回答的那些問題。」

「進去裡面看吧，」艾略特說。「裡面燈光比較好。看起來人不多，應該不會有人偷聽我們講話。帶著那本雜誌，我想讀一下那個故事。」

艾略特下了車，旁邊露營車的側面車窗卻吸引了他的注意力。他斜眼瞧去，玻璃後一片漆黑。但他有一股不祥的預感，似乎有人躲在車內，凝視著他。

別疑神疑鬼，他告誡自己。

他轉過身子，目光落在餐館後方垃圾桶周圍那一圈黑影。他再次感覺到有人躲藏在那片隱蔽處，監視著自己的一舉一動。

他之前告訴蒂娜，肯尼貝克上司的眼線未必無所不在，言猶在耳。他和蒂娜確實正在面對一個勢力龐大、目無法紀的危險組織。這個組織為了掩蓋雪樂山悲劇的真相而不擇手段。但任何組織都是由普通人所組成，他們並不是全知全能的上帝。

話是這麼說，然而……

艾略特和蒂娜穿過停車場，朝餐館走去。他就是無法擺脫那股感覺、那股有某人或某種事物窺伺在旁的感覺。對方似乎不一定是人類，而是一種詭異難解的存在，一種不屬於這個世界的力量。艾略特從未有過的體驗，而他一點也不喜歡這種感受。

蒂娜在水銀燈的紫色光暈下停下腳步。她回頭望了車子一眼，臉上露出古怪的表情。

「怎麼了？」艾略特問。

「我不確定……」

「妳看見什麼了嗎？」

「沒有。」

兩人望著眼前的陰影。

過了片刻，她才又開口：「你有感覺到嗎？」

「感覺到什麼？」

「我有一種……難以解釋的感覺。」

「你也感覺到了，對吧？」她問。

艾略特沒有回答。

「是的。」

「好像這附近還有別人。」

「這真是瘋了，」他說：「但我確實有被監視的感覺。」

她忍不住發抖。「但這裡沒有別人。」

「我也這麼想。」

他們依然盯著如墨水般的黑暗，注意周遭任何動靜。

「我們是不是太緊張，所以產生了幻覺？」她問。

「很有可能，」艾略特說，但他並不認為這是想像力在作祟。

一陣輕柔的涼風吹起，帶著荒漠雜草和砂礫的味道。一旁的棗椰樹葉沙沙作響。

「這感覺很強烈，」她說。「你知道這讓我想到什麼嗎？我在安潔拉的辦公室裡有一模一樣的感受，就在電腦開始自己運作的時候。我覺得……我不只是受到監視……像是有一股力量……一種我看不見的事物就在我身旁。我可以感覺到它的重量、它在空氣中帶來的壓力……感到它逐漸逼近。」

艾略特很清楚蒂娜的感受，但他實在不想去思考這種無法解釋的現象。他擅長應付現實世界中那些鐵一般存在的事實；他喜歡抽絲剝繭找出證據，建立起堅不可摧的論述。這也是為什麼他能夠成為一位優秀的律師。

「我們都太累了，」他表示。

「這種感覺和疲累無關。」

「我們先去吃點東西吧。」

她又呆立了片刻，回首凝視那一片紫色燈光無法觸及的黑暗。

「蒂娜……？」

一陣風吹起一片風滾草的葉子，它飛快地掠過柏油路。

飛鳥從空中俯衝而下。牠隱身在黑暗中，但艾略特能聽見翅膀的拍動聲。

蒂娜輕咳一聲。「這感覺很像……黑夜本身就監視著我們……夜晚、陰影……它們的闇黑之眼在凝視著我們。」

微風吹動艾略特的頭髮，垃圾桶上某個金屬零件也發出聲響。餐館的大型招牌在兩根電線桿間閃爍著光芒，嗞嗞作響。

最後，艾略特和蒂娜決定不再朝陰影處張望，緩步走進了餐館。

第二十一章

這間狹長的L型餐館裡面充滿了各種閃亮的事物：鉻黃色的餐桌、玻璃窗、塑膠餐具、黃色的富美家合板裝潢和紅色壁紙。投幣點唱機播放著葛斯．布魯克斯的鄉村歌曲。音樂聲混雜著煎蛋、培根和香腸令人垂涎的香氣。有些顧客才剛開始享用今天的第一頓早餐，完全符合拉斯維加斯的生活節奏。蒂娜一踏進門，就感到唾液在嘴裡湧現。

十一名顧客聚集在餐館L型的沙發座位，五名顧客坐在靠近入口的吧檯處，另外有六人在紅色雅座裡。艾略特和蒂娜選了最遠離人群的座位，就在L型沙發較短的那一端。

他們的服務生是一名叫艾薇拉的紅髮女孩。她有一張有酒窩的圓臉，雙眼閃閃發光，亮得好像打過蠟一樣，操著一口慢條斯理的德州腔。艾略特和蒂娜點了起司漢堡、薯條、涼拌捲心菜和Coors牌啤酒。

艾薇拉帶著菜單離開之後，蒂娜才開口：「來看看你從那兩個傢伙身上拿到的文件。」

艾略特從長褲口袋中掏出那幾張紙頁，在桌上攤開。總共有三張紙，每一張都印著十幾個問題。

他們面對面坐著，傾身向前，默默地讀著紙上的文字：

一、你認識克莉絲蒂娜・伊凡斯多久了？

二、為什麼克莉絲蒂娜・伊凡斯請你協助打開她兒子的墳墓，而不是選擇別的律師？

三、她有什麼理由去懷疑官方針對她兒子死亡事件的說法？

四、她有證據證明官方說法是錯誤的嗎？

五、如果有，那是什麼證據？

六、她從哪裡取得這些證據？

七、你有聽過「潘朵拉計劃」嗎？

八、你和伊凡斯女士是否有接觸過任何關於內華達雪樂山上軍事研究設施的資料？

艾略特抬起頭。「你有聽過『潘朵拉計劃』嗎？」

「沒有。」

「雪樂山上的祕密實驗室？」

「這個倒是有。奈德樂太太跟我說過。」

「奈德樂太太？」

「她替我打掃房子。」

「妳是在說笑吧？」

「好吧。現在可不是開玩笑的時候。」

「『笑聲是受難者的慰藉、治癒憂鬱的良藥。』」

「格魯喬・馬克斯，」她說。

「看來他們是認為潘朵拉計劃中的某人想要洩漏機密。」

「他該不會就是來過丹尼房間的人？是潘朵拉計劃的成員在黑板上寫字……然後操縱辦公室的電腦？」

「有可能，」艾略特說。

「但你不這麼認為？」

「如果某人因為良心不安而想說出事實，為什麼他不直接找妳？」

「他可能怕受到傷害。這很合理。」

「有可能，」艾略特說。「但我想事情還要更複雜。這只是我的直覺。」

他們很快地檢視完剩下的資料，但其中了無新意。大部分的問題都圍繞在蒂娜知道多少關於雪樂山意外的事情、她告訴艾略特和麥可多少訊息、她還有和多少人討論過這件事等等。文件上沒有其他像「潘朵拉計劃」這樣引人注目的字眼，也沒有任何進一步的線索。

艾薇拉送上了兩瓶冰涼的Coors牌啤酒，以及兩只玻璃酒杯。

投幣點唱機開始播放艾倫・傑克森憂傷的歌曲。

艾略特啜著啤酒，翻閱丹尼那本恐怖漫畫雜誌。「太神奇了，」他快速地讀完〈那個男孩沒有死〉。

「如果你也做同樣的惡夢，你會覺得更神奇，」蒂娜說。「現在我們該怎麼辦？」

「丹尼的喪禮是採用閉棺的方式。其他罹難的童軍男孩也是嗎？」

「大約有一半是這樣，」蒂娜說。

「那些家長也從未見過遺體？」

「不，所有家長都有過去辨識遺體。但有些男孩的情況很糟，連禮儀師也難以修復，所以才採用閉棺的方式。他們只有強烈建議我和麥可不要去看遺體。丹尼遺體的損傷程度遠遠超過其他男孩……」

雖然已經過了這麼久，她一想到丹尼活著的最後一刻，還是忍不住哽咽，胸中充塞著悲傷和憐憫。即使那只是一瞬間的事，他還是經歷了多麼恐怖的經驗，肉體承受了多大的痛苦！她用力眨眨眼，吞下一口啤酒，壓抑住落淚的衝動。

「糟糕，」艾略特說。

「怎麼了？」

「我原本認為這些家屬可以成為我們的盟友。如果他們也都沒有親眼見過小孩的遺體，過去這一整年裡他們可能也懷抱著同樣的懷疑。這樣我們就能夠輕易說服他們一起呼籲打開所有的墳墓。如果我們能匯集多數人的聲音，文斯那夥人的上司就不敢冒險殺我們滅口，我們也不用擔心自己的安危。但如果其他家屬都已經看過遺體，他們就沒有理由像妳一樣去懷疑官方的說法。他們也許才剛剛克服這樁悲劇帶來的傷痛。如果我們現在去找這些家屬，他們絕對不會相信這個瘋狂的陰謀論。」

「所以我們還是孤立無援。」

「沒錯。」

「你之前說我們可以去找記者，激起媒體報導的興趣。你心中有任何人選嗎？」

「我是認識一些本地的記者，」艾略特說。「但找本地媒體不是個好主意，因為這可能正中文斯那夥人的下懷。如果他們正在守株待兔，我們找上記者之後還說不到兩句話，可能就被殺了。我們應該找外地的媒體來報導。但在那之前，我還得釐清更多事實。」

「你之前不是說，我們已經掌握了足夠的證據給媒體嗎？你搶來的手槍……還有發生在我家的爆炸……」

「對拉斯維加斯的報社來說，那也許已經足夠。這裡的人們對賈伯斯基的童軍團和雪樂山意外記憶猶新。這是椿本地的悲劇。但如果我們找上洛杉磯、紐約或其他地方的報社，除非這件事超越了地方上的層次，記者是不會有興趣報導的。也許我們手上現有的證據已經足夠讓他們相信這是一條大新聞，我也說不準。但在公開之前，我想要掌握更多的事實。最理想的情況是，我們做出嚴謹的推論，解釋童軍團意外的真相。讓記者有聳動的材料和可信的根據來撰寫報導。」

「你現在有任何推論嗎？」

艾略特搖搖頭。「還沒有。但我認為，目前有一個最明顯的解釋。那就是童軍團和領隊看見了某個他們不該看見的東西。」

「潘朵拉計劃？」

他喝了一口啤酒，擦掉嘴唇上的泡沫。「除了軍事機密之外，我想不到還有什麼會牽涉到文斯所效力的那種祕密組織。這樣複雜龐大的機構絕對不會浪費時間在無關緊要的小事上。」

「可是軍事機密……這聽起來太扯了。」

「妳可能不知道，冷戰結束之後，加州飽受軍事預算刪減的經濟衝擊。現在內華達比其他任何州擁有更多五角大廈資助的企業和機構。我說的可不是像奈利斯空軍基地或核子試爆場那些檯面上的設施。總之，內華達是那種高度機密武器研究中心的理想地點。這裡有綿延數千哩的無人荒地。沙漠也好，深山也好，那些最偏遠的地方都是聯邦政府所有。如果你將祕密設施蓋在這片荒地中央，根本不用在機密安全上花太多心力。」

蒂娜雙手環抱著酒杯，傾身靠近艾略特。「你的意思是，賈伯斯基、林肯和童軍團的孩子不小心闖進了某個在雪樂山裡的祕密設施？」

「這很有可能。」

「然後看到了不該看到的東西？」

「也許是這樣。」

「然後呢？你是說……就因為看到了某些東西，他們就全部慘遭殺害？」

「這樣的故事應該足夠吸引記者的興趣。」

她搖搖頭。「我只是不敢相信政府會謀殺一群小孩，只因為他們不小心看見了某個祕密武器或類似的東西。」

「不會嗎？想想韋科慘案，裡面死了多少兒童。還有魯比．李奇，被聯邦調查局的人從背後開槍射殺。記得文斯．佛斯特嗎？他被發現死在華盛頓公園。即使所有證據都指向謀殺，官方還是以自殺結案。就算政府立意良善，在遇到重大事件的時候也是會不擇手段。我們身處在一個奇異的年代，蒂娜。」

夜風吹起，他們座位兩側的玻璃窗輕輕震動。窗外的查爾斯頓大道上，經過的車輛激起塵土和垃圾，呈現出一片蕭索的景象。

蒂娜感到一陣寒意。「可是那些孩子究竟能看到多少東西？你不是說這種在荒野裡的設施很容易保密嗎？他們怎麼可能接近一個戒備森嚴的地方？除了不小心瞥上一眼，他們應該也無法看清楚什麼才對。」

「也許看上一眼就足以讓他們送命。」

「小孩子其實並不善於觀察，」她爭辯著。「他們凡事都憑印象，容易受到刺激或誇大的事物影響。就算他們真的看到了什麼，他們回來之後的描述一定都大不相同，一點也不精確。不管怎麼樣，一群小男孩都不會對祕密設施的安全造成威脅。」

「妳說得可能沒錯。但對那些冷酷精明的保安人員來說，恐怕不是這麼一回事。」

「怎麼說呢，我還是覺得只有蠢蛋才會認為殺人是安全的處理方式。殺害所有人然後假裝成意外，這得冒多大的風險！還不如讓孩子們平安回家，他們口中關於一些山中奇異事物的描述根本毫無根據，沒有人會相信。」

「別忘了，除了小孩以外，還有兩名成人同行。就算沒人相信孩子們的話，他們也得相信賈伯斯基和林肯。也許祕密設施的保安人員相信他們必須殺掉賈伯斯基和林肯，然後為了掃除所有目擊證人，只好連孩子們都一起殺害。」

「這未免太……邪惡了。」

「但很合理。」

蒂娜低頭看著酒杯在桌上留下的一圈水漬。她思考著艾略特的話，伸指沾了一點水，在圓圈裡畫了一個猙獰的嘴巴、一個鼻子和一雙眼睛。她還添加了一雙尖角，將水漬變成了一張惡魔的臉孔。然後她一掌抹去這幅圖案。

「我不知道……隱藏的設施……軍事機密……這些聽起來都令人難以置信。」

「我不這麼認為，」艾略特說。「這事雖然聽起來離奇，但是非常合理。不過這只是個推論，我沒有說事實一定如此。但任何聰明而且有野心的記者都不會放過這樣的故事，他們一定會想追查到底。前提是我們必須提出更多事實來支持這個推論。」

「那肯尼貝克法官呢？」

「他怎麼了？」

「他可以提供我們需要的資訊。」

「現在跑去找他等於是自殺，」艾略特說。「文斯的同夥一定會在那邊等我們上門。」

「也許能有什麼辦法避開他們，然後跟肯尼貝克聯繫？」

他搖搖頭。「不太可能。」

她嘆了口氣，頹然靠回椅背上。

「而且，」艾略特說：「肯尼貝克可能也不知道事情的全貌。他大概也像那兩個闖進我家的傢伙一樣。高層只對他透露他需要知道的部分。」

艾薇拉送上他們的餐點。起司漢堡裡的牛肉鮮嫩多汁，薯條也炸得酥脆。涼拌捲心菜有點酸，但還算爽口。

蒂娜和艾略特很有默契地不在吃飯時討論這些問題。其實他們根本沒再多說什麼話。他們聽著投幣點唱機播放的鄉村歌曲，凝視著窗外的查爾斯頓大道。沙塵遮蔽了來車的燈光，逼得車輛必須緩慢行駛。兩人在心中思考著不想說出口的一切詭異事件：過去的謀殺和現在的威脅。

用完餐之後，蒂娜先開了口。「你剛才說我們得先有更多證據，才能去找記者。」

「沒錯。」

「但我們該怎麼找到證據？上哪裡去找？還是從某人身上打聽？」

「我也在想這個問題。我們目前能做的是打開墳墓。如果能取出遺體，讓最頂尖的病理學家檢驗，一定能夠找到證據，推翻官方當初對死因的解釋。」

「可是我們無法自己去打開墳墓，」蒂娜說。「我們總不能半夜溜進墓園，光靠鏟子挖開一噸重的泥土。而且那座墓園是私人民營的，他們一定有保全系統阻止別人進去破壞。」

「肯尼貝克的爪牙也很可能監視著墓園。如果我們不能檢查遺體，那只能跳到下一個選項：我們必須和最後見到遺體的人談談。」

「什麼？那會是誰？」

「我想……應該是驗屍官。」

「你是說雷諾的醫檢師？」

「死亡證明是他們發出的沒錯吧？」

「是的。遺體從山裡運出來之後，就是送到雷諾。」

「等一下……我想我們得跳過驗屍官，」艾略特說。「因為意外死亡就是他認定的，他八成也早就被收買了。他鐵定不會站在我們這邊。現在和他聯繫可能會有危險。也許等到最後我們再去找他。我們現在應該先去拜訪處理遺體的禮儀師，他一定有很多線索可以告訴我們。他是在拉斯維加斯嗎？」

「不是。當初是雷諾的葬儀社清理遺體，然後運送回來舉行喪禮。遺體送來時棺木已經封起，我們沒有打開。」

艾薇拉經過餐桌，詢問他們是否還需要加點任何東西。他們謝絕了之後，她留下帳單，收走了碗盤。

艾略特問：「妳還記得雷諾那位禮儀師的名字嗎？」

「記得。他姓貝里柯斯提。路西亞諾・貝里柯斯提。」

艾略特將剩下的啤酒一飲而盡。「那我們就去一趟雷諾。」

「不能直接打電話給他嗎？」

「在這個年代，任何人的電話都可能被竊聽。而且如果面對面談的話，我們才知道他是不是在說謊。所以這事不能用電話解決，我們得親自過去一趟。」

她拿起酒杯，想喝完剩下的啤酒，但是手卻顫抖起來。

「怎麼了？」艾略特問。

蒂娜無法確定。她心中充滿了新的恐懼、一種比這幾個小時的心驚膽顫要更深沉的恐懼。「我……我只是……害怕去雷諾。」

艾略特越過桌面握住了她的手。「沒事的。那邊不會比這裡更危險。別忘了我們是在這裡遭到追殺。」

「我知道，你說得對。我也很怕那些緊追不捨的變態。但是我更害怕……害怕發現丹尼死亡的真相。我有一種預感，一切都會在雷諾得到解答。」

「這不就是妳希望的嗎？揭開真相。」

「是啊，我是希望找到答案。但同時我也害怕知道真相。因為那會很可怕。真相一定恐怖到超越我們的想像。」

「也許不會如妳想的那樣。」

「一定會的。」

「不然我們就只能放棄，不再追查。永遠都不知道到底發生了什麼事。」

「那更糟，」她承認。

「不管怎麼樣，我們都必須知道雪樂山上發生的事情。只有知道真相，才能救得了我們，這是存活下去的唯一希望。」

「那我們什麼時候前往雷諾？」

「今晚，現在。搭我那架西斯納飛機。性能很棒的小傢伙。」

「他們不會發現嗎？」

「應該不會。我今天才跟妳碰頭，他們大概還對我不大了解。不管怎樣，我們會很謹慎地前往機場。」

「如果搭你的西斯納，多久可以到雷諾？」

「一、兩個小時吧。和貝里柯斯提談完之後，我們最好在那邊待個幾天，直到弄清楚整件事情的來龍去脈。他們很可能還在拉斯維加斯搜尋我們的蹤跡，我們最好避開。」

「可是我那時候根本沒機會整理行李，」蒂娜說。「我需要換衣服，至少刷個牙之類的。雷諾在這個季節很冷，而我們倆身上都沒有大衣。」

「我們會先買好所有需要的東西再出發。」

「我身上一毛錢都沒有。」

「我有一些，」艾略特說。「大概幾百塊。我的錢包裡裝滿了信用卡。光靠這些卡我們都可以環遊世界了。當然，如果用信用卡付錢的話，他們可能會追蹤到我們。但那也是幾天後的事了。」

「可是今天是假日，而且——」

「這裡可是賭城，」艾略特說。「一定有一些店開著。飯店裡的商店也全年無休。現在算是一整年最繁忙的時候。我們可以很快就買到大衣和任何需要的東西。」他留給服務生豐厚的小費，站起身來。「走吧。越早出城越安全。」

兩人來到靠近入口的櫃檯。

收銀員滿頭白髮，厚重的鏡片後面是一雙如貓頭鷹般的眼睛。他微笑著問晚餐是否令客人滿意，艾略特點頭贊同。老人開始找零，那雙有著關節炎的手動作緩慢。

辣醬的濃厚香味從廚房飄來。青椒、洋蔥、墨西哥辣椒，還有巧達起司和蒙特利傑克起司混合的特殊香氣。

餐館較長的一端幾乎坐滿了客人。大約有四十個人，不是吃著晚餐就是在等待食物上桌。有些人開懷大笑，一對年輕情侶面對面親密地交談，好像在密謀什麼事一樣，兩人的頭都快撞在一起。所有人都有話可聊，不管是情侶、夫妻還是一群朋友。他們享受著歡愉的晚餐時光，迎接剩下的三天假期。

蒂娜忽然感到一陣椎心的嫉妒。她也想和這些人一樣幸運。她也想在幸福平和的普通生活裡享受一個普通的夜晚，吃著一頓普通的晚餐，對眼前不會有任何意外的安逸未來滿心期待。這些人不用擔心什麼職業殺手、詭異的陰謀、假冒的瓦斯維修員、滅音器手槍和挖開的墳墓。他們不知道自己有多麼幸運。蒂娜感到她和這些人之間有一道巨大的鴻溝。她不知道自己是不是還有機會可以像他們一樣無憂無慮。

一陣冷風刺痛了她的後頸。

她轉頭去看是誰進入了餐館。

餐館的門緊閉著，沒有人進來。

但是空氣卻變得無比寒冷。

門口左側的點唱機正播放著一首鄉村歌曲：

「寶貝，寶貝，寶貝，我依舊愛你。

我們的愛會長存下去，無庸置疑。

你可以和人賭上一切，告訴他們

我們的愛還沒有死。

不，我們的愛還沒有死——

沒有死——

沒有死——

沒有死——」

唱片似乎卡住了。

蒂娜不可置信地盯著點唱機。

「沒有死——

沒有死——

沒有死——

沒有死——」

艾略特轉過身來，將手放在蒂娜肩上。「搞什麼？」

蒂娜張口結舌，無法動彈。

餐館內的氣溫急遽下降。

她全身顫抖。

其他客人也停止交談，看著結結巴巴的點唱機。

「沒有死——

沒有死——

沒有死——

沒有死——」

死神腐爛的臉孔閃過蒂娜腦海。

「讓它停下來！」她懇求。

有人喊：「用槍打爛它。」

另一人叫道：「這該死的東西踢幾下就好了。」

艾略特走到點唱機前，輕輕搖著這台機器。它終於不再重複跳針「沒有死」，又播起了剛才的歌曲，但只持續了幾句歌詞。艾略特轉身準備離開機器時，那帶著強烈暗示的詭異片段又響了起來：

「沒有死——

沒有死——

沒有死——

沒有死——」

蒂娜只想走過餐館，抓住每一名客人猛力搖晃，逼問到底是誰在操弄點唱機。但同時她也意識到這個想法一點都不合理。無論真正的原因是什麼，都絕對沒有這麼單純。沒有人在操弄點唱機。幾分鐘之前，她不是才在羨慕這群人平凡的生活嗎？懷疑他們當中有人受僱於那個炸掉她房子的組織，未免太可笑了。別疑神疑鬼，他們不過是一群普通人，在路邊的餐館享用晚餐。

「沒有死——

沒有死——

沒有死——」

艾略特又搖了搖點唱機，但這次一點用都沒有。

空氣越來越冰冷，蒂娜聽見有些客人也注意到了這個現象。

艾略特用力搖著機器，力道比剛才更猛，但它依然不斷透過鄉村歌手的聲音重複著那幾個字，好像有一隻無形的手將雷射唱盤的唱針牢牢壓在同一個地方。

白髮收銀員從櫃檯後走出。「不好意思，讓我來處理吧。」他喊著另一名服務生。「珍妮，去檢查一下溫度控制器。屋裡要的是暖氣，不是冷氣。」

艾略特站開一步，讓收銀員過來查看點唱機。

突然之間，點唱機的音量放大了好幾倍，但根本沒有人碰到它。那幾個字像雷鳴般震撼了整間餐館，窗戶都抖動了起來，桌上的銀色餐具也哐啷作響。

「沒有死——
沒有死——
沒有死——」

許多人皺起眉頭，伸手掩住耳朵。

老收銀員得大聲吼叫，才能蓋過點唱機震耳欲聾的聲響。「後面有個按鈕，可以退出唱片。」

蒂娜沒有遮住耳朵。她兩條手臂直挺挺地垂在身側，雙手握拳，彷彿凍僵了一般。她無法凝聚意志力來舉起手。雖然她心中想要大聲尖叫，卻發不出一點聲音。

越來越冷。

這種好像有幽魂在場的感覺非常熟悉。那天在安潔拉辦公室裡，蒂娜看著電腦自己啟動時，就有一模一樣的感受。剛才在停車場時，那股受人監視的感覺也是來自同樣的力量。

老收銀員在機器旁蹲下，伸手到後面摸索退片的按鈕。他用力按了好幾次。

「沒有死——

沒有死——

沒有死——」

「得把插頭拔掉！」老人說。

此時音量又開始放大。「沒有死」從喇叭傳到了餐館的每一個角落。聲音的力道之大，彷彿要震碎人的骨頭一樣，令人難以相信這台機器能夠發出這種毫無節制的巨響。

艾略特將點唱機拉離牆邊，讓老收銀員可以抓到電源線。

就在這一瞬之間，蒂娜突然明白，她並不需要害怕這些異象背後的力量。它對自己並無惡意。事實上還正好相反。她如電光火石般領悟了所有奧祕，看穿了這一切謎團。她原本握緊成拳的雙手舒張了開來，頸部和肩膀的肌肉也不再緊繃。剛才怦怦亂跳的心臟也慢慢寧定下來，雖然還沒有恢復到正常的節奏。但現在觸動她心緒的不再是恐懼，而是興奮和希望。胸口的煩悶已經消失，她也不想再放聲尖叫。

白髮收銀員用他飽受關節炎折磨的手抓住插頭，用力想將它從插座上扯下。蒂娜有一股衝動想叫他停下動作。她很想看看如果無人阻止那股控制了點唱機的力量，接下來究竟會發生什麼事。但她還沒來得及想到該如何說出這個奇怪的要求，老人已經成功地扯下了機器的插頭。

「沒有死」那刺耳的單調聲響戛然而止，一陣令人錯愕的沉默。

餐館裡的客人都緩了口氣。幾秒鐘後，大家爆出熱烈的掌聲，感謝老收銀員解決了惱人的噪音。

那名叫珍妮的服務生從櫃檯後叫喚。「嘿，艾爾，我剛才沒碰溫度控制器。上面顯示暖氣正常運作，設定在二十一度。你最好過來看看。」

「妳一定有動到什麼，」艾爾說。「現在室內又變暖了。」

「我沒碰它，」珍妮堅稱。

艾爾並不相信，但蒂娜知道她沒說謊。

艾略特轉身離開點唱機。他望著蒂娜，一臉關切。「妳還好嗎？」

「我沒事。天啊，我很久沒有感覺這麼好了。」

他眉頭微蹙，蒂娜的笑容讓他一頭霧水。

「我知道這是怎麼一回事了。艾略特，我弄明白了！來吧，」她說，聲音清晰無比。「我們走。」

蒂娜的舉止和表情跟幾分鐘前的模樣截然不同。艾略特無法理解這樣的轉變。但蒂娜並不想在餐館裡多解釋。她推開門，走了出去。

第二十二章

外頭還吹著風沙，但已經比剛才他們從餐館裡往窗外瞧時減弱了許多。一陣涼風從東方吹過整座城鎮。空氣中充滿了塵土和來自沙漠的白色細沙，刮得他們臉上生疼，嘴裡也有種奇怪的味道。

蒂娜和艾略特低著頭匆匆繞過餐館，穿過那盞水銀蒸氣燈的紫色光暈，進入建築物後方的陰影中。

兩人坐進一片漆黑的賓士車內，鎖上車門。「難怪我們之前一直想不透！」蒂娜說。

「妳為什麼突然——」

「我們一直都想錯了——」

「這麼興奮——」

「我們一直都用錯誤的角度在看這件事。難怪我們無法找到解答。」

「妳到底在說什麼？妳沒看到剛才餐館裡的情形嗎？妳沒聽見點唱機在叫什麼嗎？為什麼那些怪事會讓妳這麼高興？我都快嚇死了，那太詭異了。」

「聽著，」她興奮地說：「我們一直都以為有人傳遞丹尼還活著的訊息給我，只是為了拿丹尼已死的事實在我的傷口上撒鹽，或者他是在用迂迴的方式告訴我丹尼的死因並不單純。事實上，這些訊息不是來自於一個想折磨我的瘋子，也不是來自於某位想要揭露雪樂山事件真相的人士。更不是來自於哪個陌生人或麥可。這些訊息的含義就在於字面上的意思！」

艾略特一臉疑惑。「照妳這麼說，這些訊息是什麼意思？」

「求救訊號。」

「什麼？」

「這些訊息來自丹尼本人！」

艾略特凝視著她，眼神裡混雜著驚訝和憐憫。「妳是說，丹尼從墳墓裡造成餐館的騷動，想要聯絡上妳？還是妳認為他的鬼魂附著在那台點唱機上？」

「不不不，我是說丹尼沒有死。」

「等等，等等——」

「我的丹尼還活著！我很確定。」

「這我們之前已經討論過了，而且否決了這種可能性，」他提醒蒂娜。

「我們想錯了。賈伯斯基、林肯和其他男孩可能死在雪槳山，但是丹尼活了下來。我知道，我感覺得到。這就像是……一種啟示……像是一種視像。也許確實發生了一件意外，但不是他們告訴我的那樣。那是很不一樣的事情，非常詭異的事情……」

「這很明顯，但是——」

「政府必須掩蓋事實，所以肯尼貝克的組織負責這項任務。」

「這些我都同意，」艾略特說。「這是合理的推論。但妳怎麼會認為丹尼還活著？這中間並沒有必然的因果關係。」

「我只能告訴你我知道、我感覺得到，」她說。「剛才在餐館裡，就在你們成功關掉點唱機之前，我感覺到前所未有的平靜和安慰。那不只是內心的感受，那份平靜來自於外在，就像一股浪潮。該死的，我不知道該怎麼解釋。但我很清楚自己的感受。丹尼試著讓我相信他還活著。他在那場意外中倖存，但是那批人不讓他離開，怕他會告訴所有人政府要為其他喪命的人負責，然後讓祕密軍事設施公諸於世。」

「妳是因為絕望而抓住一個最不可能的解釋。」

「不是這樣的，」她非常篤定。

「所以丹尼現在在哪裡？」

「他們把他藏在某個地方。我不知道他們為什麼不殺他。我也不知道他們還會把他監禁多久。但這就是他們現在所做的事，也是現在正在發生的事。也許有些細節沒那麼精確，但也相去不遠。」

「蒂娜——」

她不讓艾略特打斷自己。「這個祕密警察組織、肯尼貝克背後的高層……他們認為某個涉入潘朵拉計劃的人背叛了他們，並且告訴我丹尼真正的遭遇。他們弄錯了。傳遞訊息給我的不是他們的人，而是丹尼。我不知道該怎麼說……但他確實想要聯繫我。」她拚命想要解釋她在餐館裡領悟到的事實。「我不知道他是用什麼方法……但我猜……他是透過一種心靈力量，試著聯繫上我。就是他在黑板上寫字，用他的意志。」

「這個說法的唯一證據就只是妳的想像。」

「不是想像——」

「不管怎麼說，這完全沒有足夠的事實根據。」

「對我來說已經足夠，」她說。「如果你在餐館裡的時候也有和我一樣的經驗和感受，就足以證明我是對的。我在上班時丹尼也想要聯繫我……他感覺到我在辦公室裡……然後透過電腦來傳達訊息，剛才則是透過那台點唱機。他一定是……超能力者。一定是這樣！他擁有某種隔空移物的超自然能力，他用這種力量來對我傳達訊息，告訴我他還活著，求我去找他、救他出來。抓住他的那些人不知道這個情形，他們以為是同伴中某個參與潘朵拉計劃的人洩密。」

「蒂娜，這個推論很有想像力，可是──」

「這也許是我的想像，但不是推論，是事實！那股感覺刻骨銘心。你可以指出任何漏洞，證明我說的是錯的。」

「首先，」艾略特說：「妳和他一起生活了這麼多年，一直到他跟著賈伯斯基上山之前，他曾經有顯露出任何超能力的跡象嗎？」

蒂娜皺起眉頭。「沒有。」

「那他怎麼會突然之間擁有這種神奇的力量？」

「等一下，你這麼一說，我想起來他確實有做過某些奇怪的事。」

「像是什麼？」

「我記得是他八、九歲的時候，他想知道爸爸的職業是什麼。他對發牌員的工作細節很好奇。於是父子倆就在廚房的餐桌上玩起了二十一點。以丹尼當時的年紀，他能理解遊戲規則就不錯了，而且他以前從未玩過二十一點，當然也不可能像一些高手那樣記牌跟算牌。但是他卻一直贏。麥可用一整罐花生當籌碼，最後丹尼贏走了每一顆花生。」

「麥可一定動了手腳，」艾略特說。「他是故意讓丹尼贏的。」

「我一開始也是那樣想。但麥可發誓他沒有作弊。他看起來是真心對丹尼的好運感到驚訝。而且麥可的技術也沒有好到可以在洗牌的時候作弊。除了二十一點，還有艾爾默那件事。」

「艾爾默是誰？」

「我們養的狗，一隻可愛的小米克斯。兩年前的某一天，我在廚房裡做蘋果派。丹尼跑進來說他在庭院裡到處都找不到艾爾默。小狗八成是趁著園丁來的時候從門口溜了出去。丹尼卻說他知道艾爾默永遠都不會回來了，因為牠被一輛卡車撞死了。我要他別擔心，小狗一定會安然無恙地回家。但我們從此再也沒有看到艾爾默。」

「你們沒有找到小狗，並不能證明牠就是被卡車撞死的。」

「但是丹尼深信不疑。他為此傷心了好幾週。」

艾略特嘆了一口氣。「贏幾局二十一點……那是他運氣好。至於預言小狗被車撞死，那也只是根據當時情況做出合理假設。就算這些真的是某種超能力的表現，和現在妳認為丹尼做到的事情比起來，兩者的程度差太多了。」

「我知道。也許是因為某種原因，他的力量變得更加強大。也許是他現在所處的環境使然。也許是因為恐懼和壓力。」

「如果恐懼和壓力可以增強他的超能力，為什麼他不在幾個月前就開始聯繫妳？」

「也許是一整年的壓力才能逼使他發展這種能力。我不知道。」一陣無法解釋的怒氣掃過她全身。「拜託，我怎麼可能知道這個問題的答案？」

「冷靜點，」艾略特說。「妳不是要我找出這個說法的漏洞嗎？」

「才怪，」她說。「就我看來，你也想不出什麼漏洞。丹尼還活著，他被關在某個地方，而且試著用心電感應來聯繫我。不，不是心電感應。他可以透過意志移動物體。這種能力叫什麼？是不是有個專有名詞？」

「念力，」艾略特說。

「對！沒錯，就是念力。不然對於餐館裡發生的事，你有更好的解釋嗎？」

「嗯……是沒有。」

「難道你要說，點唱機在那句『沒有死』上跳針，完全是因為巧合嗎？」

「不，」艾略特說。「那不是巧合。是巧合的可能性甚至比妳的推論更低。」

「所以你承認我是對的。」

「我可沒那樣說，」他說。「就算我想不出更合理的解釋，不代表我就接受妳的想法。我壓根兒就不相信超能力之類的鬼話。」

他們沉默了一、兩分鐘，凝視著黑暗的停車場和後方擺滿了五十加侖圓筒的儲藏間。廢紙、垃圾和煙霧在夜空中和閃著磷光的沙塵共舞，宛如徘徊不定的鬼魂。

最後，蒂娜說：「我是對的，艾略特。我知道我是對的。我的推論解釋了一切謎團，包括我的惡夢。夢境是丹尼聯繫我的另一個方式。過去這幾週裡，他一直為我帶來惡夢。這也是為什麼我最近的夢如此特別、如此強烈且逼真。」

艾略特似乎認為這段話比蒂娜先前所說的更為荒謬。「等一下，等一下！現在除了念力之外，丹尼還有製造夢境的能力嗎？」

「如果他都能發展出念力，有何不可呢？」

「等會兒妳大概會說丹尼就是上帝本人了。」

「念力和影響夢境的能力。這就能解釋為什麼我會夢到這本漫畫書上的死神形象。如果丹尼想要在夢中傳遞訊息，他自然會取材於他最喜愛的恐怖故事，用他熟悉的圖像。」

「就算他可以透過夢境傳遞訊息，」艾略特說：「他為什麼不直接告訴妳他現在人在哪裡，發生了什麼事？這樣他不是才能盡快得救？他大可以透過心靈傳送一段明確的文字給妳，就像《陰陽魔界》裡演的那樣，那不是更方便省事？」

「別挖苦我，」她說。

「我沒有在挖苦妳。我只是提出一個難解的疑問，指出妳推論裡的漏洞。」但是她毫不退讓。「這不是漏洞。我可以提出合理的解釋。很明顯啊，就像我說的，丹尼會的是念力，也就是透過意志移動物體的能力。除此之外，他能夠影響別人的夢境。可是他不會心電感應，所以無法傳遞具體詳細的想法；他沒辦法給我『一段明確的文字』，因為他沒有那種力量。他只能盡他所能地聯繫我。」

「聽聽妳自己說的話。」

「我聽得很清楚。」

「我們倆聽起來就像是精神病院的病人。」

「我不這麼認為。」

「這些關於超能力的鬼話……我們應該冷靜下來好好想想。」

「那請你解釋一下剛才在餐館裡發生的事。」

「我沒辦法解釋，該死的，我沒辦法，」他說，聽起來像是個遭遇信仰危機的神父。只是現在深受撼動的信仰不是來自宗教，而是科學。

「別再像個律師那樣思考了，」她說。「你想將所有事實都侷限在理性的框架裡，那是行不通的。」

「那是我所受過的專業訓練。」

「我知道，」蒂娜語帶同情。「但這個世界充滿了不合邏輯的事實。我們面對的就是這樣一個事實。」

強風吹打著賓士跑車，在車窗周圍呻吟著，彷彿想乘隙而入。

艾略特說：「如果丹尼真的擁有這種神奇的力量，為什麼他只對妳傳遞訊息？他怎麼不也試著聯繫麥可？」

「也許他覺得和麥可不夠親近。畢竟在我們離婚前的那幾年，麥可都在和別的女人鬼混，常常不在家裡。丹尼對此的感受比我還要深刻；那是一種被遺棄的感覺。我從來沒有在他面前批評過麥可，我甚至還替麥可開脫，只因為我不想要讓兒子恨他的父親。但丹尼依然感到受傷。所以他當然會選擇聯繫我，而不是麥可。」

跑車車身漸漸抹上了一層沙。

「你還認為我的推論充滿漏洞嗎？」她問。

「不，妳做了很好的辯護。」

「謝謝您，法官大人。」

「但我還是無法相信妳所說的。我知道有些聰明人也對靈異第六感深信不疑，但我真的不吃這一套。我沒辦法接受這些超能力的鬼話，至少目前是這樣。我會繼續尋找一些沒那麼聳動的合理解釋。」

「如果你有任何想法，」蒂娜說：「我都洗耳恭聽。」

艾略特伸手搭住蒂娜的肩膀。「我之所以和妳爭論……是因為我擔心妳，蒂娜。」

「你是擔心我神智不清了嗎？」

「不，不是那樣。妳這番關於超能力的解釋讓我很不安，因為它給了妳希望，讓妳認為丹尼還活著。這很危險。在我看來，妳會因此而跌得更重，承受更多的痛苦。」

「不會的，這你完全不用擔心。因為丹尼真的還活著。」

「如果不是呢？」

「他還活著。」

「如果最後妳發現丹尼死了，那就像是再次失去他。」

「但是他沒有死，」她不依不撓。「我知道他還活著，我感覺得到，艾略特。」

「如果他死了呢？」艾略特問，態度幾乎一樣堅定。

她猶豫了片刻。「我會接受這個事實。」

「妳確定?」

「確定。」

周圍一片昏暗，唯一的光亮來自於水銀燈的紫色光暈。艾略特在黑暗中與蒂娜目光相對。她感受到對方專心致志的凝視，彷彿深入到她的心靈。艾略特俯身過來，輕吻了她的嘴角、臉頰和眼睛。

「我不想看見妳心碎的模樣。」他說。

「不會的。」

「我會盡我所能不讓妳心碎。」

「我知道。」

「但目前我實在幫不上什麼忙。這件事超出了我們的掌握。我們只能走一步算一步。」

蒂娜一隻手滑到艾略特背後，湊近他的臉龐。他嘴唇的氣味和溫暖帶來一股難以言喻的幸福。

他嘆息著抽開身子，發動引擎。「我們該動身了。得先去買些東西。我們需要冬季大衣，還有幾支牙刷。」

現在蒂娜堅信丹尼並沒有死，而這個信念讓她精神一振。賓士車駛上查爾斯頓大道之後，恐懼卻再次在她心中蔓生。她已經不再害怕有什麼恐怖的真相正在雷諾等著她。丹尼的真實遭遇也許依然可怕、令人心疼。但蒂娜並不認為這會比之前他的「死亡」更難以承受。現在她唯一害怕的是，就算他們找到了丹尼，卻還是救不了他。在調查真相的過程中，她和艾略特也可能慘遭殺害。如果他們成功趕到丹尼身邊，卻在解救他的時候喪生，那就像是命運女神開了個殘酷的玩笑。蒂娜早已深刻體會過命運的狡猾善變，這也是為什麼她現在心中感到憂懼交集、如履薄冰。

第二十三章

從賭場天花板垂掛而下的電子螢幕秀出中獎號碼，威利斯．布魯克斯特檢視著手中的基諾彩票，仔細比對著兩組數字。但這副熱衷的模樣是偽裝出來的，其實他根本不在乎遊戲的結果。他的彩票沒有半點價值；他從來就沒有去過下注窗口，也沒有投入半毛錢。基諾樂透只是他掩人耳目的手段。

賭場裡保安人員無所不在，他不想引起任何注意。最簡單的辦法就是成為那種看起來最不具威脅的遊客。布魯克斯特穿著一件廉價的綠色休閒西裝，搭配平底鞋和白色襪子。他手上拿著兩本賭場用來吸引吃角子老虎機玩家的折價券，脖子上掛著一部相機。在賭場裡，保安人員最感興趣的是一流高手和作弊的騙徒，而基諾樂透對這兩種賭客一點吸引力都沒有。威利斯．布魯克斯特很肯定，自己這副平凡無趣的模樣絕對不會引起注意。就算保安人員盯上了他，幾秒鐘之後就會打個哈欠，移開目光。

今天將會是他職業生涯的轉折點，他下定決心要達成這項任務。天網組織亟欲消滅任何想要讓丹尼．伊凡斯重見天日的人。到目前為止，負責追殺艾略特．史崔克爾和克莉絲蒂娜．

伊凡斯的探員還遲遲無法解決掉這兩人。他們拙劣的表現給了威利斯·布魯克斯特一個絕佳的機會。如果他能在賭場裡乾淨俐落地完成任務，升職就指日可待。

布魯克斯特站在連接地下商店街和貝里酒店賭場樓層的電梯前。在短暫的休息時間裡，疲憊的發牌員會從賭桌離開，來到下層電梯右手側的休息室，舒緩一下僵硬的脖子以及痠痛的肩膀和手臂。一群發牌員在幾分鐘前才下來，再過一會兒，他們就會回到樓上完成最後一班，讓下一批人換班接手。布魯克斯特正等著其中一名發牌員：麥可·伊凡斯。

原先布魯克斯特並沒有預料到麥可·伊凡斯會出現在工作地點。他以為這個男人會守在被炸毀的房屋前，看著消防員在餘火悶燒的殘骸裡尋找前妻的遺體。但是三十分鐘前，布魯克斯特進入酒店之後，卻看見伊凡斯和二十一點賭桌上的客人談笑風生，生活似乎沒有遭遇什麼重大變化。

也許伊凡斯還不知道他以前的房子發生爆炸。或者也許他知道，不過一點也不把前妻放在心上。他們當初離婚時一定鬧得很不愉快。

休息時間剛開始時，布魯克斯特沒有機會接近走下賭桌的伊凡斯。所以他決定在電梯口守株待兔。他假裝一臉專注地盯著基諾樂透的電子螢幕。幾分鐘之後，當伊凡斯從休息室出來，準備搭電梯回到賭桌時，他有信心能逮到機會。

最後一組中獎號碼出現在螢幕上。威利斯・布魯克斯特看著號碼，然後將手中的彩票揉成一團，一副難以置信、失望透頂的樣子，好像剛輸掉了幾筆辛苦賺來的血汗錢。

他瞥了一眼電梯底端。一群穿著黑色長褲、白襯衫和蝶形領結的發牌員正隨著電扶梯緩緩上升。

布魯克斯特側身避開電梯口，攤開手中的基諾彩票，又和螢幕上的號碼比對了一次，彷彿在祈禱自己第一次看錯了。

麥可・伊凡斯是走出電梯的第七名發牌員。他相貌英俊、風趣隨和，走起路來有一種從容的魅力。他停下腳步，和一名漂亮的雞尾酒女侍者搭話，女孩對他露出微笑。伊凡斯和女侍者調笑完之後，才跟在同伴的最後面，準備回到賭桌。

布魯克斯特快步跟上，稍稍落後他的目標，隨著這群發牌員擠過賭場的人山人海。他從西裝口袋取出一個小型噴霧罐，尺寸只比常見的那種噴霧型空氣清新劑大上一點，能夠完美地藏在他的掌中。

他們在一大群正開懷大笑的遊客前停步，這群人好像完全沒有意識到自己擋住了別人的去路。布魯克斯特抓住這個機會，伸手拍了拍獵物的肩膀。

伊凡斯轉過身來。布魯克斯特說：「你剛才是不是掉了這個？」

「啥？」

布魯克斯特伸出手，維持在麥可・伊凡斯眼睛下方大約五十公分處，讓他必須低頭去看自己掌中的物事。

罐中的強大壓力激射出噴霧，正中麥可的臉孔，覆蓋了他的鼻子和嘴唇，深深穿透進他的鼻孔。完美。

伊凡斯立刻有了反應。他驚訝地喘著氣，意識到自己被暗算了。

他一喘之下將致命的煙霧吸進鼻孔，這種作用快速的神經毒素在一瞬間就被他的鼻下黏膜所吸收。不到幾秒鐘，毒素就進入了他的血液循環，心臟首當其衝。

伊凡斯錯愕的表情變成了震驚，接著劇烈的痛苦扭出了他的臉孔。他感到一陣窒息，帶著泡沫的唾液出現在嘴角，從下巴垂落。他雙眼翻到腦後，然後倒地不起。

布魯克斯特將小型噴霧器收進口袋，高聲大喊：「這裡有人病了！」

賭場裡所有人都轉過頭來。

「給他一點地方休息，」布魯克斯特說。「天啊，誰去叫醫生過來？」

沒有任何人看見這場謀殺的過程。一切都發生在洶湧的人潮裡，凶手和受害者的身體也遮蔽了所有動作。就算有人從上方的監視器觀察這塊區域，也不會有任何發現。

威利斯·布魯克斯特迅速地在麥可·伊凡斯身邊跪下，假意去摸他的脈搏。麥可早已停止呼吸，心臟也沒有一點跳動。

死者鼻子、嘴唇和下巴上有一層薄薄的水氣，但那只是無害的媒介。其所承載的毒素早已侵入受害者體內，完成了任務，然後分解成一系列看似自然的化學分子，不會讓驗屍官對鑑識結果起疑心。再過幾秒鐘，這層水氣也會蒸發殆盡，沒有留下任何值得醫生注意的異常現象。

一名身穿制服的保安人員推開圍觀的好奇群眾，在布魯克斯特旁彎下腰。「噢，該死的，這是麥可·伊凡斯。這裡發生了什麼事？」

「我不是醫生，」布魯克斯特說：「但這看起來像是心臟病發作。去年國慶日放煙火的時候，我的叔叔奈德也是這樣直挺挺地倒下去。」

保安人員試著檢查他的脈搏，但完全沒有反應。他開始做心肺復甦術，但隨即放棄。「他沒救了。」

「他還這麼年輕，竟然會心臟病發作，」布魯克斯特故作驚訝。「天啊，世事難料，不是嗎？」

「世事難料，」保安人員同意。

酒店的醫務人員在檢查完遺體之後會確認是心臟病發作。驗屍官也會得到相同的結論。死亡證明書上也會白紙黑字地寫下死因。

一次完美的謀殺。

威利斯・布魯克斯特強忍住臉上的笑容。

第二十四章

製作精美的瓶中船是哈羅德·肯尼貝克法官的休閒嗜好。書房裡的牆面上擺滿了他的作品。一艘十七世紀荷蘭小艇永遠地航行在那支淡藍色的小酒瓶裡。一個五加侖容量的玻璃甕裡裝著一艘四桅大帆船。除此之外，還有另一艘四桅的前桅橫帆船、十六世紀中葉的瑞典長帆船、十五世紀的西班牙快船、英國商船、巴爾的摩輕帆船。每一艘船都是由精細的手工打造，裝著船隻的玻璃瓶都有特殊的形狀，讓整件作品更顯得巧奪天工，令人驚歎。

肯尼貝克站在展示櫃前，仔細欣賞著一艘十八世紀晚期法國巡防艦船具上的細節。他凝視著模型，但內心並沒有沉浸在百年前的海洋冒險幻想裡。他的思緒停駐在伊凡斯家一案的最新發展上。觀賞瓶中船可以放鬆他的心情。當他需要思考或心情緊繃時，這些船帶給他平靜，讓他的頭腦進入最佳狀態。

肯尼貝克在心中推敲著所有細節，但他實在無法相信克莉斯蒂娜·伊凡斯會知道兒子死亡的真相。如果潘朵拉計劃中的某人真的告訴她那一整車的童軍團發生了什麼事，她的反應不可能如此平和。她會驚慌、害怕……而且憤怒。她一定會直接去報警，或向媒體爆料，也有可能雙管齊下。

但她沒有這樣做，而是去找了艾略特．史崔克爾。這是一切難解謎團的開端。她的行為看起來不像是明白事件的真相，但她卻透過史崔克爾企圖挖開兒子的墳墓。這代表她一定知道某些事。

如果史崔克爾的話可信，這個女人的動機就沒有可疑之處。根據律師的說法，在喪禮前，伊凡斯小姐無法親眼目睹受損的遺體，她因此而感到罪惡。她沒有見兒子最後一面，和他好好道別。罪惡感逐漸變成了嚴重的精神問題。她陷入深沉的悲傷，每個夜晚都受惡夢所苦。這是史崔克爾的描述。

肯尼貝克傾向於相信史崔克爾的說法。當然，這其中有著令人不安的巧合，但並非所有巧合都有特殊的意義。如果一個人長年投身於情報活動，他很可能會忘記這一點。克莉絲蒂娜．伊凡斯可能根本沒有懷疑雪樂山事件的官方說法；她八成也對潘朵拉計劃一無所知。但是她提出掘墳要求的時間點實在太過敏感。

如果這個女人確實不知道雪樂山事件的真相遭到掩蓋，天網組織能夠透過她的前夫和法律體制來延遲掘墳的執行。同時，組織的人員會找到另一具腐爛程度相當於封棺一年左右的男孩屍體，趁夜裡公墓關閉時打開棺材，將裡面的石塊換成假丹尼的屍體。最後，他們就會允許這位悲傷的母親進入墓園，看兒子悲慘的殘骸最後一眼。

這會是一個複雜的行動，充滿了可能暴露的風險。但肯尼貝克認為值得冒險，因為他們不需要殺害任何人。

但事與願違，天網組織內華達分局局長喬治．亞歷山大缺乏耐心和見識，無法看透克莉絲蒂娜．伊凡斯的真正動機。他假設最糟糕的情況已經發生，然後斷然採取行動。在亞歷山大從肯尼貝克那裡得知艾略特．史崔克爾的掘墳要求之後，他立刻決定使用武力來解決這件事。他打算將史崔克爾偽裝成自殺，讓那個女人死於瓦斯爆炸意外，她的前夫則是會心臟病發而亡。在這三個匆匆計劃的暗殺行動中，前兩項任務宣告失敗。史崔克爾和那個女人消失無蹤。這下子整個天網組織可就陷入了大麻煩。

肯尼貝克轉身離開法國巡防艦，忍不住開始思考，自己是不是該趁天網這艘「船」沉沒之前棄艦逃生。此時，喬治．亞歷山大從通往樓下走廊的小門走進書房。這位分局長是個身材苗條、外貌高雅出眾的男子。他穿著古馳名鞋、昂貴的西裝、高級絲質襯衫，手上戴著一只勞力士金錶，一頭俐落的短棕髮在太陽穴附近顯得有些斑白。他有一雙綠色的眼眸，清澈且充滿警覺，全身散發著一股殘忍的氣息。他相貌端正，顴骨高聳，鼻梁直挺且狹小，襯托著一口薄唇。當他微笑時，嘴巴會稍微向左歪斜，給人一種傲慢的感覺。不過他現在臉上毫無笑意。

打從五年前第一天相識起，肯尼貝克就極度厭惡亞歷山大。這份反感至今未變。肯尼貝克和亞歷山大來自於完全不同的世界，他們各自以自己的出身為傲，並且鄙視對方的背景。哈羅德・肯尼貝克出身貧寒，完全靠自己的力量出人頭地。喬治・亞歷山大來自賓州，他的家族勢力龐大、富可敵國，有一百五十年以上的悠久歷史。肯尼貝克靠著努力不懈和鋼鐵般的決心才擺脫貧窮，而亞歷山大從未嘗過辛勤的滋味，他就像注定要繼承王位的王子一樣，一帆風順地晉升到組織的頂端。

除此之外，肯尼貝克也受夠了亞歷山大的虛偽。那整個家族都是口是心非的偽君子！亞歷山大家族一向以熱心公職為傲，許多成員都曾接受過總統任命，在聯邦政府裡身居高位，有些甚至進入數任總統的內閣。但他們沒有人願意紆尊降貴去競逐民選的公職。賓州的亞歷山大家族也致力於為少數民族爭取權利、積極參與平權修正案的立法、反對死刑和追求各種社會理想。然而，許多家族成員其實都替聯邦調查局、中央情報局或其他他們表面上大肆批判的政府機構服務。如今，喬治・亞歷山大是全國第一個真正祕密組織的內華達分局局長，這對他自由主義的左派良心似乎沒有任何影響。

在政治傾向上，肯尼貝克是徹頭徹尾的極右派。他骨子裡有著老派的法西斯精神，而他並不以此為恥。在剛展開情報員生涯的時候，他還是個年輕人。肯尼貝克很驚訝地發現，並不是所有情報工作者都和他一樣懷抱著極端保守的政治觀點。他原本以為同僚都會是極右派的愛國主義者。但所有辦公室也都充滿了左派分子。最後，肯尼貝克才明白，其實極左派和極右派有著同樣的目標：兩者都希望建立一個原本不存在的秩序，希望有一個強大的政府能集中管理所有人民。在一些細節和理念上，左派與右派當然不盡相同，但兩者最大的差異只在於：在權力集中化之後，是誰能成為擁有特權的統治階級。

至少我坦然面對內心真正的動機，肯尼貝克看著書房另一端的亞歷山大，心中暗想。無論是在公開場合或私下交際，我都言行如一，這是你所沒有的美德。我不是個虛偽的人。我不像喬治．亞歷山大。老天在上，你就是個狂妄自大、兩面三刀的傢伙！

「我剛才和監視史崔克爾家的人談過，」亞歷山大說。「他還沒有出現。」

「我告訴過你了，他不會回去那裡的。」

「他遲早會回家。」

「才怪。除非他能確定風聲已經過去。在那之前他都會躲在別處。」

「他之後一定會去報警，到時候我們就可以逮到他。」

「如果他認為警察幫得上忙，他早就去警局了，」肯尼貝克說。「但他到現在都沒有報警，之後也不可能會去。」

亞歷山大看了一眼手錶。「他也有可能跑來這裡。我相信他有很多問題要請教你。」

「當然，我敢說他現在很想殺了我，」肯尼貝克說。「但他不會來的。至少不是今晚。他最終會找上門來，但還得等上一段時間。他知道我們在這裡等他自投羅網。他很清楚遊戲規則。別忘了他也曾經是局內人。」

「那是很久以前了，」亞歷山大不耐地說。「這十五年來他都是一介平民。所謂日久生疏，就算他天賦異稟，也不可能像以前那樣敏銳。」

「我跟你說過很多次，」肯尼貝克說，將一縷白髮撥到耳後。「艾略特可不是傻子。他曾是我手下最優秀的情報員，他確實有這方面的天賦。當他年輕時可能還欠缺經驗，但經過這幾年的成長和沉澱，他說不定變得更厲害。」

亞歷山大並不想聽到這些話。即使他安排的兩次暗殺行動都以失敗告終，他依然滿懷信心，認為自己會笑到最後。

這傢伙一直都是這麼自大，哈羅德・肯尼貝克心想。*通常在陷入麻煩時更是變本加厲。如果有一天他能意識到自己的缺陷，這王八蛋說不定會被崩解的自我給壓垮。*

亞歷山大走到碩大的楓木辦公桌後方，逕自坐進肯尼貝克那張舒服的高背椅。

法官怒目瞪視著他。

亞歷山大裝作沒看見肯尼貝克的不悅。「我們會在明早之前找到史崔克爾和那個女人，毫無疑問。我們已經布下天羅地網，還有派人去檢查每一間飯店和汽車旅館——」

「那完全是浪費時間，」肯尼貝克說。「艾略特才不會蠢到在飯店櫃檯留下自己的名字。再說，全世界恐怕沒有哪一個城市的飯店和汽車旅館比拉斯維加斯還多。」

「我很清楚這是一次複雜的任務，」亞歷山大說。「但也許我們會走運。同時，我也會清查史崔克爾在法律事務所的同事，以及那個女人的朋友，查出有誰可能會庇護他們。」

「你沒有足夠的人力去追查所有的可能性，」法官說。「你懂嗎？你應該仔細規劃之後再分派人手，而不是隨意將資源分散。你應該——」

「這裡由我作主，」亞歷山大冷冷地說。

「還有機場呢？」

「已經安排好了，」亞歷山大說。「我的手下會檢查每一班起飛飛機的乘客名單。」他拿起一把象牙柄的拆信刀，在手中把玩。「話說回來，就算我的人手有些分散，也無關大局。我早就知道要在哪裡逮到史崔克爾：這裡，就在這間屋子裡。不然你以為我為什麼一直待在你家？好了，我知道你不認為他會來。但多年以前你曾經是史崔克爾的精神導師；他敬重你，以你為榜樣。現在你卻背叛了他。即使他知道這裡威脅潛伏，也一定會過來找你算帳。這我很確定。」

「鬼扯，」肯尼貝克說，語音苦澀。「我們的關係不是那樣。他——」

「我很了解人性，」亞歷山大說。但是在肯尼貝克眼中，恐怕沒有哪一個情報工作者的觀察和分析能力比亞歷山大更低落。

這幾年來，真正的菁英難以在情報圈裡出人頭地。反之，一些庸才倒是意氣風發。

肯尼貝克強壓著憤怒和沮喪，轉頭去看瓶中那艘法國巡防艦。他猛然想起一個與艾略特・史崔克爾有關的重要細節。「對了，」他說。

亞歷山大放下他一直在把玩欣賞的琺瑯香菸盒。「什麼？」

「艾略特是個飛行員。他擁有自己的飛機。」

亞歷山大皺起了眉頭。

「你有檢查那些從機場起飛的私人小飛機嗎？」肯尼貝克問。

「沒有。只有航空公司的表定班機。」

「這樣啊。」

「他得在夜色中起飛，」亞歷山大說。「他有儀器飛行的執照嗎？大部分商用和民用私人飛機的飛行員都只能在白天飛行。」

「你還是趕快和機場的探員聯絡吧，」肯尼貝克說。「我已經知道結果了。我敢打賭，艾略特早就逃了，就在你眼皮子底下。」

●

內華達沙漠上方三千兩百公尺的某處，艾略特的西斯納「天路」渦輪小飛機劃過黑暗，機翼反射著銀色的月光，下方波雲流動。

「艾略特？」

「怎麼了？」

「很抱歉把你牽扯進來。」

「怎麼，妳不喜歡我的飛機？」

「你知道我的意思。我很抱歉。」

「嘿，妳沒有把我牽扯進來；妳可沒有拽著我的手。是我主動說要幫忙開墳的事，然後情況就開始失控，這不是妳的錯。」

「話是這麼說……但你現在得跟著一起逃亡，這都是為了我。」

「別胡說了。妳又不可能預知我和肯尼貝克談過之後會發生什麼事。」

「我還是很內疚。」

「如果妳找的不是我，而是其他律師。他可能會死在文斯手上，妳也會在爆炸中喪命。如果從這個角度來看，現在的情況已經很好了。」

「你真的很特別。」

「哪裡特別？」

「很多地方。」

「像是？」

「你真是個好人。」

「我才不是。」

「你很勇敢。」

「勇敢是蠢蛋的美德。」

「你很聰明。」

「沒像我想的那樣聰明。」

「堅強。」

「我看電影的時候都會哭呢。看吧，我沒像妳說的那樣棒。」

「廚藝很棒。」

「這就對了！」

西斯納飛機撞上了雲層中的氣穴，以一陣令人噁心的傾斜猛然下降了一百公尺，然後才回到正確的高度。

「廚藝很棒，飛行技術卻不怎麼樣，」她說。

「亂流是上帝的傑作。妳該怪祂，不是我。」

「還有多久才會到雷諾？」

「八十分鐘。」

●

喬治·亞歷山大掛斷電話。他依然坐在肯尼貝克的高背椅上。「兩個多小時前，史崔克爾駕駛西斯納飛機，載著那個女人從麥卡倫機場起飛。他提交了前往弗拉格斯塔夫的飛行計劃。」

法官不再踱步。「亞利桑那？」

「我也不知道有別的地方叫弗拉格斯塔夫。但為什麼去亞利桑那，而不是其他地方？」

「他們可能根本就不會去那裡，」肯尼貝克說。「我猜艾略特提交了假的飛行計劃，好讓你追蹤不到他。」他忍不住對艾略特的機警感到驕傲。

「如果他們的目的地真的是弗拉格斯塔夫，」亞歷山大說：「現在應該已經降落了。我這就打給守在機場的夜班組長，叫他假裝成聯邦調查局，看能不能發現他們的蹤跡。」

從官方的角度來看，天網組織並不存在。他們無法以公權力搜集情報，所以時常假扮成聯邦調查局來執行任務。他們隨身攜帶偽造的證件，上面寫有真實ＦＢＩ探員的姓名。

亞歷山大與弗拉格斯塔夫機場的夜班組長接上電話。肯尼貝克在一艘又一艘模型船前踱步。有生以來第一次，欣賞瓶中船無法寧定他的心緒。

十五分鐘之後，亞歷山大放下話筒。「史崔克爾沒有在弗拉格斯塔夫機場。他們也沒有在空中偵測到那架西斯納飛機。」

「所以他的飛行計劃只是掩人耳目的手段。」

「除非他已經在路途中墜毀，」亞歷山大滿懷希望地說。

肯尼貝克笑了笑。「他並沒有墜機。但他究竟會去哪裡呢？」

「也許是相反方向，」亞歷山大說。「南加州。」

「洛杉磯？」

「或者聖塔芭芭拉、柏本克、長灘、安大略、橘郡。有很多機場都在西斯納飛機的航程範圍內。」

兩人默然不語，陷入了沉思。片刻之後，肯尼貝克說道：「雷諾，那是他們的目的地。」

「你之前不是很肯定他們對雪樂山的事一無所知？」亞歷山大說。「改變心意了嗎？」

「不，我還是認為你其實不用發出那些暗殺令。聽著，他們不可能跑上山去，因為他們並不知道實驗室的地點。除了從文斯·因梅爾曼身上拿到的那張問題清單之外，他們不會知道更多關於潘朵拉計劃的資訊。」

「那他們為什麼還要去雷諾？」

肯尼貝克又開始踱步。「既然我們已經試圖殺害他們，他們想必知道雪樂山意外是捏造出來的。他們推論出那個男孩的屍體一定有問題，上面有被掩蓋的重要線索。現在他們亟欲知道真相。如果可以的話，他們肯定想要偷偷打開墳墓，但我們正監視著墓園，他們無法靠近。史崔克爾知道我們一定在附近布滿了眼線。如果他們不能親自打開丹尼的墳墓一探究竟，下一步該怎麼做？他們會去找封棺前最後一位見到屍體的人，要他詳細描述屍體當時的狀況。」

「理查．帕納芬是雷諾的驗屍官。死亡證明書就是他簽發的，」亞歷山大說。

「不對，他們不會去找帕納芬。他們知道驗屍官也牽涉其中。」

「確實如此，雖然他很不情願。」

「所以他們要找的人應該是當初清理遺體的禮儀師。」

「貝里柯斯提。」

「那是他的名字？」

「路西亞諾．貝里柯斯提，」亞歷山大說。「如果這兩人真的找上貝里柯斯提，他們就不只是躲起來舔傷口。天啊，他們是想主動出擊！」

「史崔克爾受過的專業情報訓練在指引著他們，」肯尼貝克說。「我一直提醒你，他不是個簡單的角色。搞不好他一人就能弄垮整個天網組織！克莉絲蒂娜．伊凡斯也不是那種會逃避問題的軟弱女子。我們得採取更謹慎的方式來對付這兩個人。貝里柯斯提呢？他會乖乖閉上嘴巴嗎？」

「我不確定，」亞歷山大不安地說。「但我們有他的把柄。他是義大利移民，在美國住了八、九年之後才決定要申請公民身分。當時他還沒拿到核准文件，而我們正需要一個肯合作的禮儀師。我們凍結了他在移民局的申請程序，威脅他如果不照辦，就會被驅逐出境。他很不爽，但是公民身分是很大的誘因。不過現在……他恐怕沒那麼可靠了。」

「這件事很要緊，」肯尼貝克說。「聽起來這個義大利佬知道得太多了。」

「只好處理掉他了，」亞歷山大說。

「那是最後一步，但目前沒有必要。如果一次太多人送命，會引起注意——」

「不能心存僥倖，」亞歷山大堅持。「我們會處理掉他，還有那個驗屍官。不留一點痕跡。」他伸手去拿電話。

「在確定史崔克爾真的打算前往雷諾之前，你最好不要採取這麼極端的手段。你得等到他降落之後才能確認。」

亞歷山大的手擱在話筒上，遲疑不決。「可是如果再觀望下去，等於是又給他搶先一步的機會。」他焦慮地咬著下唇，難以決斷。

「有一個方法可以確認雷諾是不是他的目的地。等他降落機場後，會需要汽車。也許他已經事先安排好了。」

亞歷山大點頭。「我們可以打給雷諾機場附近所有的租車行。」

「沒有必要打電話。電腦資訊組的人員應該可以從遠端駭進租車行的交易紀錄。」

亞歷山大拿起電話，發出了命令。

十五分鐘之後，電腦資訊組回報：艾略特・史崔克爾在雷諾機場預約了一輛車，預計午夜前會前去領車。

「和先前的機警比起來，」肯尼貝克說：「這次他有點大意了。」

「他以為我們的注意力都放在亞利桑那。」

「還是太疏忽了，」肯尼貝克感到有些失望。「他應該建立雙盲機制來保護自己的身分。」

「我不是說過了嗎？」亞歷山大臉上又浮現了歪曲的笑容。「他不像以前那樣敏銳了。」

「別高興得太早，」肯尼貝克說。「我們還沒逮到人呢。」

「我們會逮到他的，」亞歷山大說，很快恢復了冷靜。「在雷諾的組織人員得快速行動。在機場這樣的公開地點對他們下手恐怕不是個好主意。」

居然這麼謹慎，這可真不像你！肯尼貝克在心中暗自冷笑。

「他們抵達之後，也先不要派人跟蹤，」亞歷山大說。「史崔克爾肯定預料到會有人盯著他。他也許會避開，然後更提高警覺。」

「搶先找到他租的車，在上面裝追蹤器。這樣你就可以悠閒地觀察他的行蹤，不用擔心被發現。」

「我們會試試看，」亞歷山大說。「剩下不到一小時，時間上有點緊迫。但即使沒能在那輛該死的車上裝追蹤器，那也無妨。我們已經知道他會去哪裡。只要先處理掉貝里柯斯提，然後在葬儀社設下埋伏，等他們自投羅網。」

他拿起電話，撥給天網組織在雷諾的分部。

第二十五章

雷諾被本地人稱為「全世界最大的小城市」。此時午夜正逐漸降臨，氣溫維持在攝氏零下六度。燈光在停機坪上照映出寒冷的光芒，頭頂上的天空雲層密布，無星無月，一片完美的漆黑。雪花在善變的風中飛舞。

艾略特暗自慶幸在離開拉斯維加斯之前有購買冬季大衣。只可惜他們忘了手套，他的手凍得發疼。

他將唯一的行李箱扔進租來的雪佛蘭車後車廂。車子排出的白色蒸氣繚繞在他雙腿周圍。

他關上後車廂，目光掃視著停車場裡那些被大雪覆蓋的車輛。他沒看見任何人，也沒有受到監視的感覺。

降落之後，他和蒂娜都保持警覺，觀察著跑道和私人飛機停機坪，看是否有任何不尋常的活動，像是可疑的車輛或是比平常要多的地勤人員。但他們發現一切如常。當艾略特向租車行員工簽名領車的時候，他一隻手緊抓著口袋裡那把從文斯手上奪來的槍。但他並沒有遭遇任何麻煩。

也許那個假的飛行計劃讓他們甩開了追兵。他來到駕駛座門旁，爬進了這輛雪佛蘭車。蒂娜正忙著調暖氣。

「我覺得血液都要凍結了，」她說。

艾略特伸手到出風口前。「暖氣有在運作了。」

他從大衣口袋裡拿出手槍，放在他和蒂娜之間的座位上，槍口對著儀表板。

「你真的認為我們應該現在去找貝里柯斯提嗎？」她問。

「是啊。現在還不算太晚。」

在機場航廈的電話簿裡，蒂娜找到了「路西亞諾．貝里柯斯提禮儀公司」的地址。負責交車的租車行夜班員工知道這個地點，他在隨車附贈的地圖上標出了最短的路徑。

艾略特打開車頂的燈，仔細看了看地圖，然後交給蒂娜。「我應該可以順利找到這個地方。但如果我不小心迷路，就要靠妳導航了。」

「遵命，機長。」

他關掉頭上的燈，伸手握住排檔。

隨著隱約的一聲喀嚓，他才剛關上的燈又自己亮了起來。

他看著蒂娜，兩人目光相觸。

他再次關掉燈。

燈立刻又自己打開。

「又來了，」蒂娜說。

接著收音機也自行啟動。電子螢幕上開始顯示各個電台的頻率，不斷變換。斷斷續續的音樂聲、廣告聲和ＤＪ的說話聲此起彼落，從喇叭傳出刺耳的雜音。

「是丹尼，」蒂娜說。

擋風玻璃上的雨刷開始急速地前後擺動，帶著節奏感的撞擊聲加入了雪佛蘭車內嘈雜混亂的大合唱。

車頂上的燈快速地開開關關，幾乎造成了頻閃效應。在不停閃爍的燈光下，窗外的雪花看起來像是以一種詭異突兀的動作落向地面。

車內的空氣寒冷刺骨，隨著每一秒鐘過去而變得更冷。

艾略特伸手摸摸出風口，暖氣確實不斷送出，但車內的溫度卻持續下探。

儀表板下的雜物櫃猛然打開。

菸灰缸從凹槽飛出。

蒂娜放聲大笑，聲音愉悅。

她的笑聲讓艾略特錯愕。但他不得不承認，在這次騷亂的異象中，他並沒有感受到一絲惡意。事實上，正好相反，這是一種來自孩童的純真玩鬧，帶著溫柔且快樂的問候與歡迎之意。他震驚地發現，寒冷的空氣中透著善意，散發出深沉的愛與情感。他背脊一陣顫抖，但並非是源自任何不快的感受。顯然，就是這股勢不可當的溫情波濤激發了蒂娜驚喜的笑聲。

她激動地說著：「我們來找你了，丹尼。你聽得見我嗎，寶貝？我們來救你了。我們來了。」

收音機戛然而止，車頂的燈也隨即熄滅。

雨刷也不再撞擊擋風玻璃。

車頭燈暗了下來，並且維持關閉。

一切都靜止不動。

全然的靜謐。

雪花輕輕地散落在擋風玻璃上。

車內的空氣逐漸暖了起來。

艾略特說：「為什麼每次他運用……嗯……超能力的時候，都會變得這麼冷？」

「誰知道呢？也許他必須控制空氣中的熱能才可以移動物體，也許還有完全不同的解釋。我們大概永遠也不會知道答案。丹尼自己可能也不清楚。反正這一點也不重要。重要的是我的丹尼還活著，毋庸置疑。從你剛才的問題來看，你也相信他還活著了吧？」

「嗯，」艾略特說，對於自己心意的轉變依舊有些訝異。「沒錯，我相信妳有可能是對的。」

「我知道我是對的。」

「一些不尋常的事情發生在那些童軍團男孩身上。妳的兒子也肯定有非常離奇的遭遇。」

「至少他沒有死，」蒂娜說。

艾略特看見她眼中閃爍著歡喜的淚水。

「嘿，」他語帶擔憂。「最好克制一下妳的希望，好嗎？我們還有很長一段路要走。我們還不知道丹尼究竟在哪兒，也不知道他現在的狀況。眼前還有許多挑戰要克服，在那之後，我們才能找到他，並且帶他回家。在接近他之前，妳我都有可能遭到殺害。」

艾略特發動引擎，駛離了機場。在他看來，沒有任何人尾隨在後。

第二十六章

卡爾頓・杜姆貝博士的間歇性幽閉恐懼症又發作了，他感覺自己像是被惡魔的血盆大口活生生地吞噬，禁錮在黑暗中。

在雪樂山深處的祕密設施裡，這間房間位於地下三樓，占地大約兩百四十平方公尺。低矮的天花板覆蓋著黃色的海綿隔音材料，使室內有一種有機生命體的奇特感覺。螢光燈管散發出冷光，灑落在好幾部電腦和工作檯上。檯上擺滿了學術期刊、圖表、檔案夾、科學儀器和兩只馬克杯。

房間入口對面的西側牆面中央有一扇長兩公尺、寬一公尺的窗戶，能讓人一窺隔壁那個比這間房間小一倍的內室。這扇窗戶有著類似三明治的構造：兩塊幾公分的窗格是以防彈玻璃製成，環繞著中間一個小空間，裡面充滿了惰性氣體。另外兩塊如鐵般堅硬的窗格有不鏽鋼製成的外框，搭配四條緊實的密封橡膠，附著在每片窗格的內外兩面。這扇觀察窗口的設計能夠抵擋任何外力，從子彈到地震，都傷不了它分毫。

為了讓大房間裡的人員能夠隨時清楚地觀察小內室裡的情況，天花板裝設了四個出風口，對著窗口不斷噴出溫暖的乾燥空氣，避免玻璃上水氣凝結或起霧。目前這套通風系統並沒有在運作，玻璃上有四分之三的面積覆蓋了一層寒霜。

卡爾頓·杜姆貝博士有著一頭鬈髮和茂密的短鬚。他站在窗前，潮濕的雙手抹著身上的醫師白袍。他透過玻璃上沒有結霜的部分向內窺探，滿心憂慮。他努力克制心中的幽閉恐懼，不去想上方那彷彿有機生命體、壓迫感十足的低矮天花板。他想像自己頭頂上是開闊的天空，而不是幾千噸的鋼筋水泥。但事實上，比起幽閉環境帶來的恐慌，杜姆貝博士更擔心窗口另一端所發生的事情。

亞倫·札卡利亞博士年紀較輕，留著一頭棕色的直髮，臉上鬍鬚刮得乾乾淨淨。他俯身看著電腦，檢視螢幕上跑出的數據。「裡面的溫度在三十分鐘內降低了三十三度，」札卡利亞擔心地說。「對這孩子來說不是好事。」

「每次發生這種情況時，他看起來都安然無恙，」杜姆貝說。

「我知道，可是——」

「檢查一下生命跡象。」

札卡利亞轉身去查看另一排電腦螢幕，上面顯示丹尼·伊凡斯的心跳、血壓、體溫和腦波活動。「心跳正常，可能還比之前慢了一些。血壓也還好，體溫沒有變化。但是腦電圖的讀數有點奇怪。」

「每次氣溫突然降低時，都會有這種情形，」杜姆貝說。「腦波活動異常，但沒有其他數據表示他有任何不適。」

「如果再這樣冷下去，我們就得整裝進去，把他移到另一間內室。」札卡利亞說。

「沒有空間了，」杜姆貝說。「別的房間占滿了測試用的動物，還有其他實驗在進行中。」

「那我們應該移走動物。這個孩子重要多了；他身上還有很多資料需要收集。」

他的確重要多了，但不是因為他是資料的來源，而是因為他是活生生的人！杜姆貝憤怒地想著，但他壓抑住這層情緒；他可不想被視為會造成潛在保安風險的異議分子。

他若無其事地說：「沒有必要移動他。寒冷不會持續太久。」他斜眼看著內室，只見男孩躺在病床上，身上覆蓋著白色床單和黃色毛毯，以及一大堆連接監視儀器的線路。杜姆貝對男孩安危的關切壓過了被困在地底下和活埋的恐懼，幽閉恐懼症狀緩緩地消退。「至少之前都是這樣：溫度突然下降，維持兩到三分鐘，然後回復到正常。寒冷從未持續超過五分鐘。」

「工程師到底在搞什麼？為什麼他們無法解決這個問題？」

杜姆貝說：「他們堅持說溫控系統沒有任何異常。」

「鬼扯。」

「沒有任何故障。他們是這樣說的。」

「最好是！」札卡利亞不再理會電腦螢幕。他來到窗口邊，透過玻璃上的乾淨部位向內張望。「一個月前這種情形剛發生的時候，還沒有那麼誇張。溫度變化個幾度，每個晚上就這麼一次，從來沒有在白天發生過，也還不到會影響男孩健康的程度。但過去這幾天根本就失控了。氣溫動不動就突然降低三、四十度，最好是沒有任何故障！」

「聽說他們會找來當初設計這座設施的團隊，」杜姆貝說。「這些傢伙應該能立刻找出問題所在。」

「真是一群智障，」札卡利亞說。

「老實說，我不懂你在氣什麼。我們不是本來就要測試這個男孩的極限嗎？何必在乎他的健康？」

「你在開玩笑嗎？」札卡利亞說。「如果最後他死了，我們必須確定是注射的藥物造成他的死亡。如果他一直處在溫度劇烈變化的情況下，我們怎麼知道寒冷是不是其中一項因素？最後得到的就不會是乾淨的研究成果。」

卡爾頓・杜姆貝忍不住乾笑一聲，將頭轉了開去。「乾淨？這整件事從來就和乾淨扯不上邊。打從一開始，這就是骯髒齷齪的勾當。」杜姆貝對他的同事和這項計劃的憤慨表露無遺。杜姆貝知道這麼說很危險，但他就是無法控制自己。

札卡利亞轉頭面對他。「你知道我說的不是道德問題。」

「而我說的正是道德問題。」

「我是以純粹的臨床醫學角度來看這件事。」

「不管是道德還是醫學，我都不想聽你的高見，」杜姆貝說。「我的頭要痛起來了。」

「我只是秉持研究者的精神，」札卡利亞說，幾乎噘起了嘴。「就算這整件事是骯髒的勾當，也怪不了我。我可不敢對這裡的研究政策有任何意見。」

「你不敢有任何意見，」杜姆貝坦白地說。「我又怎麼敢呢？我們處於整個階層的最底端，才會被發配來做這種輪大夜班當保姆的工作。」

「就算我可以主導政策，」札卡利亞說：「我也會做出和當初玉口博士一樣的決定。見鬼了，這項研究勢在必行。在發現該死的中國人已經涉入多深之後，他別無選擇，只能盡全力建立這座設施。俄國人還幫中國賺了一大筆外匯。我們的新朋友俄羅斯！真是笑話！歡迎來到新的冷戰時代。別忘了，一切都是從中國的卑鄙伎倆開始，我們只是跟上腳步罷了。如果你對這裡的工作感到罪惡，要怪就去怪中國人吧，別算在我頭上。」

「我知道，我知道，」杜姆貝疲憊地說，伸手撥了撥鬈髮。札卡利亞會向上層報告他們談話的詳細內容，所以他得平衡一下自己的立場，免得惹禍上身。「中國的行徑確實可怕。如果世界上有哪一個政府膽敢使用這種武器，那就是中國無誤，要不然就是北韓或伊拉克。到處都是這種瘋狂的政權。我們別無選擇，只能維持強大的國防力量。我真心相信這些。但有時候……我會想……當我們努力想要領先敵人時，我們是不是也變得跟他們一樣？是不是也變成了一個我們自己都唾棄的極權國家？」

「也許吧。」

「也許吧，」杜姆貝說，雖然在他心中，答案非常肯定。

「但我們有什麼選擇？」

「我想沒有。」

「看，」札卡利亞說。

「怎麼了？」

「玻璃變清晰了。裡面一定已經回暖。」

兩名科學家面向窗口，窺探隔離的內室。

身形憔悴的男孩動了動，他轉過頭來，從病床側邊圍欄的縫隙凝視著他們。

札卡利亞說：「那雙該死的眼睛。」

「彷彿能看透人心，不是嗎？」

「他的眼神……有時候讓我毛骨悚然。他的眼睛裡有某種古怪的東西。」

「你只是覺得內疚吧，」杜姆貝說。

「不，不只是那樣。他的眼睛不太對勁，跟一年前他剛進來這裡的時候不同。」

「他的眼神裡多了痛苦，」杜姆貝哀傷地說。「很多痛苦，還有孤寂。」

「不只是這些，」札卡利亞說。「他的眼睛裡有一種……無法用言語形容的事物。」

札卡利亞離開窗口，走回電腦前。只有冰冷的機器才能帶給他慰藉和安全感。

一月二日，星期五

第二十七章

儘管最近剛下過雪，雷諾的街道依然乾燥、整潔。地上某些地方有結冰，機車騎士如果疏忽的話，還是有可能會打滑。艾略特謹慎地駕駛著雪佛蘭車，雙眼緊盯著路面。

「我們應該快到了，」蒂娜說。

他們又前進了大概四百公尺，路西亞諾．貝里柯斯提的屋子就出現在左側，上面掛著一面黑色邊框的招牌，堂皇地寫著他提供的服務：喪禮承辦和悲傷輔導諮詢。這是一間偽殖民風格的大房子，建在一座小丘上，占地大約三到四英畝，旁邊就是一座跨教派的大公墓。彎曲的車道向右延伸，就像是一條喪禮用的黑色帷幕，掛在冰雪覆蓋的隆起草坪上。幾根石柱和散發柔和光芒的路燈標示出前門，溫暖的燈光從一樓的窗戶透出。

艾略特正要將車轉進入口，卻在最後一秒改變了主意。他驅車開過了建築物前方。

「喂，」蒂娜說：「就是那裡呀。」

「我知道。」

「你怎麼不停下來？」

「我知道妳很想直接衝進去質問貝里柯斯提，但這樣可能很危險。」

「那些傢伙不會在裡面等著我們吧？他們不知道我們在雷諾。」

「絕對不要低估妳的敵人。他們之前低估了我們，所以我們才有機會來到這裡。我們可不能犯一樣的錯誤，讓他們逮到。」

經過公墓之後，艾略特左轉進入了一條住宅區街道。他將車停在人行道護欄旁，關上車頭燈，熄滅引擎。

「現在怎麼辦？」蒂娜問。

「我會穿過公墓，走回葬儀社。先在周圍探查一番，再從後門進去。」

「我們一起過去。」

「不行。」

「我也要去。」

「妳在車上等我，」他堅持。

「休想。」

街燈微弱的光芒穿過擋風玻璃，照亮了她臉上的堅毅決心，如鋼鐵般在她的藍色眼眸裡展現。

艾略特知道自己可能辯不過她。「理性一點。如果裡面有任何麻煩，妳可能會礙手礙腳。」

「才怪，艾略特，別胡說。我是那種會礙手礙腳的女人嗎？」

「地上積了二十幾公分厚的雪，妳腳上可沒有靴子。」

「你也沒有啊。」

「如果他們知道我們要來，在葬儀社裡設下埋伏——」

「那你會需要我的幫忙，」她說。「但如果根本沒有這回事，我必須要和你一起質問貝里柯斯提。」

「蒂娜，我們這樣是在浪費時間——」

「浪費時間？說得很對。我很高興你跟我所見略同。」她逕自打開車門，走了出去。

在這一瞬間艾略特明白，沒有任何疑惑：他深愛著蒂娜。

他將滅音器手槍塞進大衣口袋深處，走出車外。他並沒鎖上車門，因為他和蒂娜到時候很有可能得匆忙上車。

穿越公墓時，冰雪沾上了艾略特的小腿，弄濕了長褲。襪子上凝結的雪融化成水，流進鞋裡。

蒂娜腳上是一雙膠底的帆布球鞋，情況也好不到哪裡去。但是她亦步亦趨，沒有任何抱怨。

濕冷的寒風比之前降落時吹得更起勁，橫掃過整座墓園，在墓石和紀念碑之間呼嘯，召喚著更多冰雪。

一道低矮的石牆和一列與房屋等高的雲杉木將墓園和路西亞諾・貝里柯斯提的房屋隔開。艾略特和蒂娜翻過牆，站在樹木的陰影下，看著葬儀社的後方入口。

蒂娜一語不發，等在艾略特身旁。她雙臂環抱，將手掌夾在腋下取暖。

艾略特擔心蒂娜的安危，但同時也很欣慰她在身旁。

貝里柯斯提的屋子後方就在大約九十公尺外。即使燈光昏暗，艾略特還是能看見從門外長廊屋頂垂下的小冰柱。房屋周圍種了一些常綠灌木，但並不足以讓人躲藏。後窗看起來一片漆黑，槍手很可能就站在某一扇窗後，隱身在黑暗中。

艾略特凝神觀察，想捕捉到方形玻璃後的任何動靜。但並沒有一點可疑的跡象。

對方不太可能在這麼短的時間內就安排好陷阱。如果殺手確實在這裡守株待兔，他們一定認為獵物會大膽地從葬儀社正門直接進入，他們的注意力想必全部集中在建築物前方。

如此一來，待在此處觀望一整晚毫無意義。

他走出枝葉的隱蔽處，蒂娜緊隨在後。

冷風如刀，吹起地面上的冰雪，像針一般刺痛著他們凍得通紅的臉龐。

穿過白雪皚皚的墓園時，艾略特覺得彷彿赤身裸體。他們真不應該穿這身暗色的衣物。如果真的有人從後窗向外張望，一定會馬上發現他們。

腳踩在雪上的嘎吱聲在耳中顯得特別響亮，令他感到十分不安。其實他們的行動並沒有發出太大的聲響，那是心裡太過緊張導致的錯覺。

他們終於順利來到葬儀社的後方。

兩人休息了幾秒鐘，互相拍拍對方，激起彼此的勇氣。

艾略特從口袋裡拿出槍。他以右手握槍，左手摸索著拉開保險。寒氣使手指僵硬，他不確定威脅來臨時，自己是否能善用手中的武器。

他們繞過建築物一角，悄然朝前方走去。

艾略特在第一扇透出燈光的窗戶旁停下腳步。他伸手示意蒂娜待在身後，緊貼著牆面。他小心翼翼地傾身向前，透過威尼斯風窗櫺之間的縫隙向內窺探。裡面的景象險些讓他驚叫出聲。

一具全身赤裸的男屍坐在浴缸裡，雙眼彷彿瞪著某種不屬於這個世界的可怕事物，鮮血染紅了缸內的洗澡水。男人一隻手垂在浴缸外，地上有一把似乎是從他手中跌落的刮鬍刀。

艾略特望著那張蒼白臉孔上黯淡無神的雙眼，他知道眼前的死者就是路西亞諾・貝里柯斯提。他也很清楚這位葬儀社老闆並不是自殺。這可憐的傢伙雙唇青紫，嘴巴依然張大，好像在駁斥任何他了結自己生命的說法。

艾略特只想抓住蒂娜的手臂，盡快趕回車上。但她已察覺艾略特看見了什麼重要的線索，也想一探究竟。她來到艾略特前方，朝窗內望去。艾略特伸手輕放在她背上，感受到她的身體瞬間僵硬。蒂娜只瞥了一眼屍體，就轉頭望著艾略特，眼神中很清楚地表達出她已經準備好逃離這個地方，無須任何疑問、爭辯和猶豫。

他們才剛離開窗邊兩步，艾略特注意到六、七公尺外的冰雪有些動靜。那不是被風吹動的輕盈雪花，而是整堆雪不自然地揚起。他本能地舉起槍，一口氣射出四發子彈。滅音器讓槍聲在凜冽寒風中幾不可聞。

艾略特伏低身子，避免讓自己成為明顯的槍靶。他快步走到冰雪騷動的地方，發現了一名身穿白色滑雪裝的男子。這個陌生人躺在雪中，仰視著他，等待生命的逝去。他的胸口有一個濕黏黏的槍孔，脖子也被子彈削去了一塊肉。在周圍冰雪如幻影般的黯淡反光下，艾略特看著他的目光逐漸失神，變得和浴室裡貝里柯斯提瞪著窗戶的雙眼一樣呆滯。

肯定還有一名殺手在屋裡守著貝里柯斯提的屍體。也許不止一人。

現在他知道至少有一人埋伏在外頭的風雪中。

他們到底有多少人？

躲藏在什麼地方？

艾略特掃視著暗夜，心跳加速了起來。他有預感會有十、十五甚至二十名敵人從冰雪覆蓋的草坪中現身。

但一切都靜止不動。

他對自己剛才迅速且致命的反應感到訝異，有幾秒鐘的時間無法動彈。某種動物性的滿足感帶著暖意在心中升起，但他並不全然喜歡這樣的快感，因為這幾年來他一直將自己視為不訴諸暴力的文明人。同時，他也感到一陣噁心，喉嚨緊縮，一股酸味湧到口中。他轉過身，不再看那個死在他手上的男人。

蒂娜的臉色就像鬼魂一樣蒼白。「他們知道我們在雷諾，」她低聲說。「甚至知道我們會來這裡。」

「但他們以為我們會從前門進去。」他抓住蒂娜的手臂。「趕快離開這裡吧。」

他們沿著原路快步離開葬儀社。每走一步，艾略特都有預感會聽見槍聲或追兵的喊叫聲。

他先幫蒂娜越過墓園的矮牆，然後也跟著攀上。他突然感到有人從後面拉住了他的大衣。他倒吸一口氣，扯開身子。翻過牆之後他回頭望去，卻沒有看見任何人。

看來葬儀社裡的殺手並沒有意識到外頭的同伴已被解決掉。他們還耐心地等著獵物從前門自投羅網。

艾略特和蒂娜穿梭在墓碑之間，激起了陣陣雪花，在他們身後形成兩道長長的白色煙霧，好似鬼魂一般。

他們奔到墓園中央，艾略特才確定後方無人追趕。他停下腳步，靠在一座高聳的石碑上，費力地壓抑住大口的喘氣，不想再吸入那如刀割般的寒氣。剛才那名男人頸部血肉模糊的景象在他腦中翻攪，一股噁心掃過他全身。

蒂娜搭住他的肩膀。「你還好嗎？」

「我殺了他。」

「如果你手下留情，就是他殺了你。」

「我知道。但還是一樣讓我覺得噁心。」

「我以為……以前你在軍中的時候……」

「沒錯，」他輕聲說。「沒錯，我以前殺過人。但正如妳所說，那是在軍中。這次不一樣。在軍中那是戰爭，這卻是謀殺。」他用力搖搖頭，清理思緒。「我沒事。」他把槍塞進大衣口袋。「只是有點驚嚇。」

他們擁抱彼此，然後蒂娜說：「如果他們知道我們飛來雷諾，怎麼沒有在機場跟蹤我們？這樣他們就會知道我們不會從葬儀社前門進去。」

「他們大概是認為我會發現有人跟蹤，然後更提高警覺。他們想必很肯定我們最終都會來到這裡，所以不需要緊盯著我們。他們很清楚貝里柯斯提是我們唯一的目標。」

「回去車上吧，我快凍僵了。」

「我也是。最好在他們發現雪地裡的同伴之前趕快離開這個社區。」

他們跟隨著原先的腳印離開墓園，回到安靜的住宅區街上。雪佛蘭就停在黯淡的街燈下。

艾略特才剛打開車門，眼角餘光就瞥見了動靜。他抬起頭，已經知道會看見什麼。一輛白色的福特轎車轉過街角，緩緩駛到園籬旁，猛然煞車。兩側的車門敞開，兩名高大的黑衣人走出車外。

艾略特知道他們是什麼人。他坐進雪佛蘭，用力關上門，插上車鑰匙。

「我們被跟蹤了，」蒂娜說。

「沒錯。」他發動引擎，換好排檔。「追蹤發報器。他們一定才剛打開接收器。」

他並沒有聽見槍聲，但一顆子彈打碎了他腦後的車窗，沒入座椅中。安全玻璃的碎片灑落在車內。

「頭低下！」艾略特大叫。

他回頭望去。

那兩人在積雪的人行道上快速接近。

艾略特一踩油門，輪胎一陣尖叫。雪佛蘭衝上了街道。

兩顆子彈從車身上彈開，發出高昂短促的嗖嗖聲。

艾略特伏低在方向盤上，生怕又有一顆子彈穿過後窗。車子經過轉角，他無視紅燈，猛然高速左轉，只輕踩了煞車一次，考驗著雪佛蘭的懸吊系統。

蒂娜抬起頭，瞥了一眼後方空蕩蕩的街道，然後轉頭看著艾略特。「追蹤器？那是什麼？你是說車上被動了手腳嗎？那我們不是得趕快棄車？」

「那也得等我甩掉後面這些小丑，」他說。「現在距離太近，如果棄車的話一下就會被追上。徒步是逃不了的。」

「那怎麼辦？」

他們又來到另一個路口，艾略特驅車右轉。「到下一個轉角的時候，我會停下來然後下車。妳準備好坐進駕駛座。」

「你要做什麼？」

「我會躲進樹叢，等他們轉彎跟上來。妳繼續開車往下走，但是速度不要太快。讓他們轉過來時有機會看到妳。他們的注意力都會在妳身上，不會發現我躲在旁邊。」

「我們不應該分開。」

「這是唯一的辦法。」

「如果他們抓到你怎麼辦？」

「不會的。」

「這樣我又會孤身一人。」

「他們抓不到我的。但妳動作得快。如果他們在接收器上發現我們的車停下太久，一定會起疑心。」

他在路口右轉，然後停在陌生街道的中央。

「艾略特，不要——」

「我們沒得選。」他打開車門，迅速地下車。「蒂娜，快！」

他甩上車門，朝路邊一棟農村風的低矮紅磚屋奔去，躲進了屋前草坪圍籬的常綠灌木叢裡。他在枝葉間伏低身體，縮身在附近路燈寒光所不能及的陰影裡。他從大衣口袋拿出手槍，看著蒂娜驅車前行。

雪佛蘭的聲音逐漸遠去，隨之而來的是另一輛車快速接近的引擎低吼聲。幾秒鐘之後，那輛白色福特衝進了路口。艾略特起身舉槍，連發三彈。前兩顆子彈在金屬車身上彈開，但第三顆打穿了右前輪。

福特車轉彎的速度太快了。爆胎讓它失控地衝過街道，躍過人行道，直接撞進籬笆，粉碎了一個石膏戲水盆，最後翻覆在草坪中央。

蒂娜將雪佛蘭停在一百公尺外。艾略特飛奔了過去。他的腳步聲在寂靜的夜空中有如雷鳴般響亮，這一百公尺好像有百里之遠。他好不容易跑到汽車旁，蒂娜打開車門，他跳上車，甩上車門。「走吧！快點！」

她將油門一踩到底，全速衝刺。

經過兩條街之後，艾略特說：「在下一個路口右轉。」他們又轉了兩個彎，駛過三個街區。他才說：「停到人行道旁。我得找出他們裝的追蹤器。」

「但他們應該沒辦法追到這裡？」

「雖然他們沒辦法馬上再調派另一輛車追過來，他們手上還有接收器，可以看到我們的行蹤。不能讓他們知道我們接下來要去哪裡。」

蒂娜停下車，艾略特走出車外。他檢查了擋泥板的內側和輪胎內胎，這些都是最容易裝追蹤器的地方。但一無所獲。前方的保險桿也沒有任何發現。最後，他終於在車身側面的保險桿下面找到了一個以磁力附著、香菸盒大小的電子裝置。他扯下追蹤器扔到地上，然後用腳踩碎。

艾略特和蒂娜回到車上，鎖上車門，讓引擎空轉著。他們將暖氣開到最大，心有餘悸地沐浴在溫暖的空氣裡。兩人沉默了好一會兒，身體依然輕輕顫抖。

最後，蒂娜先開了口：「天啊，他們的動作還真快！」

「我們還領先他們一步，」艾略特說，聲音裡帶著不安。

「恐怕只有半步吧。」

「妳說得可能沒錯，」他承認。

「原本我們可以從貝里柯斯提口中獲得重要的資訊，引起報社記者的興趣。」

「現在已經不可能了。」

「那我們該如何拿到更多資料？」

「會有辦法的，」他含糊地說。

「我們該怎麼讓這件事重啟調查？」

「我們會想到其他的方法。」

「還有誰可以找？」

「別放棄希望，蒂娜。」

「我沒有放棄。但我們接下來該怎麼辦？」

「我們不可能在今晚想出一個完善的計劃，」他疲憊地說。「我們倆現在都累壞了，倉皇行事只會遇到更大的危險。現在最好什麼決定都不要做。我們得找個安全的地方，好好休息。明天早上，等我們腦袋清楚了，解答自然會浮現。」

「你真的睡得著覺？」

「當然！這是艱苦的一天。」

「我們要待在哪裡才會安全？」

「讓我玩一招反其道而行的心理伎倆，」艾略特說。「我們不要偷偷摸摸地去住偏遠的汽車旅館，而是直接去城裡最高級的酒店。」

「赫拉酒店？」

「沒錯。他們絕對想不到我們會這麼大膽。他們把其他地方搜遍了也找不到我們。」

「聽起來有點危險。」

「妳有更好的點子嗎？」

「沒有。」

「任何選擇都有風險。」

「好吧，就照你說的。」

他們驅車進去市中心，然後將雪佛蘭棄置在距離赫拉酒店四條街外的停車場。

「我真希望能留著車子，」蒂娜說，看著艾略特從後車廂拿出行李。

「他們現在一定到處在找這輛車。」

他們冒著強風，沿著霓虹燈照耀的街道走進赫拉酒店。現在時間凌晨一點四十五分，但響亮的音樂聲、笑聲和吃角子老虎機的鈴響依舊從賭場門口傳出。在暗夜時分，這些嘈雜的聲響沒有半點歡愉的氣氛，只是令人反胃的噪音。

雖然雷諾並不像拉斯維加斯那樣夜夜笙歌，而且大部分遊客都已經上床休息，赫拉酒店的賭場還是挺繁忙的。一名年輕的水手在花旗骰桌前手氣正旺，後面一群興奮的賭客正慫恿他再擲出一把八點，完成需要的分數。

在這種週末假日，旅館通常都已經滿房。但艾略特深知每間酒店會預留一些空房，以免一些常來光顧的有錢貴賓在沒有預定的情況下突然出現。而且可能也有些客人臨時取消訂房。總之，檯面下的空房是一定有的。只要你將幾張摺好的鈔票低調地塞進櫃檯接待員的手中，他馬上就會滿足你的需求。

櫃檯告知艾略特有一間兩晚的空房，他在登記單上簽下了「漢克・湯瑪斯」。這個假名是從他最喜愛的電影明星名字變化出來的。他也填上了一個位於西雅圖的假住址。當接待員請他出示身分證件或者信用卡時，他天花亂墜地講了一個被扒手偷走錢包的悲慘故事。由於無法提出身分證明，酒店要求預付兩晚的住宿費用。艾略特從口袋裡拿出一疊鈔票。他並沒有動用到錢包裡的錢，畢竟他的錢包已經被「偷走」了。

他和蒂娜的房間在九樓，裡面寬敞舒適，裝潢精美。幫忙推行李的侍者離開後，艾略特拉上插銷鎖，掛上門鏈，然後將那張沉重的直背椅推到門邊，緊緊抵在門鎖下方。

「好像監獄一樣，」蒂娜說。

「這個監獄可以隔絕外面趴趴走的殺手。」

片刻之後，兩人躺在床上相擁。艾略特和蒂娜都沒有做愛的興致。他們只想要緊靠在彼此身上，體認到自己依然活著，沉浸在被保護和珍視的安全感中。在經歷一整天的死亡和毀滅之後，他們心中都有一種原始的渴望，需要情感的滋潤和愛人的陪伴。而在面對那些對生命沒有絲毫尊重的惡棍之後，他們得確認彼此真實的存在，確認自己不是風中飄渺的飛沙。

過了幾分鐘，艾略特開口：「妳說得對。」

「什麼？」

「昨晚在拉斯維加斯的時候。」

「我說了什麼？」

「妳說我很享受被人追逐、獵殺。」

「有一部分的你是那樣……在你心底。嗯，我想那是真的。」

「我知道，」他說。「我現在明白了。一開始我不願意相信。」

「為什麼呢？我並沒有批判的意思。」

「我知道妳沒有。只是這十五年來，我一直過著努力工作的平凡生活。我以為我再也不會需要或渴望年輕時那種刺激的快感。」

「我不認為你需要或渴望那種感覺，」蒂娜說。「過了這麼多年，你又再次面對真正的危險。有一部分的你對這些挑戰有所回應，就像是一位年老的退休運動員，再次回到賽場上，發現自己寶刀未老。」

「沒那麼單純，」艾略特說。「我覺得……當我殺死那個人的時候，內心深處確實有一股病態的快感。」

「你對自己太嚴苛了。」

「並沒有。事實上，也許那股快感根本就沒有埋藏在心底，而是一直都潛伏在表面。」

「殺了那個傢伙，你應該感到高興才對，」她柔聲說，輕輕捏著艾略特的手。

「是嗎？」

「聽我說，如果那些妨礙我拯救丹尼的傢伙落在我手中，殺了他們我一點也不會感到內疚。我完全不會有一絲罪惡感。說不定還會挺享受那個過程。我就像是一頭幼獸被人偷走的母獅，殺死他們對我來說再自然不過。」

「所以我們內心都存在著一點獸性，是嗎？」

「每個人心裡都有野蠻的一面。」

「就因為這樣，暴力是可以被接受的嗎？」

「這不是接不接受的問題，」她說。「上帝就是創造出這樣的我們。人類天性如此，誰有資格評斷是非對錯？」

「也許吧。」

「如果一個人單純為了樂趣而殺人，或者像報紙上那些激進政治分子，為了某種歪曲的理想而殺人，那是全然的野蠻，或瘋狂。但你所做的完全不同。自我保存是上帝賜予我們最強大的驅力。我們生來就是為了存活下去，即使必須因此而傷害別人。」

兩人沉默了片刻，艾略特才開口：「謝謝妳。」

「我什麼也沒做。」

「妳傾聽我說的話，這就夠了。」

第二十八章

寇特・韓森在拉斯維加斯到雷諾的顛簸飛行途中打著瞌睡。這架十人座的噴射飛機屬於天網組織，此時正在指定的空中走廊裡前進，承受著高緯度的強風吹襲。韓森是喬治・亞歷山大的得力下屬，他身材高大，充滿力量，有一頭棕色白色相間的短髮和一雙如貓般銳利的黃眼睛。但他害怕飛行，每次登機之前都得吃藥。一如既往，飛機離地幾分鐘後，他就開始打盹。

除了韓森之外，機上唯一的乘客就是喬治・亞歷山大。他認為弄來這架行政專機是他擔任天網組織內華達分局長三年來最了不起的成就。他大多數的時間都是坐在拉斯維加斯的辦公室，但興致一來，有時也會找理由飛去其他地方的組織據點視察，像是雷諾和埃爾科，甚至跨州到德州、加州、亞利桑那、新墨西哥和猶他。在上任第一年裡，他只能搭乘一般航空，或者雇用私人飛行員來駕駛那架傳統雙引擎飛機。那架寒酸的小飛機是前任分局長好不容易才說服組織撥出預算購買的。在亞歷山大眼中，以他的身分地位，搭這種爛貨或者和一堆老百姓擠同一班飛機實在太荒謬了。他的時間對整個國家來說無比珍貴；他的工作性質異常敏感，時常需要檢視在遠方各地收集到的情報，然後做出緊急的決斷。總局長努力遊說了很久，亞歷山大才終於得到這架性能優異的小型噴射機。他也馬上以內華達分局的預算雇用了兩名軍職退伍的全職飛行員。

有時候天網實在太過錙銖必較，這對組織發展沒有好處。身為賓州亞歷山大家族和德拉瓦州史丹霍普家族億萬財富的繼承人，喬治·林肯·史丹霍普·亞歷山大容不下任何窮酸吝嗇的傢伙。

但是對天網來說，確實每一分錢都輕忽不得，因為預算得來不易。組織的存在必須保密，所以經費都是從其他政府部門的預算挪用出來的。天網每年最大筆的預算來自於健康福利部，大約有三十億美元。天網在健康福利部的高層中安插了一名代號賈克林的臥底。他的工作就是制定各種新的福利計劃，讓部長相信這些計劃急需進行，然後到國會爭取預算。接著他為這些假計劃成立好幾個假辦公室或空殼企業，等聯邦資金流入之後，再祕密轉給天網。在組織的所有資金來源中，挪用自健康福利部的三十億元風險最低，因為他們每年的預算太過龐大，根本沒有人會注意到這點零頭的消失。國防部近年來並不像健康福利部那樣闊綽，但每年也至少貢獻了十億給天網。其他較小筆的資金每年大約在一億到五億之間，來自於能源部、教育部和其他政府部門。

募集資金的過程也許艱辛，但天網的預算非常充足，這點毫無疑問。亞歷山大認為以內華達分局長的重要性，配備一架行政專機絕對不是鋪張浪費。他也深信自己這幾年來的傑出表現，足以說服華盛頓高層那些老傢伙這筆錢花得值得。

亞歷山大以自己的工作為傲。但全美國只有少數人知道這份工作對國家的重要性，對此他也頗感沮喪。

他時常羨慕父親和眾多叔伯。這些家族長輩大多公開地為國家效力，身處顯眼的高位，讓人民讚揚他們為大眾無私的貢獻。像國防部長、國務卿或駐法國大使這樣的職位，總是能贏得全國的感激和尊敬。

喬治．亞歷山大一直到六年前才晉升到真正掌握實權的職位，當時他三十六歲。在此之前，他都在政府的基層單位打拚，輾轉於像冰島、厄瓜多和東加這樣的小國，擔任外交和情報搜集的工作。當然，這些工作並不會辱沒他的家族名聲，只是得不到任何鎂光燈的注意。

六年前，天網組織成立。總統交付給喬治新的工作，要他在南美洲為組織建立可靠的情報工作網。這對他來說是一項極富挑戰且充滿刺激的重要任務。喬治直接負責數千萬美金的運用，指揮分布在好幾個不同國家的數百名探員。三年後，總統本人對喬治在南美洲的成就表示讚賞，決定任命他為天網組織的內華達分局長；這個組織最重要的國內分局正急需整頓。於是喬治一下躍升到天網執行階層中權力最大的位置。總統對他勉勵有加，他相信有朝一日他會掌握美國整個西半部的情報工作。他將複製南美洲和內華達的成功經驗到廢弛已久的西部分部，使其順利運作，最後他就能一路扶搖直上，成為天網的總局長。屆時他將坐鎮華盛頓，指揮所有國內外的情報行動。他將會是全美國最有權力的人士之一，擁有就算是國務卿或國防部長也難以企及的影響力。

然而，他永遠都無法和人炫示自己的成就。他也不可能得到公開表揚和榮耀，為已經光彩奪目的家族史錦上添花。天網是一個祕密組織，而只有繼續維持隱匿它才有真正的價值。天網麾下至少有一半的員工根本不知道這個組織的存在；他們以為自己是為聯邦調查局或中央情報局工作。還有一些人以為他們是受僱於財政部或特勤局的某些分部。這些員工都不會危及組織的保密。只有那些忠誠已經受過考驗的人才知道天網的真面目，包括各個分局長、直屬人員、主要城市的情報站組長和資深外勤探員。一旦新聞媒體知道天網的存在，一切就結束了。

亞歷山大坐在機艙昏暗的燈光中，看著窗外下方流動的雲朵。如果父親和家族長輩知道他為國效力時常常得下令殺人，他們會說什麼？以前在南美洲時，有三次任務亞歷山大必須親自扣下扳機，這對家裡那些帶著感性貴族氣息的東岸人來說，恐怕更是駭人聽聞。事實上，他很享受殺人的過程，那股快感讓他深深著迷，以致在後來的幾次任務裡，他都樂於從屬下手中接過槍，親手了結眼前的生命。要是家族裡那些德高望重的政治家長輩知道他雙手染滿鮮血，會作何感想？如果是職位所需得下令殺人，他認為家人應該可以諒解。亞歷山大家族的成員在談論願景時都是理想主義者，但面對真實世界的情況時，他們也可以現實到冷酷的地步。他們深知國內軍事安全和國際情報活動不是兒戲。喬治寧願相信，家人在內心深處會原諒他的所作所為。

喬治的目標一直都是間諜和叛徒，而這樣的人當中，大多數人自己就是殘忍無情的殺手。他們只是毫無價值的殘渣；喬治只對這種人下手。這不是什麼光彩的工作，但也存在著一絲威嚴和英雄氣魄，至少在他看來是如此。他喜歡將自己想像成默默奉獻的英雄。沒錯，如果他能夠告訴父親和長輩自己的職責，他們一定也會給予祝福。

飛機遇上了一陣亂流，機身左右晃動。

寇特．韓森打著鼾，繼續沉睡。

飛機平穩下來後，亞歷山大望向窗外，下方的雲朵渾圓如女性胴體，在月光下有著牛奶般的白色。他想到了那個姓伊凡斯的女人，她的檔案照片就擱在旁邊的座位上。亞歷山大拿起檔案夾，凝視著伊凡斯的臉孔。她確實很美。亞歷山大暗自決定，當時機來臨時，他要親手結束這個女人的生命。這個念頭立刻讓他起了興奮的生理反應。

他喜歡殺戮。不管他在世人面前擺出什麼形象，對於心中的慾望，他絕不會自欺。不知道為什麼，從有生以來他一直都對死亡著迷。死亡的形式、特質和各種可能性都令他難以自拔。他飢渴地研究死亡的意義和各種相關學說。他甚至視自己為上天所欽定的死亡使者。殺戮在許多層面上，都比性愛要更讓他興奮。無論是在以前或者現在這個時代，他對暴力的嗜好絕對不見容於聯邦調查局或其他受國會監督的警察機構。但是在天網這個沒有人知道的祕密組織裡，他可以高枕無憂地享受殺戮的樂趣。

他閉上眼睛，專心想著克莉絲蒂娜·伊凡斯。

第二十九章

在蒂娜的夢中，丹尼就在一條狹長隧道的遠端。他身上鎖鏈纏繞，坐在一個明亮的小洞穴裡。但是中間的道路一片漆黑，充滿了危險的氣息。丹尼不斷地喊著蒂娜，懇求母親在這座小監獄崩塌之前將他救出，否則就會慘遭活埋。蒂娜沿著隧道向前走，下定決心要帶丹尼離開這個地方。但是不知道是什麼東西從牆上的裂縫中鑽出，朝她抓來。她注意到裂縫另一邊閃爍著火光，有一個神祕的身影站在紅色的背景前。她一轉頭，就看見了死神獰笑的臉孔，彷彿正從地獄深處窺視著她；血紅的眼睛、乾枯的皮肉，臉上爬滿了蛆蟲。她放聲尖叫，卻發現死神碰不到她。牆上的裂口太小，他無法穿過，只能伸長手臂，削瘦修長的手指始終距離蒂娜有幾公尺的距離。丹尼又喊叫起來，她邁步向前行。一路上她經過更多類似的裂縫，死神在另一邊瞪視著她，嘴裡發出詛咒和怒吼。但沒有哪一個裂縫足以讓他穿過。最後她終於來到丹尼身邊，當她碰觸到兒子時，男孩腳上的鎖鏈奇蹟般地消失。

她說：「我好怕失去你。」

丹尼回答：「我把牆上的洞變小了，這樣牠就抓不到妳，不能傷害妳。」

星期五早上八點半，蒂娜興奮地醒了過來，臉上帶著微笑。她用力搖醒了艾略特。

艾略特坐起身來，睡眼惺忪。「怎麼了？」

「丹尼剛剛又給了我一個夢。」

他注意到蒂娜臉上的笑容。「看來這不是個惡夢。」

「完全不是。丹尼要我們去找他。」他要我們直接走進囚禁他的地方，帶他離開。」

「在那之前我們可能已經被殺了。我們不能像騎兵衝鋒一樣闖進去，只能由媒體報導和法院裁決來解救他。」

「我不這麼認為。」

「單憑我們兩個人沒辦法對抗肯尼貝克後面的組織和祕密軍事研究設施裡的警衛。」

「丹尼會確保我們的安全，」她語帶信心。「他會用他的力量幫助我們進入那裡。」

「這不可能。」

「你不是說你相信我嗎？」

「我相信，」艾略特說。他打了個哈欠，伸伸懶腰。「我是相信妳。可是……他要怎麼幫我們？他要怎麼確保我們的安全？」

蒂娜詳細描述了她的夢境，艾略特承認她的解讀不無道理。

「但就算丹尼能指引我們進入設施，」他說：「我們也不知道他被關在哪裡。這個祕密設施有可能在任何地方，也有可能根本就不存在。就算真的有這樣的設施，他也可能不是被監禁在那裡。」

「那個地方確實存在，丹尼就是在那裡。」她說，努力讓聲音充滿自信，其實心中並沒有那麼肯定。

剛才在夢裡她是如此接近，幾乎感覺到兒子已經回到了自己的懷抱。她不想聽到任何人說她救不了丹尼。

「好吧，」艾略特說，疲憊地揉著眼。「就算這座設施存在，這也幫不了我們什麼。它可能會在那片山區裡的任何地方。」

「不對，」她說。「它一定很接近賈伯斯基童軍團原本的目的地。」

「嗯，這也許沒錯。但那也涵蓋了一大片的荒地。我們不可能徹底搜索這整片區域。」

蒂娜的信心不受動搖。「丹尼會標示出正確的地點。」

「妳是說丹尼會告訴我們設施在哪裡？」

「他會努力嘗試，這是我在夢裡感覺到的。」

「他要怎麼做？」

「我不知道。但有種感覺，只要找到方法……一種能讓他集中力量、傳送訊息的方法……」

「什麼方法？」

她凝視著亂成一團的床單，好像靈感就隱藏在那些皺褶裡。她的表情宛如皺著眉頭的吉普賽算命師，想從水晶球裡看到遙遠的未來。

「地圖！」她突然說。

「什麼？」

「不是有那種荒郊野外的地形圖嗎？登山客和那些愛親近大自然的人都會用到的地圖。上面沒有很精確的標示，但至少會畫出某片區域的地形：山丘、河谷、流水、步道、荒廢的伐木道等等。我知道賈伯斯基帶著這種地圖。我很確定，在行前的家長說明會上我有看到。他們那時候一直強調這次活動有多安全。」

「雷諾的每一家運動用品店應該都會有賣雪樂山的地圖。如果不是整片山脈，至少也有鄰近區域的部分地圖。」

「如果弄到地圖，然後攤開來……嗯，也許丹尼就能告訴我們他在哪裡。」

「他會怎麼做？」

「我目前還不確定。」她推開棉被，起身下床。「先買到地圖再說。走一步算一步。來吧，洗個澡然後換衣服。再過大概一小時，商店就要開門了。」

●

貝里柯斯提葬儀社的爛攤子讓喬治・亞歷山大忙到週五早晨五點半才能上床安歇。對於手下再一次讓史崔克爾和那個女人逃掉，他難以抑制心裡的怒氣，一直折騰到七點才沉沉睡去。

十點時他被電話聲吵醒。原來是總局長從華盛頓透過保安線路打來。那老傢伙在電話另一端怒不可遏，話說得極為難聽。

亞歷山大承受著總局長的責難，意識到他在天網的未來已經岌岌可危。如果他再不逮到史崔克爾和伊凡斯，他想在幾年內登上總局長寶座的夢想就會粉碎。

總局長掛斷電話之後，他立刻撥到自己的辦公室。他的屬下並沒有任何好消息，艾略特・史崔克爾和克莉絲蒂娜・伊凡斯依然不知所蹤。他下令所有人放下手邊的工作，全力投入獵殺任務。

「我要在今天結束之前逮到他們，」亞歷山大說。「那個王八蛋殺了我們的人，絕對不能放過他。我要他和那個婊子一起消失在這個世界上，我要他們兩人死。」

第三十章

酒店附近不遠處就有兩間運動用品店和兩間槍械量販店。第一間運動用品店沒有進地圖的貨，第二間則是賣光了。最後蒂娜和艾略特是在其中一間槍械商店買到了地圖。那是專門為登山客和獵人設計的一組十二張雪樂山脈荒野地圖，包裝在皮套中，一份一百美金。

兩人回到酒店房間，攤開了其中一張地圖。「然後呢？」艾略特說。

思考了片刻之後，蒂娜走到桌前，打開中間的抽屜，拿出裝著酒店信箋的文件夾。她從文件夾裡取出一支寫著酒店名字的便宜原子筆，回到床邊，坐在地圖旁。

她說：「那些相信鬼神的人常常會這樣玩，讓筆自己書寫。你有聽過嗎？」

「當然，就是所謂的筆仙。鬼魂會引導你的手，寫出從另一個世界傳來的訊息。我一直都覺得這是最愚蠢的迷信。」

「不管是不是迷信，我要來試試看類似的做法。不過我不需要鬼魂來引導我。我要的是丹尼。」

「這種事情不是都要在出神的狀態下進行嗎？或是需要靈媒？」

「我只要全身放鬆，敞開心胸接受所有可能。我要在地圖上握著筆，也許丹尼就可以為我們畫出路線。」

艾略特拉了一張椅子，在床邊坐了下來。「我一點都不相信這會成功。這太瘋狂了。但我願意給妳嘗試的機會，我會安安靜靜在旁邊看著。」

蒂娜凝視著地圖，努力在腦中想著製圖師用來標示各種不同地形的綠色、藍色、黃色和粉紅色。她讓目光在地圖上游移，尋找可能的焦點。

一分鐘過去了。

兩分鐘，三分鐘。

她試著閉上眼睛。

又過了一分鐘，兩分鐘。

沒有任何動靜。

她翻過地圖，用背面又試了一次。

依然沒有發生任何事。

「給我另一張地圖，」她說。

艾略特從皮套裡拿出另一張，遞給了她。他收起第一張地圖，看著蒂娜攤開了第二張。

經過了半小時和五張地圖的嘗試，蒂娜的手突然滑過紙面，彷彿有人撞到了她的手臂。她感覺到一股奇異的推力，似乎是來自於手掌內部。她的肌肉因為驚訝而僵硬。但那股力量立刻抽離了她的身體。

「怎麼了？」艾略特問。

「是丹尼。他剛剛試著聯繫我。」

「妳確定嗎？」

「很確定。但他剛才嚇了我一跳，可能我不小心有一點抗拒，就把他推開了。至少我們知道這張就是正確的地圖。我再試一次。」

她握著筆將手放在地圖邊緣，目光再次在地圖上游移。

空氣的溫度陡然下降。

她努力不去注意周遭的寒冷，試著驅散腦中的一切雜念。

握著筆的右手變得比身體其他部位還要冰冷，她又感受到那股不太舒服的內在拉力，手指被凍得發疼。她的手猛然甩過地圖，然後又被拉回，來來去去地畫出了一連串的圓圈和毫無意義的雜亂線條。三十秒之後，那股力量再次消逝。

「糟糕，」她說。

地圖突然飄起，好像有人生氣地將它扔進空中。

艾略特從椅子上跳起，伸手去抓地圖，但它在空中旋轉著，紙頁像翅膀一樣在房內來回拍動，最後毫無生氣地落在艾略特腳邊。

「天啊，」他輕聲說。「下次我在報紙上看到有人說自己被外星人綁架到外太空，恐怕也笑不出來了。如果再讓我看到無生命的物體在空中亂飛，再荒謬的事情我都可能會相信。」

蒂娜從床上起身，揉著冰冷的右手。「我猜是因為我不由自主地去抗拒那股力量。任由它掌控身體感覺好怪異……我忍不住會繃緊肌肉。我想你剛才說得沒錯，我需要進入一種出神的狀態。」

「這我恐怕幫不上忙。我很會做菜，但對催眠一竅不通。」

她眨眨眼。「催眠！沒錯！催眠也許會有效。」

「是有可能。但妳打算上哪兒去找催眠師？這可不是妳隨便能在街上找到的職業。」

「比利・桑德史東，」她說。

「那是誰？」

「催眠師，他就住在雷諾，時常登台表演。我本來想請他加入《魔幻！》的演出。但他當時跟雷諾・太浩酒店已經簽下了合約。找到比利之後，就可以請他催眠我。也許在那種狀態下，我可以全身放鬆，讓丹尼引導我標示出地圖上的位置。」

「妳有他的電話號碼嗎？」

「沒，他的號碼可能也沒有在電話簿裡。但我有經紀人的號碼，可以透過他聯絡到比利。」

她快步朝電話走去。

第三十一章

比利．桑德史東年近四十，身材矮小精實，像是賽馬場上的專業騎師。此人一向以乾淨整潔著稱：他的皮鞋有如一面黑鏡般閃爍著光芒，長褲上的褶痕如刀般銳利，搭配一件筆挺的藍色襯衫。他有一頭剃得俐落的短髮，鬍鬚經過精心修剪，幾乎像是用筆畫在嘴唇上方似的。

比利家的飯廳也一樣整潔。餐桌、椅子和櫥櫃都發出溫暖的光澤。木質表面噴灑了比他那雙閃亮皮鞋更多的亮漆。餐桌中央的水晶花瓶裡插著新鮮的玫瑰花，乾淨的光線映照在精緻的玻璃桌面上。窗簾上的每一道皺褶都流暢平整。就算將全美國最挑剔的婆婆媽媽集合到這裡，她們恐怕也找不到一點灰塵。

艾略特和蒂娜在餐桌上攤開地圖，面對面坐下。

比利說道：「筆仙這玩意兒完全是騙局。克莉絲蒂娜，妳應該知道吧？」

「我知道，比利，真的。」

「那——」

「但我還是希望你催眠我。」

「妳一向很理性，蒂娜，」比利說：「這實在不太像平常的妳。」

「這我也知道。」

「如果妳告訴我原因，告訴我這究竟是怎麼一回事，也許我可以幫上更多忙。」

「比利，」她說：「如果我試著解釋一切，那可得花上一整個下午。」

「可能更久，」艾略特說。

「我們沒有那麼多時間，」蒂娜說。「事情很嚴重且急迫，超乎你的想像，比利。」

他們並未對比利透露任何丹尼的事。他完全不知道為什麼兩人會來到雷諾，也不知道他們想在山區裡尋找什麼。

艾略特說：「我知道這聽起來很扯，比利。也許你會懷疑是我精神有問題，還把蒂娜一起弄瘋了。」

「事情完全不是那樣，」蒂娜說。

「沒錯，」艾略特說。「在我們認識之前，她早就是個瘋子。」

如他所願，這個玩笑似乎讓桑德史東放鬆了些。精神失常的人通常不會刻意以風趣的言詞取悅別人。

艾略特繼續說：「我向你保證，比利，我們的腦袋都很正常。這是件生死交關的事。」

「真的，」蒂娜。

「好吧，」比利說。「你們沒時間說明來龍去脈，這我可以接受。等哪一天沒那麼趕的時候，妳願意告訴我一切嗎？」

「當然，」蒂娜說。「我會解釋一切。拜託你，現在趕快催眠我。」

「好吧，」比利·桑德史東說。

他轉了轉手上的金印戒指，讓它面向掌內，然後將手舉到蒂娜眼前。

「閉上眼睛，專注在我的聲音上。」

「等等，」她說。

她拿出艾略特在酒店外書報攤買的紅色麥克筆。艾略特當時建議用另一種顏色的筆，以免和先前地圖上那些雜亂的無意義線條互相混淆。

蒂娜讓筆尖輕觸在地圖上。「好了，比利。開始吧。」

艾略特不知道蒂娜是在什麼時候陷入催眠師的魔咒中，他也不懂催眠的原理是如何運作。他只看見桑德史東的手在蒂娜面前緩慢地前後擺動，同時對她呢喃著帶有特殊韻律的話語，不時呼喚她的名字。

艾略特自己也險些進入恍惚的狀態。他用力眨眨眼，不去聽桑德史東吟唱般的聲音，以免受到影響。

蒂娜眼神空洞地看著前方。

催眠師放下手，將戒指轉到原來的方向。「妳現在睡得很深，蒂娜。」

「是的。」

「妳眼睛睜開著，但是妳睡得非常、非常深。」

「是的。」

「妳會保持深沉的睡眠，直到我叫醒妳。妳了解嗎？」

「是的。」

「保持放鬆，接受一切。」

「是。」

「妳不會受到任何驚嚇。」

「我不會。」

「妳並不是真的深陷其中。妳只是傳輸的媒介，就像是電話一樣。」

「電話，」她說，語音有些混濁。

「妳會保持被動的狀態，直到妳有一股強烈的感受，想要動手中的筆。」

「好的。」

「當妳感受到動筆的力量時，妳不會抗拒，妳會任憑它擺布。了解嗎？」

「了解。」

「如果我和艾略特交談，妳不會受到影響。只有我直接對妳說話的時候，妳才需要回應。了解嗎？」

「了解。」

「現在……對任何想透過妳說話的人放開心胸。」

他們靜靜等待。

一分鐘過去，兩分鐘過去。

比利．桑德史東專注地看著蒂娜。但過了片刻，他也不耐地在椅子上變換姿勢。他看著艾略特。「我不覺得這個筆仙的方式會——」

地圖忽然躁動起來，吸引了他們的注意。紙頁的四角捲起又張開，一次又一次地重複，彷彿是某種生命體的脈搏。

室內的氣溫開始下降。

地圖不再捲動，騷動聲也停了下來。

蒂娜的目光從空虛的某處垂落到地圖上，她的手也動了起來。這次的動作並不像之前那樣狂亂不受控制，而是謹慎地移動，緩慢地越過紙面，在地圖上留下宛如血絲般的細長紅色線條。

桑德史東雙掌用力搓著手臂，想驅走室內逐漸積蓄的寒氣。他皺起眉頭，抬頭望著暖氣的出風口，然後從椅上起身。

艾略特說道：「不用去檢查空調。冷氣並沒有開，暖氣也沒有壞。」

「什麼？」

「寒冷來自於……那股力量，」艾略特說。他決定含糊其辭，避免解釋丹尼的真實情況。

「那股力量？」

「是的。」

「誰的力量？」

「誰都有可能。」

「你是認真的嗎？」

「是啊。」

桑德史東瞪著艾略特，彷彿在說：你肯定是瘋了，但你會對我造成危險嗎？

「看，」艾略特指著地圖。

蒂娜的手依然緩慢地在紙面上移動。地圖的四角又開始捲起、張開。

「她是怎麼做到的？」桑德史東問。

「那不是她做的。」

「是某人的鬼魂？」

「沒錯。」

比利臉上出現了苦惱的神情。艾略特相信鬼魂這件事似乎造成了他身體上的不適。看來比利希望自己的世界觀保持清淨，就像他的生活一樣。一旦他開始相信鬼魂的存在，許多他原本堅信的事物都會搖搖欲墜，他的世界也會陷入難以忍受的混亂。

艾略特感同身受。現在他居然懷念起之前一成不變的律師工作，連案卷裡那些枯燥乏味的句子和法庭規章都變得無比親切。

蒂娜任由紅筆從手中掉落。她抬起來，目光從地圖上抽離，維持失焦的狀態。

「結束了嗎？」比利問她。

「是的。」

「妳確定嗎？」

「是的。」

催眠師說了幾句簡短的提示，然後拍一拍手，將蒂娜從恍惚狀態解放出來。

她眨著雙眼，一臉迷惑，但隨即看見她剛才在地圖上畫出的路線。她對艾略特露出笑容。「成功了。天啊，真的成功了！」

「沒錯，妳成功了！」

她指著紅色路線的終點。「就是這裡，艾略特。他們就是將他關在這裡。」

「進入這種荒野地帶不是一件容易的事，」艾略特說。

「我們可以做到！我們需要上好的戶外保暖衣物，還有靴子和雪鞋。我們可能得在開闊的雪地上走上一大段路。你應該知道雪鞋怎麼穿吧？那應該不難——」

「等等，」艾略特說。「我還是有點懷疑妳對那個夢的解讀。從妳的描述來看，我還是不知道丹尼要怎麼幫我們潛進那個設施。就算我們找到了那個地方，可能也根本闖不進去。」

比利・桑德史東看看蒂娜，又看看艾略特，顯然是一頭霧水。「丹尼？妳的丹尼，蒂娜？可是他不是已經——」

蒂娜說：「艾略特，我會這樣想並不只是因為夢裡的情境。我的感覺才重要。我沒辦法解釋這個部分。除非你自己也做同樣的夢，否則你無法體會。我很肯定丹尼是在告訴我他能夠幫助我們進入那個設施。」

艾略特轉過地圖，仔細研究上面的路線。

餐桌另一端的比利又開口：「但是丹尼不是已經——」

蒂娜說：「聽我說，艾略特，我說過他會告訴我他被關在哪裡，現在他真的替我們畫出了路線。到目前為止我都是對的。現在我感覺他會幫助我們進去那個地方，這次也沒有任何理由會弄錯。」

「可是……我們很可能是自投羅網，」艾略特說。

「誰的羅網？」比利問。

蒂娜說道：「艾略特，我們也可以不採取行動，躲藏起來直到想出另一個方法。但你認為我們有多少時間？時間所剩無幾，他們很快就會找上門來，到那個時候，他們就會殺了我們。」

「殺了你們？」比利問。「我不怎麼喜歡這個字眼，幾乎跟花椰菜一樣討厭。」

「我們之所以能有現在的進展，是因為我們一直保持主動，」蒂娜說。「如果現在變得太過保守謹慎，那我們注定會失敗。」

「你們倆說得好像在打仗，」比利不安地說。

「妳說得也許沒錯，」艾略特對蒂娜說。「軍中的經驗告訴我，你每隔一段時間都必須停下來重整旗鼓。但如果停滯太久，原本勝利的浪潮會反過來將你吞噬。」

「我是不是錯過了什麼國際新聞？」比利問。「現在是開戰了嗎？我們入侵法國了嗎？」

艾略特問蒂娜：「除了發熱衣、靴子和雪鞋之外，我們還需要什麼？」

「一輛吉普車，」她說。

「這可沒那麼容易弄到。」

「坦克車如何？」比利問。「如果要上戰場，坦克車還是比較合適。」

蒂娜說：「別傻了，比利。吉普車就夠了。」

「我只是想幫上忙，親愛的。感謝妳不再無視我的存在。」

「吉普車或休旅車，任何四輪驅動的傢伙都好，」蒂娜告訴艾略特。「我們得避免不必要的步行。如果可能的話，應該完全避免。一定有某種隱藏的道路通往那個地方。如果夠幸運的話，我們會帶著丹尼一起離開，到時候我們的狀況恐怕不適合在嚴冬的雪樂山裡長途跋涉。」

「我有一輛福特探險者休旅車，」比利說。

「我是可以從拉斯維加斯的銀行轉一些錢過來，」艾略特說。「可是他們說不定正在監視我的帳戶。這會讓他們很快找上門來。再說，假日銀行並沒有開，所以我們得等到下週才能行動。到時候他們很可能已經逮到我們了。」

「你的美國運通卡呢？」她問。

「用運通卡刷一輛吉普車？」

「你的卡沒有額度上限，不是嗎？」

「是沒有，可是——」

「我上次在報紙看到有人刷卡買了一輛勞斯萊斯。我想他們只要確定你一個月後繳得起帳單，那就沒有任何問題。」

「聽起來很瘋狂，」艾略特說。「但可以試試看。」

「我有一輛福特探險者，」比利說。

「查一下當地的汽車經銷商地址，」蒂娜說。「看看他們願不願意接受刷卡。」

「我有一輛福特探險者！」比利叫道。

他們吃了一驚，轉頭看向他。

「每年冬天有幾個星期我都會去太浩湖表演，」比利說。「你們知道那邊在這個季節是什麼鬼模樣；雪都快淹過腰際了。我討厭搭雷諾到太浩的短程班機，該死的小飛機坐起來太痛苦了。你們應該也知道太浩的機場有多爛。所以我通常都在開演前一天直接開車過去。探險者是在天候不佳時穿越山區的最佳選擇。」

「你最近有要去太浩湖嗎？」蒂娜問。

「沒有，下一場表演月底才開幕。」

「接下來這幾天你會需要用到探險者嗎？」艾略特問。

「不會。」

「我們可以借用一下嗎？」

「這個嘛……應該是沒有問題。」

蒂娜俯身越過桌面，抱住比利的臉龐，熱烈地印上一吻。「你是我的救星，比利。我說真的。」

「我是個大好人，對吧？」

「情勢也許已經有了轉機，」艾略特說。「我們說不定真的能救出丹尼。」

「我們會成功的，」蒂娜說。「我知道我們會成功。」

突然之間，水晶瓶裡的玫瑰旋轉起來，好像一群紅髮的芭蕾舞者。

比利吃了一驚，跳了起來，弄翻了椅子。

窗簾猛然拉開、關上、拉開、關上，即使沒有任何人拉動窗簾繩。頭頂上的水晶燈也緩慢地繞著圈子，在牆上映照出多彩的光芒。

比利瞪著這些異象，張口結舌。

艾略特深知他心裡有多混亂，忍不住感到同情。

三十秒之後，這些異常的騷動戛然而止，屋內也開始回溫。

「你們是怎麼做到的？」比利質問。

「那不是我們弄的，」蒂娜說。

「那絕對不是什麼鬼魂，」比利頑固地說。

「不是，」艾略特說。

比利說道：「我可以把探險者借給你們。但你們得先告訴我這到底是怎麼回事。我不管你們有多趕時間，至少透露一些訊息給我。不然我會被好奇心給折磨死。」

蒂娜詢問艾略特的意見。「你說呢？」

艾略特說：「比利，這事你還是不要知道比較好。」

「不行。」

「我們面對的是一群很危險的傢伙。如果他們發現你也知情——」

「聽著，」比利說：「我不只是個催眠師，我也懂一些魔術。其實魔術師才是我的夢想，但我沒有那種技巧，所以我才靠催眠來設計我的表演。但魔術才是我的最愛。我只想知道你們是怎麼讓窗簾和玫瑰自己動起來的。噢，還有地圖的四角！我必須知道其中的奧祕。」

今天早晨，艾略特才突然意識到，世界上只有他和蒂娜知道雪樂山事件的官方說法是一個謊言。如果他們遭到不測，那真相就會隨之掩埋，那群人就可以繼續遮掩事實。他們花了多大的代價才得到這些少得可憐的資訊，在經歷過所有痛苦、恐懼和憂慮之後，絕不能前功盡棄。

於是，艾略特說道：「比利，你這裡有錄音機嗎？」

「當然有。我隨身攜帶一台小錄音機，不是什麼高級的東西。表演的時候我總會說幾句笑話，所以我會先錄下各種想法和材料，好讓我可以修正和計算時間。」

「不用太高級，」艾略特說。「能正常運作就好。我們會說出整件事的概要，然後在上路的時候錄音。之後我會將錄音帶寄給法律事務所的合夥人，再轉交給你。」他聳聳肩。「我不能給你太多保證，但聊勝於無。」

「我這就去拿錄音機，」比利說，快步走出飯廳。

蒂娜摺起地圖。

「看到妳重展笑顏真好，」艾略特說。

「我看起來一定很瘋狂，」她說。「我們還有很多危險的任務要完成，眼前還有一群冷血殺手要對付。我們不知道在深山裡要面對的是什麼。但我感覺很棒，不知道為什麼。」

「妳感覺很棒，」艾略特說：「是因為我們不再逃跑。現在我們要主動出擊。這也許很魯莽，但妳該為此感到驕傲。」

「像我們這樣渺小的普通人，對抗代表政府本身的龐大組織，真的有絲毫勝算嗎？」

「這麼說吧，」艾略特說：「我倒是認為個人比機構更能為自己的行為負起道德責任；我們是站在正義的一方。我也相信長遠來看，個人比任何機構都更能適應變化、存活下去。希望我的信念與現實能完美地契合吧。」

●

下午一點半，寇特・韓森走進了喬治・亞歷山大位於雷諾市中心的辦公室。「我們找到史崔克爾租的車了。就在距離這裡三條街外的停車場。」

「不久前有駕駛過？」

「沒有。引擎是冷的，車窗上結了厚厚一層霜。看起來是一整夜都停放在那裡。」

「這傢伙並不傻，」亞歷山大說。「他大概已經棄車逃走了。」

「還需要監視停車場嗎？」

「最好還是注意一下，」亞歷山大說。「他遲早會犯錯。回來取車就是其中一種可能。雖然我不認為這會發生。」

韓森離開了辦公室。

亞歷山大從口袋裡拿出一顆抗焦慮的煩寧藥片，從桌上的銀壺裡倒了熱咖啡，混著黑色的汁液吞下藥。三個半小時前起床時，他才剛剛吃了一顆同樣的藥物。但他依然感到心情緊繃。

史崔克爾和那個女人的確不簡單。

亞歷山大並不喜歡棋逢敵手的感覺，他偏好軟弱無助的獵物。

他們究竟在哪裡？

第三十二章

光禿禿的落葉林顯得有點焦黑，今年冬天不但嚴寒，彷彿還有像野火一樣燒盡一切的力量。其他常綠植物像是松樹、雲杉、冷杉和美加落葉松則是覆蓋著冰雪。寒風橫掃過崎嶇的地平線，吹起堅硬的雪片，撞擊著探險者的擋風玻璃。遠方的天空壓得很低，讓人感到一絲不安。

十五分鐘前，艾略特和蒂娜駛離了八十號跨州公路，跟隨丹尼標出的路線，在荒野中轉著圈子。在地圖上，他們還在邊緣地帶打轉，左邊是一大片藍色和綠色的區域。再過不久，他們就會離開這條雙線道的柏油路，轉進一條地圖上標示著「尚未鋪砌、無泥土」的新路。雖然他們不太清楚這句描述是什麼意思。

幾小時前，艾略特和蒂娜開著探險者離開比利·桑德史東的住處。他們並沒有回到酒店，因為兩人都有一種不祥的預感，覺得有人正埋伏在房間裡等著他們回去。

他們先造訪了運動用品店，買了Gore-Tex和Thermolite牌的防風防水外套、長靴、雪鞋、密封罐裝口糧、一罐固態酒精和其他野外求生裝備。如果事情發展如蒂娜的夢所預言的那樣順利，他們應該用不到這些東西。但是如果探險者在山區裡拋錨，或者發生了其他意外，最好還是有萬全的準備。

艾略特也替手槍買了一百發的中空子彈。面對眼前未知的情況，也許這說不上讓人安心。他們只能為已知的危險做好謹慎的計劃。

離開運動用品店之後，兩人駛離城鎮，一路向西朝山區前進。他們在一間路邊餐館的洗手間換裝。艾略特的綠色外套上有白色條紋，蒂娜則是身穿白色外套搭配綠色和黑色條紋。兩人看起來就像是準備前往山坡的滑雪客。

探險者駛進了令人生畏的深山，黑暗很快就籠罩了周圍的山谷和谿壑。他們討論了一下是否該繼續前進，或者應該先回到雷諾市區，找一間旅館過夜，明天一早再入山。而兩人都不想有任何耽擱。現在天色已晚，光線昏暗，增加了繼續前行的困難，但或許也為他們帶來了優勢。更重要的是，他們現在氣勢正旺；兩人都覺得此刻已經身在正確的道路上，應該勇往直前。如果再延後下去，誰知道命運不會又有意料之外的安排？

他們行駛在一條狹窄的山間道路上，穩定地往上移動。山谷的斜坡朝北端延伸而去。鏟雪機清理過路面，只有坑洞裡還有些許凍得僵硬的冰雪。積雪在道路兩側堆了大約有兩公尺高。

「快到了，」蒂娜說，地圖攤開在膝蓋上。

「這真是全世界最孤寂的地方，是吧？」

「在這裡，你會有一種人類文明被摧毀的感覺，根本意識不到它的存在。」

在這段三公里的路程中，他們沒有看見任何房屋或建築物，也已經有五公里沒有遇到其他車輛。

暮光逐漸消失在冬日樹林間，艾略特打開了車頭燈。

前方左側那些由鏟雪機推起的冰雪出現了一個缺口。探險者來到該處時，艾略特轉進側道，然後停下。只見一條狹窄的小道一路延伸進森林，散發出一種禁地的氣息。鏟雪機最近應該有清理過這條道路，但它看起來依舊詭祕難行，寬度只與小巷相當，濃密的樹木在周圍形成了隧道，超過二十公尺之外就是一片漆黑。道路並沒有鋪平，但經過好幾年來不斷上油和堆砌砂礫，路面看起來還算堅固。

「地圖上說，我們要找的是一條『尚未鋪砌、無泥土』的道路，」蒂娜對艾略特說。

「看起來就是這條。」

「像是伐木工用的棧道？」

「像是老電影裡通往吸血鬼城堡的道路。」

「謝謝你這麼說，真令人安心。」

「抱歉。」

「你說得倒也沒錯。沿著這條路走下去，說不定真的會遇見德古拉伯爵本人。」

他們將車開上這條詭異的道路，上方是常綠樹木枝葉形成的茂密屋頂。探險者車輪轉動，朝深林中心前進。

第三十三章

在地下三層樓的長方形房間裡，電腦如蜂鳴般發出嗡嗡聲。

卡爾頓·杜姆貝博士在二十分鐘前開始值班。他坐在工作桌前，研究著一份腦電圖數據，同時提高了聲波和X光的強度。

過了片刻，他說道：「你有看到今天早上他們給那孩子拍攝的腦部照片嗎？」

亞倫·札卡利亞博士正專心看著螢幕。他轉過頭來。「我都不知道他們有拍攝照片。」

「有啊，是新的一組照片。」

「有什麼有趣的東西嗎？」

「有，」杜姆貝說。「六個星期前男孩的頂葉上出現了一個斑點。」

「然後呢？」

「這個斑點變深變大了。」

「那肯定是惡性腫瘤？」

「情況還不明朗。」

「良性腫瘤？」

「目前不能確定。從光譜儀上看起來，這個斑點沒有任何腫瘤的特徵。」

「有沒有可能是瘢痕組織？」

「看起來不像。」

「血塊？」

「絕對不是。」

「這能得出什麼有用的訊息嗎？」

「不知道，」杜姆貝說。「我還不確定是不是有用。」他皺起眉頭。「但真的很奇怪。」

「別賣關子了，」札卡利亞說，起身過來查看檢測結果。

杜姆貝說道：「根據電腦輔助分析，這個斑點的增生和正常腦部組織有一樣的性質。」

札卡利亞看著他。「又來了？」

「很可能是腦部組織成長出新的部分，」杜姆貝說。

「但這沒有任何道理。」

「我知道。」

「大腦不會突然長出原本沒有的新神經節。」

「這我也知道。」

「我看最好找人來檢查一下電腦。八成是故障了還是怎樣。」

「他們下午已經來檢查過了，」杜姆貝拍拍桌上一大疊的列印文件。「所有設備都正常運作，沒有任何問題。」

「隔離室裡的暖氣系統也是正常運作，沒有任何問題，」札卡利亞尖酸地說。

杜姆貝繼續研讀著檢驗結果，伸手輕撫著鬍鬚。「依我看……頂葉上這個斑點的成長速率和男孩接受注射的次數成正比。斑點是在六週前首輪注射之後出現的。後來注射得越頻繁，斑點成長得就越快。」

「那這一定是腫瘤，」札卡利亞說。

「有可能。明天一早他們要進行探查性手術。」

「開腦嗎？」

「沒錯，採取切片樣本。」

札卡利亞目光落在隔離室的觀察窗上。「媽的，又開始了。」

杜姆貝看見玻璃又起了一層霧。

札卡利亞快步來到窗前。

杜姆貝凝視著逐漸擴散的寒霜，說道：「你知道嗎？窗戶上的霜……如果我沒記錯的話，頂葉的斑點第一次出現在X光片上時，也發生過一樣的事。」

札卡利亞轉頭面對他。「所以呢？」

「你覺得那是巧合嗎？」

「我是那樣想沒錯，巧合。我不覺得兩者之間有任何關聯。」

「嗯……如果斑點的確和溫度降低有關呢？」

「什麼——你認為溫度變化是那個男孩造成的嗎？」

「有可能嗎？」

「他怎麼能做到？」

「我不知道。」

「拜託，這個假設是你提出來的吔。」

「我不知道，」杜姆貝又說了一次。

「這一點道理都沒有，」札卡利亞說。「完全不合理。如果你一直冒出這些奇怪的想法，恐怕他們要檢查的不是電腦或暖氣，而是你的腦袋，卡爾頓。」

第三十四章

這條碎石小道一路深入樹林。大部分的路程倒是意外地平穩，沒有太多凹陷或坑洞，不過有幾次探險者遇到突然傾斜的路面時，底盤都會被石塊刮傷。

周圍樹木的高度越來越低，最後那些結冰的常綠樹枝不斷地擦過探險者車頂，那種聲音就好像用指甲去抓黑板一樣惱人。

他們經過了好幾個標示，警告他們這條道路專供聯邦政府的野生動物管理員和研究人員使用，沒有經過授權的車輛禁止進入。

「說不定這個祕密設施偽裝成了野生動物研究中心，」艾略特說。

「不對，」她說。「地圖上說研究中心位於這條道路十四公里的森林裡。丹尼的指示說我們得跑上八公里，然後轉向北方，離開這條道路。」

「離開大路之後我們應該已經走八公里了才對。」

樹枝持續刮著車頂，粉末般的雪滑過擋風玻璃，灑落在車蓋上。

雨刷掃開冰雪，蒂娜俯身向前，目光緊隨著車燈的光線。「停車！我想我們找到了！」

蒂娜這指示來得突然，雖然探險者的時速只維持在十六公里，艾略特還是衝過了頭。他踩了煞車，開始倒退。退了大約六、七公尺，直到車燈照亮了蒂娜發現的道路。

「這條路還沒鏟過雪，」他說。

「但是你看那些輪胎印。」

「看來最近有不少車輛經過。」

「就是這條路，」蒂娜說，語帶信心。「丹尼就是要我們往這裡走。」

「還好我們有這輛四輪驅動的休旅車。」

探險者離開原先的碎石路，駛上了冰雪覆蓋的小徑。探險者的冬季輪胎上裝備有粗重的鐵鍊，能夠緊緊咬住雪地，毫不遲疑地奮勇前進。

他們在這條新道路上跑了將近九十公尺，右轉進入一段陡峭的斜坡，山脊的路面凹凸不平。走完這段彎曲的坡道之後，樹林逐漸消失在後方。自從他們離開柏油路之後，天空再一次出現在頭頂上。

暮光早已消逝，現在夜晚主宰一切。

雪越下越大，但很奇怪的是，眼前的道路一片雪花都沒有；那條冰雪覆蓋的小徑居然帶著他們來到了一條鋪砌平整的大路。蒸氣從路面上冒出，旁邊的人行道甚至是乾的。

「路面上有暖氣的管線，」艾略特說。

「在這個鳥不生蛋的地方。」

艾略特停下探險者，拿起放在兩人座位間的手槍，拉開保險。彈匣之前已經填裝好。他將一顆子彈上膛，現在這把槍隨時都可以擊發。他將武器放回原處。

「我們還是可以回頭，」蒂娜說。

「那是妳想要的嗎？」

「不。」

「我也一樣。」

他們又前進了大約一百四十公尺，遇到了另一個轉彎處。道路向下延伸到溪谷，然後往左，再次進入上坡。

距離轉彎處二十公尺的地方出現了一道鋼製柵門，擋住了去路。他們的兩側是將近三公尺高的圍牆，牆頂的角度向外傾斜，上面纏繞著銳利的鐵絲網。圍牆延伸到遠處，另一端消失在樹林中。道路右側有一個由兩條紅木柱子支撐的大型告示牌，上面寫著：

私人土地

憑鑰匙卡進入

私闖者將遭到起訴

「聽起來好像某個富豪的打獵別墅，」蒂娜說。

「挺刻意的偽裝。現在怎麼辦？妳不會剛好有鑰匙卡吧？」

「丹尼會幫我們，」她說。「那個夢就是這個意思。」

「我們得等多久？」

「不用太久，」她說。此時，柵門緩緩地向內開啟。

「天啊。」

柵門後，散發著熱氣的道路沒入黑暗中。

「我們來救你了，丹尼，」蒂娜輕聲說。

「如果開門的是別人，那怎麼辦？」艾略特問。「說不定這根本跟丹尼沒有任何關係？他們可能是故意開門，好一舉在裡面逮住我們。」

「是丹尼。」

「妳還真肯定。」

「當然。」

他嘆了口氣，驅車進入眼前的道路，柵門在車後緩緩關上。

這段上坡十分陡峭，頭頂上是大型的岩塊和受寒風雕琢的冰錐。接著單線道變成了雙線，以Z字形環繞著山脊。探險者奮力往上奔馳，越來越深入山區。

第二道門距離先前的柵門大約二點五公里，就位於山丘的邊緣。這不只是一道門，還是一個哨站；道路右側有一間警衛室，管控著大門的進出。

艾略特在路障前停下車，拿起手槍。

他們距離警衛室不過兩、三公尺，近到足以看見警衛透過窗戶向外張望的臉孔。

「他一定是想弄清楚我們到底是誰，」艾略特說。「他從來沒見過我們和這輛探險者。這裡可不是常常有陌生車輛闖進來的地方。」

警衛拿起了室內的電話。

「糟糕，」艾略特說。「我得去幹掉他。」

艾略特正要打開車門，蒂娜抓住了他的手臂。「等等，你看，電話好像打不通。」

警衛扔下話筒，站起身來。他從椅背上拿起大衣穿上，拉好拉鍊，快步走出警衛室。他手裡端著一把衝鋒槍。

在黑夜中的某處，丹尼的力量再次打開了柵門。

警衛在休旅車前停下腳步，轉頭看著身後自己動起來的柵門，臉上的表情不可置信。

艾略特猛踩油門，探險者呼嘯著向前疾馳。

警衛端起衝鋒槍，準備開火。休旅車從他身旁衝過。

蒂娜不由自主地舉起手，徒勞地想躲開即將飛來的子彈。

但是空中沒有任何子彈。

車身沒有絲毫破損，車窗玻璃完好。沒有鮮血，沒有痛苦。

他們連槍聲都沒有聽見。

探險者的引擎怒吼著衝上斜坡，穿梭在繚繞的蒸氣中。

他們依然沒有聽見槍聲。

他們又轉了一個彎，艾略特奮力驅動著車輪。蒂娜敏銳地感受到有一股黑暗的空虛籠罩在路肩後方。艾略特將車保持在側道上，在轉過彎之後，他們已經不在警衛的射程內。休旅車又跑了將近兩百公尺，經過另一個彎道，周圍看起來已經沒有任何威脅。

艾略特放開油門，讓車子回復到較安全的慢速。

他說道：「那是丹尼做的嗎？」

「肯定是。」

「他先弄壞了警衛的電話，打開大門，然後又讓他的衝鋒槍卡彈。妳兒子到底是何方神聖？」

隨著兩人更深入黑夜中，大雪又紛飛起來，大片大片乾燥的漂亮雪花不斷飄落。

蒂娜沉吟了一會兒，說道：「我也不知道。我不知道他身上發生了什麼事，也不知道他現在變成了什麼樣子。」

這個念頭讓她深感不安。她不禁開始懷疑，他們最後在山頂上找到的，會是一個什麼樣的男孩。

第三十五章

喬治．亞歷山大的手下帶著克莉絲蒂娜．伊凡斯和艾略特．史崔克爾的照片，搜遍了雷諾市中心每一間飯店，一個接一個地詢問所有櫃檯接待員、行李侍者和其他員工。四點半時，他們終於從赫拉酒店的一名女服務員口中確認了兩人的長相和行蹤。

天網組織的探員在九一八號房找到了一個廉價的行李箱、一堆髒衣服、牙刷和其他盥洗用具。除此之外，還有一個裝著十一張地圖的皮套。艾略特和蒂娜在匆忙中忘記要處理掉這些東西。

亞歷山大在五點零五分時接到通知，三十五分鐘後史崔克爾和伊凡斯留在酒店房間裡的物品就全都送到了他的辦公室。

他很快就弄清楚了這些地圖的意義，也注意到原本應該有十二張地圖。接著他發現消失的那張地圖能夠指引史崔克爾前往潘朵拉計劃的實驗室。懊惱和憤怒一股腦湧上他的臉龐。

「他媽的！」

寇特．韓森正站在辦公桌前，翻著從酒店送來的那堆垃圾。「怎麼了？」

「他們溜進山去了，正在尋找實驗室，」亞歷山大說。「有個該死的叛徒將潘朵拉計劃的地點洩漏給他們，否則他們不可能這麼容易鎖定那片山區。他們居然還大搖大擺地出門去買地圖，真他媽夠了！」

購買地圖這個動作所透露出的精細和大膽讓亞歷山大火冒三丈。這兩個人到底是誰？為什麼他們不躲藏在某個黑暗的角落，嚇得屁滾尿流？克莉絲蒂娜·伊凡斯只是個平凡的女人；一個只會賣弄身體的前舞者！亞歷山大拒絕相信這樣一個女人擁有超過平均水準的智慧。就算史崔克爾以前是活躍的情報人員，那也是十幾年前的事。他們哪來的力量、膽量和毅力？他們似乎擁有某種亞歷山大所不知道的優勢。一定是如此。究竟是什麼優勢？他們手中到底掌握了什麼？

韓森拾起一張地圖，在手中翻閱。「沒有必要這麼激動吧。就算他們找到了大門，也不能繼續前進。更何況圍牆後占地有百萬坪，他們不可能接近實驗室，更別說溜進去了。」

亞歷山大心中靈光一閃，終於知道他們為什麼能夠持續行動。他坐直了身子。「如果有內應，他們就能輕易地進入實驗室。」

「什麼？」

「一定是這樣沒錯！」亞歷山大站起身來。「潘朵拉計劃裡有人向伊凡斯透露她兒子的消息，而且這個該死的叛徒人就在實驗室裡，正準備替他們打開大門。有人在暗中進行破壞，這傢伙想幫那個婊子救出她的兒子！」

亞歷山大撥打了雪樂山實驗室軍事保安處的號碼，卻沒有鈴響，也沒有忙線，只有空洞的沙沙聲。他掛斷電話，又試了一次，結果依然一樣。

他連忙改打到實驗室主任玉口博士的辦公室。沒有鈴響，亦無忙線，話筒傳來的只有令人不安的雜訊。

「那裡出了什麼事，」亞歷山大將話筒摔下。「電話線路掛了。」

「也許是因為暴風雪的關係，」韓森說。「山上可能已經開始下雪了。所以線路才——」

「用點大腦，寇特。那些線路都地下化了，而且還有備用的行動網路。暴風雪不可能影響到所有通訊方式。聯絡傑克．摩根，叫他把直升機準備好。我們會立刻過去機場跟他會合。」

「他至少需要一個半小時，」韓森說。

「那就一個半小時，一分鐘也不能耽擱。」

「他恐怕不太想起飛，那邊的天氣太糟了。」

「我不管現在冰雹是不是跟鐵一樣硬，還是和籃球一樣大，」亞歷山大說。「我們得搭直升機過去。沒有時間慢吞吞地開車過去，這點我很確定。實驗室裡出了差錯，有什麼陰謀正在進行。」

韓森皺起眉頭。「可是要在暴風雪的夜晚搭乘直升機進山……」

「摩根是最優秀的飛行員。」

「這可不是一件輕鬆的事。」

「輕鬆？如果摩根想要輕鬆，」亞歷山大說：「他還不如去迪士尼樂園飛遊園飛機。」

「但是這太危險了，簡直是自殺——」

「如果你也想要輕鬆，」亞歷山大說：「那你根本就不該來為我工作。我們可不是什麼慈善機構，寇特。」

韓森臉上變色。「我會聯絡摩根，」他說。

「沒錯，你最好照辦。」

第三十六章

雨刷不斷掃除著玻璃上的雪花，鐵鍊纏繞的輪胎輾過發熱的路面。探險者爬上了最後一座山丘。上坡之後，映入眼簾的是一片高原，一塊從山側雕刻出來的巨大石台。

艾略特踩住煞車，將休旅車停下。他不悅地審視著眼前的景象。

這座高原是自然形成的，但是人為痕跡清晰可見。

這個山邊石台占地廣大，大約有兩百七十公尺寬，一百八十公尺深，呈現完美的矩形。大自然不可能塑造出這樣的景觀。地面被鋪砌得非常平整，幾乎像是機場跑道一樣。高原上一株樹木都沒有，沒有任何可供躲藏的大型物體。挑高的燈柱排列在光禿禿的石台上，向下射出昏暗的紅色光線。如此一來，從上空經過的飛機或在這片偏遠山區的登山客都不會注意到這裡。但每一個燈柱都配有監視攝影機，這些微弱的燈光足以為攝影機提供清晰的影像，高原上沒有一寸土地躲得過。

「保安人員現在肯定透過監視器看著我們的一舉一動，」艾略特苦澀地說。

「除非丹尼也弄壞了攝影機，」蒂娜說。「如果他能夠讓衝鋒槍卡彈，他為什麼不能讓閉路電視線路停止傳輸？」

「也許妳說得沒錯。」

水泥地另一端不到兩百公尺外，有一棟無窗的單樓層建築，大約三十公尺寬，陡峭的屋頂鋪著石板。

「那一定是他們關著丹尼的地方，」艾略特說。

「我以為會是一棟大型建築，那種大規模的複雜設施。」

「可能確實是那樣。我們現在看到的只是外牆。這座設施可能延伸到山丘的另一端。誰知道它在岩石裡有多深？說不定有好幾層地下室。」

「一路直通地獄。」

「也許吧。」

他的腳離開煞車，朝前駛去。周遭飛舞的雪花被燈光染成了紅色。

在那棟低矮的建築物前整齊地停放了八輛車：吉普車、休旅車和其他四輪驅動車輛，彼此緊靠在風雪中。

「看起來裡面沒有很多人，」蒂娜說：「我以為會有數量龐大的工作人員。」

「噢，妳想得沒錯，」艾略特說。「政府不會大費周章將這座設施隱藏在這麼偏遠的地方，只為了讓幾名研究人員工作。我猜他們大部分的人員都會一次在這裡待上幾週或幾個月。那條林間道路本來只有野生動物保育人員會使用，進出太頻繁的話很容易會引起注意。少數幾名高層人士八成是搭直升機過來。但如果這是一座軍事設施，這裡的工作人員很可能會像潛艦官兵一樣，每隔一段時間允許外出到雷諾『上岸放假』一下，但是大多數的時間都密封在這艘『船』上。」

他將探險者停在吉普車旁，關上車頭燈，熄滅引擎。

整座高原一片寂靜，彷彿不屬於這個世界。

目前還沒有任何人從建築物出來阻止他們。丹尼很可能真的搞壞了監視系統。一直到目前為止，兩人都還毫髮無傷，但這並沒有讓艾略特感到心安。丹尼還能夠持續為他們開路到什麼時候？那個男孩似乎真的有令人難以想像的力量，但他並不是上帝。他遲早會忽略一些細節，遲早會犯錯。只要一次失誤，他和蒂娜可能就萬劫不復。

「嗯，」蒂娜說，無法掩飾心中的焦慮：「看來雪鞋根本派不上用場。」

「我買的那捆繩索應該會有用處，」艾略特說。他轉身越過後座，從車廂中那堆野外求生裝備裡找出繩索。「不管丹尼再厲害，我們肯定還是會撞上一些警衛。我們得做好準備殺了他們，或者至少讓他們喪失行動能力。」

「如果可以選擇的話，」蒂娜說：「我寧願用繩子綑綁，也不想用子彈打穿他們的腦袋。」

「我也有同感。」他拿起槍。「來吧，我們看看能不能進去。」

他們走下探險者。

冷風好似有生命一樣，在兩人周圍低吼著，有如無形的利齒咬齧著毫無防備的臉龐。他們呼出的空氣吹動了雪花，好像結冰的唾液。

這棟三十公尺長、無窗的單樓層水泥建築的唯一特徵，就是那扇鋼製的大門。這扇氣勢驚人的大門上沒有鑰匙孔和密碼盤，也沒有任何可以插入身分磁卡的地方。顯然，只有在透過監視器檢視過訪客後，這扇門才能從裡面打開。

艾略特和蒂娜抬頭望著門上的攝影鏡頭。此時，鋼製大門緩緩開啟。

是丹尼開的門嗎？艾略特心裡暗自疑惑。還是全副武裝的警衛正等著逮住他們？

大門後是一間以鋼材牆面環繞的小室，大小和貨運電梯相仿，裡面空無一人，燈光明亮。

蒂娜和艾略特越過門檻，大門轟然關上，發出密封的空氣聲。

左邊牆上有一架攝影機和雙向監視螢幕。螢幕上滿是雜亂的黑白線條，似乎是故障了。

螢幕旁有一塊發亮的玻璃，上面有一隻手掌的輪廓。看來訪客必須將右手掌向下放到玻璃上，讓電腦掃描掌紋，確認身分。

艾略特和蒂娜並沒有將手放上去，但隨著一陣壓縮空氣的聲響，裡面那道門跟著開啟，他們進入了下一間內室。

只見兩名身穿制服的男子站在二十台監視螢幕的控制板前，正滿臉焦慮地按著按鈕。所有的螢幕都呈現雜訊的線條。

年紀較輕的那名警衛聽見開門聲，他轉過頭來，一臉震驚。

艾略特舉槍指著他。「別動。」

但這個年輕人頗有膽量。他身上配有一把大型左輪手槍，而且動作飛快。他拔槍瞄準，扣下扳機。

此時丹尼的力量再次奇蹟般發揮作用：左輪手槍拒絕擊發。

艾略特並不想射殺任何人。「你的武器沒有用，」他說，大衣裡冷汗直冒，只希望丹尼能堅持下去。「放輕鬆，讓每個人都好過。」

年輕警衛發現手中的槍失去功能，他猛力將武器擲向艾略特。

艾略特想要閃避，卻慢了一步。左輪手槍擊中他的頭部，他一個踉蹌，靠在身後的門上。

蒂娜尖叫出聲。

艾略特疼得眼眶泛淚，眼前一片模糊。但他還是看見對方朝自己猛撲而來，及時扣下扳機。子彈無聲無息地射出，打穿了那傢伙的左肩。他身體轉了個圈，撞到桌前，一大疊白色和粉紅色紙張落到了地上。他隨即重重摔在這堆雜物上。

艾略特用力眨眼，驅走淚水。他用槍指著年長的警衛。對方也拔出了自己的左輪，但武器同樣不聽使喚。「把槍放下，然後坐下。別惹麻煩。」

「你們是怎麼進來的？」年長警衛問，乖乖放下槍。「你們是誰？」

「那不重要，」艾略特。「坐下就對了。」

但是警衛不依不撓。「你們到底是什麼人？」

「正義的使者。」蒂娜說。

●

直升機在雷諾起飛，向西飛了四分鐘之後，就遇上了風雪。雪花堅硬乾燥，有如石塊一般，呼嘯著撞擊在擋風玻璃上。

駕駛員傑克・摩根瞥了喬治・亞歷山大一眼，說道：「這不會是一趟愉快的飛行。」他帶著夜視護目鏡，雙眼隱藏在厚重的鏡片之後。

「不過是一點小雪，」亞歷山大說。

「是場風暴，」摩根糾正。

「你以前也在風暴裡飛行過。」

「在這樣的山區裡，下降氣流和橫流凶猛得很。」

「我們會平安抵達的。」

「也許會，也許不會，」摩根笑著說。「不管怎樣，這都是一趟刺激的飛行。」

「你他媽瘋了，」坐在駕駛後方的韓森說。

「以前在哥倫比亞對付那些毒梟時，他們都叫我『瘋蝙蝠』。我是有點瘋癲，但飛行技術可不含糊。」摩根大笑。

韓森手裡握著衝鋒槍，就擱在大腿上。他的手緩緩地摸著武器表面，彷彿在愛撫女人。他閉上眼睛，在心裡將衝鋒槍拆解，然後組裝，努力抗拒著反胃的感覺。他試著不去想這架在風雪裡顛簸的直升機，還有惡劣的天候，不去想他們快速墜毀在某個偏遠山谷裡的悲慘情景。

第三十七章

年輕警衛痛苦地喘著氣，但蒂娜看得出來這個槍傷並不足以致命。子彈在穿過肩膀時稍微燒灼了傷口，肩上的彈孔還算乾淨，出血也不多。

「你會沒事的，」艾略特說。

「我快死了，天啊！」

「才怪。當然啦，是會很痛，但並不嚴重。子彈沒有傷到任何主要血管。」

「他媽的，你怎麼知道？」受傷的男子問，從緊咬的牙關擠出這句話。

「如果你安靜地躺著，就會沒事。但如果動到傷口，可能會扯裂瘀血的血管，你會失血過多而死。」

「幹，」警衛顫抖著說。

「聽懂了嗎？」艾略特問。

男子點點頭。他臉色蒼白，冷汗直冒。

艾略特將年長警衛牢牢綁在椅上。他不想束縛住傷者的手，所以他小心地將年輕警衛移到一個儲物櫃裡，將他鎖在裡面。

「你的頭還好嗎？」蒂娜問艾略特，溫柔地摸摸他太陽穴上被槍砸中的部位。那裡隆起了一個腫塊。

「八成是瘀青了。」

艾略特的臉部肌肉抽搐了一下。「有點刺痛。」

「沒事的。」

「頭暈嗎？」

「沒有。」

「眼睛看得清楚嗎？」

「清楚，」他說。「我沒事，那一下沒有很重。我沒腦震盪，只是有點痛而已。來吧，趕快找到丹尼，帶他離開這裡。」

他們穿過房間，經過被綁在椅上塞住嘴巴的警衛。蒂娜帶著剩下的繩索，艾略特抓著手槍。

警衛室另一端有另一道門，尺寸和構造看起來都很平常，正對著剛才他們進入室內的滑門。

幾分鐘前蒂娜就注意到這道門後的兩條走廊。當艾略特對警衛開槍時，她一直盯著這邊，防備有更多增援部隊從走廊出現。

門後的走廊上空無一人，一片寂靜。白色磁磚地板搭配白牆，籠罩在刺眼的螢光下。

走道從門邊向左右各自延伸十五公尺，兩側都有好幾道緊閉的門，但右邊還有四部電梯。走道匯集在前方的門廳，正對著警衛室，往山壁裡深入大約一百二十公尺。一整排的門出現在門廳兩側，通往更多的走廊。

「妳認為丹尼在這層樓嗎？」

「我不知道。」

「我們該從哪裡開始找？」

「總不能過去踢開每一道門。」

「後面可能會有人。」

「我們遇到的人越少——」

「——就越有機會活著離開。」

他們站在原處，左右張望，猶疑難決。

三公尺之外的電梯門突然開啟。

蒂娜縮身緊靠著牆邊。

艾略特舉槍瞄準電梯。

沒有人出現。

從他們的視角並沒有辦法看見電梯內的情況。

門隨即關上。

蒂娜猜想是不是有人本來想踏出電梯，又在察覺到他們之後，決定回頭去求援。

艾略特還來不及垂下槍，同一扇電梯門再次開啟，然後關上、開啟、關上、開啟。

空氣的溫度陡然下降。

蒂娜嘆了口氣，如釋重負。「是丹尼。他在告訴我們該怎麼走。」

兩人依然小心翼翼地接近電梯，向內窺探。在發現裡面空無一人之後，他們進入電梯內，門立刻關閉。

根據電梯門上的標示，這座設施總共有四層樓，而他們所在的就是最上層的四樓。一樓位於建築的最底端，深入地下。

電梯的控制面板必須要插入身分磁卡才能使用，但靠著丹尼的力量，艾略特和蒂娜並不需要電腦授權。樓層指示燈從四變成三，然後變成二，電梯內的氣溫也隨之下降，蒂娜呼出了一圈圈白霧。電梯在地下三樓打開了門，也就是最底層的上一層樓。

他們進入走廊，周圍的模樣與樓上完全一樣。

電梯門在身後關閉，空氣又逐漸回暖。

大約一公尺半之外，有一扇門半開著，談話聲從裡面傳了出來，有男有女。聽起來似乎有七、八個人，語音模糊，且混雜著笑聲。

蒂娜知道，此時倘若有人從房間出來，她和艾略特就死定了。丹尼能夠移動無生命的物體，但他顯然不能控制人類的行動，否則剛才艾略特就不會被迫要對警衛開槍。如果他們被發現，然後面對一整隊憤怒的武裝警衛，艾略特手上那把手槍恐怕沒有什麼嚇阻力。就算丹尼可以讓對方的所有武器故障，她和艾略特也得殺出一條血路才能逃出這裡。她很清楚兩人都不想再殺傷人命，即使是在自衛的情況下。

笑聲又從房間裡傳出。艾略特輕聲問：「現在該怎麼走？」

「我不知道。」

這層樓的尺寸和格局就和樓上一模一樣：走廊向一側延伸一百二十公尺，另一側則是三十公尺。這涵蓋了大約一千兩百坪的面積。有多少房間需要搜索？四十間？五十間？六十間？一百間？

就在蒂娜開始感到絕望的時候，空氣又寒冷了起來。她環顧四周，尋找著兒子傳來的信息。頭頂上的螢光燈突然熄滅，兩人都嚇了一跳。那盞燈隨即又亮起，它旁邊的另一盞燈也開始閃爍。接著第三盞燈、第四盞燈，一路向左側延伸下去。

他們跟隨著閃動的燈光走進較短的那側走廊，一直到盡頭的電梯處。走廊底端有一道鋼製的氣密門，就像是潛艦上會有的那種閘門。門上的金屬表面反射著柔光，粗大的圓頂鉚釘閃閃發亮。

蒂娜和艾略特來到門前，氣密門中央的圓形把手開始旋轉，門扉緩緩開啟。艾略特持槍先行，蒂娜緊跟在後。

他們進入了一個大約二十來坪的矩形房間。房間遠端的矮牆中央有一扇窗戶，能夠窺探到隔壁。窗戶的玻璃上結著白色的霜，另一邊似乎是一座冷凍庫。

窗口右邊是另一道同樣的氣密門，左邊是電腦和其他設備，占去了室內大半空間，包括了一整排監視螢幕。蒂娜看了一眼，不知道究竟有多少台螢幕。其中大多數螢幕都正在運作，不斷跑出一連串的曲線、圖表和數據。在第四道牆旁有好幾張工作桌，桌面上擺滿了書籍、檔案夾和許多蒂娜叫不出名字的儀器。

一名有著濃密鬍鬚的鬈髮男子坐在桌前。他身材高大，肩膀寬闊，大約五十來歲，披著一件醫師白袍，正翻閱著一本書。電腦前坐著另一名較年輕的男子。他同樣身披白袍，臉上刮得乾乾淨淨，盯著螢幕上出現的資料。兩人抬起頭，愕然望著闖入者，驚訝得說不出話來。

艾略特用滅音器手槍指著兩人，說道：「蒂娜，把門關上。看能不能上鎖。如果警衛發現我們，至少得花上一些手腳才能進來。」

她將鋼製氣密門關上。儘管這道門有無與倫比的重量，但滑動起來比一般房屋的大門要輕鬆許多。她轉緊圓形把手，拉上插銷。如此一來，門外的人就無法轉動把手。

「好了，」她說。

電腦前的那名男子突然開始敲打鍵盤。

「停手，」艾略特警告。

但他打定主意要輸入觸動警報的指令。

不管丹尼是不是能阻止警報響起，艾略特都不想冒險。他扣下扳機，電腦螢幕瞬間化成了千百塊碎片。

男人大叫一聲，推著附有輪子的辦公椅遠離殘骸，然後跳了起來。「你們到底是誰？」

「我手上有槍，」艾略特冷然說。「你知道這點就夠了。如果不夠的話，我可以一槍打爛你的腦袋，就像你的螢幕一樣。現在，在我開槍之前，乖乖在椅子上坐好。」

蒂娜從未聽過艾略特以這種語調說話。他臉上的怒火足以令蒂娜膽顫心驚。此刻的艾略特看起來像是什麼事都做得出來的狠角色。

白袍男子也被艾略特的氣勢所震懾。他依言坐下，臉色發白。

「很好，」艾略特對兩人說。「如果你們合作，就不會受到傷害。」他用槍管指著另一名男子。「你叫什麼名字？」

「卡爾頓·杜姆貝。」

「你在這裡做什麼？」

「我在這裡工作，」杜姆貝說，一臉疑惑。

「我是說，你在這裡的工作是什麼？」

「負責研究的科學家。」

「哪方面的科學？」

「我有生物和生物化學的學位。」

艾略特指著年輕的男子。「你呢？」

「怎樣？」年輕人緊繃著臉。

艾略特伸長手臂，槍口對準這傢伙的鼻梁。

「我是札卡利亞博士，」他這才說。

「生物？」

「沒錯，我專攻細菌學和病毒學。」

艾略特稍微垂下槍，但依然對準兩人的方向。「我們有一些問題，而你們兩人最好能夠回答。」

杜姆貝顯然不像他的同事喜歡故作強悍，他溫馴地坐在椅上。「什麼樣的問題呢？」

蒂娜走到艾略特身邊，對杜姆貝說：「我們想知道他在什麼地方，還有你們對他做了什麼。」

「誰？」

「我的兒子，丹尼．伊凡斯。」

世上沒有第二句話能夠帶給這兩人如此巨大的衝擊。杜姆貝睜大了眼睛，札卡利亞的眼神彷彿是看見了死後復生的耶穌。

「我的天啊，」杜姆貝驚呼。

「妳怎麼會在這裡？」札卡利亞問。「這不可能。妳不可能來到這裡。」

「在我看來並非不可能，」杜姆貝說。「突然之間，這一切似乎都無法避免。我早就知道這整件事太過黑暗，一定會以災難收場。」他嘆了口氣，身上的重擔彷彿消失了。「伊凡斯太太，我會回答妳所有的問題。」

札卡利亞猛然轉過頭。「你不能那麼做！」

「是嗎？」杜姆貝說。「如果你認為我做不到，就在旁聽著吧。我會讓你大吃一驚。」

「你宣誓過忠誠，」札卡利亞說。「你發誓保密。如果你告訴他們任何事……那成為一大醜聞……公眾輿論會大加撻伐……軍事機密會洩漏……」他氣急敗壞。「你這是背叛你的國家。」

「不，」杜姆貝說。「我背叛的只是這座設施和我的同僚，我沒有背叛國家。這個國家並非完美無缺，但絕不會允許發生在丹尼·伊凡斯身上的事情。這整個計劃是少數自大的狂人一手促成的。」

「玉口博士可不是什麼自大的狂人，」札卡利亞說，似乎是真心受到冒犯。

「他當然是，」杜姆貝說。「他認為自己是科學的化身，注定要完成永生的偉業。他周圍那一大群人：保護他的政客、支持他的研究人員和負責保密的高層人士，也全部都是狂妄自大的傢伙。他們對丹尼·伊凡斯做的事根本不是什麼『偉業』，根本不可能因此得到永生。」

我再也不要替這些喪心病狂的人效力。」他看著蒂娜。「提出妳的問題吧。」

「不行，」札卡利亞說。「你他媽的蠢蛋。」

艾略特從蒂娜手中接過剩餘的繩索，將手槍交給她。「我得把札卡利亞博士綁起來，然後堵住他的嘴。這樣我們才能安靜聽杜姆貝博士說話。如果他們有誰敢輕舉妄動，就讓他嘗嘗子彈的滋味。」

「你放心，」她說。「我不會有任何猶豫。」

「你別想綁我，」札卡利亞抗拒地說。艾略特微微一笑，帶著繩索走向他。

●

一道寒冷的氣流壓在直升機上方，機身猛然一沉。傑克．摩根抵抗著強風，穩住飛機，在與樹頂相距不到幾英尺的地方及時拉高機身。

「啊哈！」飛行員大喊。「這簡直就像在馴服一匹野馬。」

直升機的泛光燈光線所及，就只有紛飛的大雪。摩根摘掉了他的夜視護目鏡。

「這太瘋狂了，」韓森說。「這不是普通的風暴，根本就是一場大暴風雪。」

亞歷山大毫不理會韓森：「該死的，摩根。我知道你可以做到。」

「也許吧，」摩根說。「我希望自己跟你一樣有信心。但我想應該是沒有問題。我會用迂迴的方式接近高原，順著風勢繞圈子，而不是直接穿過暴風雪。到下一個山谷的時候我會爬升，然後再轉頭朝設施飛行，看能不能避開這些要命的橫流。這會花多一點時間，但至少有機會安全抵達目的地。最好祈禱旋翼不要結凍。」

一陣強風將冰雪猛力吹擊在擋風玻璃上，在韓森耳中宛如散彈槍的槍聲。

第三十八章

札卡利亞躺在地上，四肢被繩索緊緊綁住，嘴裡也塞了布條。他瞪視著眼前這三人，眼神裡盡是憤怒和憎恨。

「妳應該想先見到兒子吧，」杜姆貝說。「然後我會告訴你他是如何來到這裡的。」

「他在哪裡？」蒂娜問。她的聲音發顫。

「在隔離室裡。」杜姆貝指著後方牆面上的窗口。「來吧。」他走到那扇大型玻璃窗前，上面只殘留了一點冰霜。

有幾秒的時間，蒂娜無法動彈。她害怕看到那群人在丹尼身上所做的事。恐懼席捲了她全身，雙腳彷彿生根一般，不能移動半步。

艾略特輕觸她的肩膀。「別讓丹尼再等待下去。他一直在呼喚著妳，他已經等太久了。」

她終於踏出第一步，然後又邁出第二步。等回過神來時，她和杜姆貝在窗前並肩而立。

隔離室中央有一張標準的醫院病床。周圍環繞著許多常見的醫療儀器，但還有一些模樣詭祕的電子螢幕。

丹尼就仰躺在病床上。他全身都覆蓋在床單之下，除了被枕頭墊高的頭部。他面對著窗口，透過病床側邊圍欄的縫隙凝視著蒂娜。

「丹尼，」她輕聲說，生怕如果太大聲叫喚丹尼的名字，就會打破某種魔咒，兒子也會永遠消失在她面前。

丹尼的臉龐消瘦，呈現淡黃色。他似乎要比十二歲大上許多。事實上，他看起來就像是個瘦小的老人。

杜姆貝感受到蒂娜的驚駭，開口說道：「他現在很虛弱。過去這六、七週他的胃沒辦法消化任何食物。我們只能給他營養液，但他也吸收得不多。」

丹尼的眼睛有些奇怪。那雙眼眸像以前一樣又圓又大，而且無比深邃。但現在眼窩深陷，周圍是一圈不健康的暗色皮膚。這不是他原本的模樣。她說不上來丹尼的眼神裡還有什麼異常的事物，但是當她與兒子目光相接時，一股冷流竄過背脊，她心中同時感到深沉的恐懼和憐憫。

男孩眨眨眼，從床單下伸出一隻手臂，朝向蒂娜。這個動作耗費了很大的力氣，似乎還帶著痛楚。那是一條瘦骨嶙峋的手臂，幾乎只剩下皮膚和骨頭。他賣力地將手伸過兩道圍欄的間隙，張開小小的手掌，懇求著母親的愛，迫切地想要觸碰到蒂娜。

「我要和兒子在一起。我要緊緊抱住他。」她對杜姆貝說，語音發顫。

三人來到通往隔壁的氣密門前。艾略特問道：「為什麼他得待在隔離室裡？他生病了嗎？」

「現在沒有，」杜姆貝說。他在門前停下腳步，轉過身來面對兩人。他顯然對接下來要說出口的話深感不安。「他現在面臨的是因為飢餓而衰竭至死的危險，因為他的胃已經很長一段時間無法承受任何食物。他曾經有很強的傳染力，但現在沒有。他得的是一種很特殊的疾病。這種疾病不是天然的，而是在實驗室裡由人工所製造。丹尼是唯一一位被感染之後倖存下來的病人。他的血液中有天生的抗體，能抵禦這種人工製造的病毒。我們都感到非常驚奇。這座研究設施的主任玉口博士要我們持續研究，直到分離出抗體，並且弄清楚它為什麼能有效地對抗病毒。當然，在完成那項任務之後，丹尼就無法對科學有更多的貢獻。這對玉口博士來說，他就等於毫無價值……除了他的肉體本身。玉口決定要測試丹尼的極限。整整兩個月他們不斷地讓丹尼重複感染，放任病毒削弱他的體力，想知道在死亡之前，他到底能擊敗病毒幾次。人類對這種病毒並不能永久免疫。它就像鏈球菌性咽炎、普通感冒和癌症一樣，你可能會一再得病……當然前提是首次感染後你還能存活下來。到今天為止，丹尼已經擊敗病毒達十四次之多。」

蒂娜喘著氣，內心被恐怖所盤踞。

杜姆貝說道：「雖然他每天都變得越來越虛弱，出於不明原因，他每次都能在更短的時間內戰勝病毒。但每一次的勝利都消耗他大量的體力。這個疾病無法直接殺死他，但是卻能間接榨乾他的生命力。現在他體內很乾淨，也沒有傳染力。明天他們打算再給他注射一劑病毒。」

「天啊，」艾略特輕聲說。「這太可怕了。」

憤怒攫住了蒂娜，還帶著一絲反胃。她怒目瞪視著杜姆貝。「我不敢相信你剛才說的話。」

「做好心理準備，」杜姆貝肅穆地說。「妳所聽到的不過是冰山一角。」

他轉過身，旋轉鋼製氣密門上的圓形把手，門緩緩向內開啟。

幾分鐘之前，當蒂娜透過窗口第一次見到消瘦到不成人形的孩子時，她就告訴自己絕對不能落淚。丹尼不需要看見母親哭泣。他需要的是愛、關懷和保護。蒂娜的眼淚會讓他難過。此刻，在仔細觀察過丹尼的容貌之後，蒂娜擔心任何情緒上的波動都可能會讓兒子送命。

蒂娜緩步走近病床。她緊咬著下唇，幾乎要嚐到鮮血的味道。她凝聚了所有的意志力，才忍住不讓淚水湧上眼角。

丹尼看見母親走來，心情似乎興奮起來。儘管虛弱不堪，他依然顫抖著想坐起身子。他搖晃著那隻羸弱的手臂，緊抓住病床的圍欄，渴望地朝蒂娜伸出另一隻手。

她遲疑地走完了最後幾步，感到心臟怦怦亂跳，喉頭乾澀緊縮。與兒子重逢的喜悅充塞在她胸口，但目睹到他遭受折磨的慘狀，恐懼與悲傷也隨之湧起。

母子倆雙手相觸。丹尼細小的手指緊緊環繞蒂娜的手掌，令人心疼。

「丹尼，」她呢喃著，宛如身在夢中。「丹尼，丹尼。」

丹尼撥開層層恐懼與痛苦，從內心深處為母親尋回了一抹微笑。這說不上是一個完整的笑容，丹尼顫抖的雙唇似乎耗費了極大的力氣才能保持嘴角上揚。這個微笑稍縱即逝，彷彿只是蒂娜記憶中丹尼所有溫暖歡笑的影子，令她心碎。

「媽。」

蒂娜幾乎認不出他疲累沙啞的聲音。

「媽。」

「沒事了，」她說。

他身子微微發顫。

「一切都結束了，丹尼。已經沒事了。」

「媽……媽……」他的臉孔一陣抽搐，那抹勇敢的微笑已經消失，取而代之的是痛苦的呻吟。「噢……媽咪……」

蒂娜放倒圍欄，坐在床沿上，然後小心翼翼地將丹尼攬入懷中。他就像是一個填充不完全的破爛洋娃娃，或是一隻脆弱易受驚的小動物，和以前那個活潑幸福的男孩有天淵之別。起先蒂娜不敢用力去抱他，生怕會粉碎他的蒼白身軀。但丹尼熱烈地擁抱母親，蒂娜很驚訝，不知道他從哪裡凝聚了這分力氣。丹尼吸著鼻子，全身發抖。他將臉孔緊靠在母親脖子上，蒂娜的皮膚感覺到滾燙的淚水。她再也無法控制心中的情感，於是也不再壓抑想哭的衝動，兩人的眼淚匯集成了一道湧流。蒂娜伸出一隻手到丹尼背後，將他抱得更緊。她震驚地感受到兒子的消瘦，每一根肋骨和每一段脊椎都明顯地突出，彷彿在她懷裡的只是一具骸骨。蒂娜讓丹尼坐在自己的大腿上，發現他皮膚上有許多電極貼片，連接到病床周圍的監視儀器，他就像是一只被拋棄的牽線木偶。她掀開被子和床單，只見丹尼的雙腿同樣瘦到只剩下骨頭，沒有半點血肉，似乎根本無法支撐他站立。蒂娜淚眼婆娑地摟著丹尼，輕撫著他的頭髮和肌膚，在他耳邊柔聲絮語，告訴兒子自己有多愛他。

丹尼還活著。

第三十九章

傑克·摩根的迂迴飛行策略收到了奇效。亞歷山大現在相信他們能夠毫髮無傷地抵達設施，他也注意到一向痛恨與摩根飛行的寇特·韓森此時已經冷靜下來，不像十分鐘前那樣焦躁不安。

直升機緊貼著谷地，朝北飛行。機腹下方距離結冰的河流不過十英尺，依舊在令人目盲的紛飛大雪中前進。不過此處有河岸兩側高聳的樹林保護，不會受到風暴的亂流侵襲。銀色的冰川閃閃發光，清楚地替摩根指出飛行的方向。強風有時依然會吹拂在機身上，直升機上下擺動，輕盈地穿梭在氣流之間，就像是一位靈活的拳擊手，輕鬆地躲過對手每一記致命的重擊。

「還要多久？」亞歷山大問。

「十到十五分鐘，」摩根說。「除非——」

「除非怎樣？」

「除非機翼結冰，或者操縱桿和旋翼的轉軸被冰凍住。」

「那有可能嗎？」

「確實是值得擔憂，」摩根說。「我也有可能在黑暗中對地形判斷錯誤，然後一頭撞在山丘上。」

「不可能，」亞歷山大說。「你是最優秀的飛行員。」

「這樣說吧，」摩根說：「飛行這種事永遠都有搞砸的可能。這才有趣，不是嗎？」

●

蒂娜開始準備帶丹尼離開這座牢籠。她一一拆掉附著在兒子頭上和身體上的十八枚電極貼片。她謹慎地撕下丹尼身上的膠帶，男孩忍不住輕輕啜泣。她看見束縛下的皮膚有著紅色的擦傷痕跡，不禁身體一縮。那群畜生根本沒有任何預防皮膚受傷的措施。

蒂娜悉心照顧丹尼的同時，艾略特繼續質問卡爾頓．杜姆貝。「這個地方究竟是做什麼的？軍事研究嗎？」

「沒錯，」杜姆貝說。

「受嚴格管制的生物武器？」

「生物和化學武器，還有基因重組實驗。我們同時有三、四十個計劃進行中。」

「我以為美國早已退出生化武器的競賽。」

「在公開紀錄上確實如此，」杜姆貝說。「為了讓政客們維持良好的形象。但實際上，研究工作從來就沒有停過。我們必須這麼做。全美國就只有這樣一座祕密設施，而中國擁有三座。至於俄羅斯……照理說應該要成為新盟友，但他們依然持續發展細菌武器和各種新型的病毒株。因為他們財政困難，而生化武器比其他國防科技要便宜得多。伊拉克同樣也有龐大的生化戰爭計劃，還有利比亞……天知道外面有多少國家相信生化武器的威力，他們並不認為這是不道德的研究。如果這些國家研發出某種我們所不知道的新型細菌或病毒，就會毫不猶豫地用它來對付我們，因為他們知道我們無法以相同的手段反擊。」

艾略特說道：「如果和中國、俄羅斯和伊拉克等國進行生化武器競賽會需要犧牲無辜的孩童，造成我們現在所面臨的情況，那我們自己不也淪為禽獸了嗎？對敵人的恐懼，不也將我們變得和他們一樣邪惡嗎？這樣我們不等於是輸掉了這場戰爭？」

杜姆貝點點頭。他捋平臉上的鬍鬚，繼續說：「自從丹尼被帶來這裡之後，這些問題也讓我萬分苦惱。問題是，確實有許多人醉心於這樣的祕密研究，因為設計足以殺死百萬人口的武器讓他們覺得自己充滿力量。於是像玉口博士和亞倫・札卡利亞這樣的瘋子都加入了這個計劃。他們濫用權力，違背了身為醫生和研究者的職責。我們沒能及早剔除掉這樣的人。然而，如果因為害怕玉口等人掌權而停止這裡的研究，我們的敵人就會遙遙領先，美國將無法在下一次戰爭中倖存。我想我們必須調適自己的心境，容忍那些必要之惡。」

蒂娜卸下丹尼脖子上的電極，小心翼翼地將膠帶從皮膚上撕下。

男孩依然摟著母親，但他凹陷的雙眼卻緊盯著杜姆貝。

「我對生物武器的思維和道德問題沒有興趣，」蒂娜說。「我現在只想知道丹尼為什麼會來到這個鬼地方。」

「要了解這件事，」杜姆貝說：「一切都得從二十個月前說起。當時，一名叫陳笠的中國科學家叛逃來到美國。他身上帶著一片磁碟，裡面記錄了這十年來中國所發展出最重要且最危險的新型生化武器。他們稱這種病毒為『武漢４００』，因為它是在武漢市郊的ＲＤＮＡ實驗室裡研發出來的，而且是那座研究中心的第四百種人工微生物菌株。

「武漢４００是完美的武器。它只會感染人類，沒有其他生物能成為帶原者。和梅毒螺旋菌一樣，武漢４００在離開人體之後無法存活超過一分鐘。它不能像炭疽桿菌或其他傳染性微生物那樣長時間地汙染某個物體或地點。在宿主死亡之後，只要屍體溫度降低到攝氏三十度以下，體內的武漢４００病毒也很快會消逝。你們了解這種病毒的優勢了嗎？」

蒂娜的心緒還放在丹尼身上，無法思考杜姆貝所說的話。但艾略特馬上就明白了科學家的意思。「如果我想得沒錯，中國可以用武漢400殺死整座城市甚至整個國家的人口，然後他們不必進行任何複雜且昂貴的消毒工作，就能夠馬上占領目標區域。」

「一點也沒錯，」杜姆貝說。「除此之外，武漢400還有一項勝過大部分生物武器的好處。在接觸病毒之後，只要四個小時，宿主就會具有傳染力，潛伏期短得驚人。一旦遭到感染，患者通常活不過二十四個小時，大多數人都在十二小時後死亡。這種殺傷力遠遠超過非洲的伊波拉病毒。武漢400擁有百分之百的致死率，沒有任何患者能存活。天知道中國在多少政治犯身上做試驗，但他們從來沒有發現過抗體和有效的抗生素。病毒很快會轉移到腦部，然後釋放出毒素，像強酸一樣侵蝕掉腦部組織，摧毀控制人體自律功能的部位。患者的脈搏將消失，器官不再運作，最後會停止呼吸。」

「而丹尼戰勝的就是這種病毒，」艾略特說。

「沒錯，」杜姆貝說。「就我們所知，他是唯一存活下來的患者。」

蒂娜從床上拿起毛毯摺好，準備在待會兒上車後讓丹尼裹住身體。她暫停照料兒子的動作，抬頭望著杜姆貝。「他當初是怎麼感染的？」

「那是個意外，」杜姆貝說。

「好熟悉的說法。」

「這次沒有謊言了。」杜姆貝說。「陳笠帶著武漢400的資料叛逃來美國之後，就被送到這裡。我們立刻和他展開合作，想複製出一模一樣的病毒。我們很快就做到這一點，於是便開始研究病毒株，試著找出中國科學家所忽略的關鍵特性。」

「然後有人不小心犯了錯，」艾略特說。

「比那更糟，」杜姆貝說。「有個傢伙不但粗心大意，還愚蠢透頂。大概十三個月前的某天早晨，也就是丹尼和童軍團的其他男孩來雪樂山進行冬季野外求生活動的時候，一個名叫拉瑞・波林傑的科學家在實驗室裡不小心感染了自己。」

丹尼將母親抱得更緊。蒂娜輕輕撫摸他的額頭，給予安慰，然後對杜姆貝說道：「你們一定有防護措施吧？萬一有人被感染時可以採取的緊急步驟——」

「當然，」杜姆貝說。「打從第一天在這裡工作，我們都不斷接受緊急措施的訓練。在意外感染的情況下，你應該立刻啟動警報，然後封鎖你所在的區域。如果附近剛好有空的隔離室，你就應該立刻把自己鎖在裡面。消毒小組會馬上抵達，清理剩下的爛攤子。如果你感染到的東西有解藥，就可以接受治療。如果無藥可醫……你會被安置在隔離室裡，直到死亡。這也是為什麼我們的酬勞高得嚇人，因為這份工作的風險實在太巨大了。」

「但是這位拉瑞．波林傑並沒有照規矩來，是嗎？」蒂娜苦澀地說。她發現自己很難替丹尼裹上毛毯，因為他依然緊抱著母親，不肯放手。她帶著微笑哄著兒子，不斷親吻他柔弱的雙手，終於說服他乖乖將手臂垂下，擺在身體兩側。

「波林傑嚇壞了，他完全失去控制，」杜姆貝說，顯然對於同僚在這種情況下的行為感到羞恥。他開始踱步，繼續說道：「波林傑知道武漢４００殺死患者的速度有多快，於是他陷入了恐慌。看來他是瘋狂地相信，自己可以用逃離的方式躲過感染。天知道他在想什麼，但他確實嘗試逃跑。他沒有啟動警報，而是走到實驗室外，回到自己的宿舍，換上外出的衣服，準備離開設施。但那時候還沒輪到他休假，他無法申請使用休旅車，所以他決定步行下山。他告訴警衛說要去雪地漫步幾個小時，這是我們在冬天常做的運動，可以讓我們暫時脫離這個地洞，呼吸新鮮空氣。總之，波林傑對運動沒有興趣。他將雪鞋夾在腋下，走下山路，我想你們也是從那條路上來的。在抵達第二道大門的哨站之前，他爬上了山脊，穿上雪鞋繞過警衛，回到大路上，然後扔掉了雪鞋。保安人員後來在山間找到這雙鞋。大概在離開這裡的兩個半小時之後，他來到第一道大門，距離他被感染已經過了三個小時。此時另一位研究人員進入實驗室，發現了破碎的武漢４００培養皿，立刻啟動了警報。同時，波林傑爬過纏繞著鐵絲網的圍牆，來到野生動物研究中心平常使用的道路上。他走出森林，朝八公里外的郡公路前進。他走了大約五公里——」

「就遇見了賈伯斯基老師和他的童軍團，」艾略特說。

「那時候波林傑已經能夠將病毒傳染給他們，」蒂娜說，終於用毛毯將丹尼裹好。

「是的，」杜姆貝說。「他遇見童軍團的時候距離被感染應該已過了五到五個半小時。他當時筋疲力盡，逃出設施的路程耗盡了他所有力氣，而且武漢400的早期症狀也開始浮現，包括頭暈和輕微的噁心。童軍團老師將校車停在進入森林兩、三公里處的停車場。他和助手帶著孩子們往林內又走了八百公尺，才遇見波林傑。他們正準備離開步道，在森林裡紮營，度過遠離文明世界的第一個夜晚。波林傑發現他們有車，於是便想說服賈伯斯基開車載他到雷諾。在遭到拒絕後，他編了一個朋友摔斷腿被困在山裡的故事。賈伯斯基一點也不相信，但最後還是答應載他到野生動物研究中心，等待救援。這對波林傑來說不夠，他歇斯底里了起來。賈伯斯基和童軍團的年長成員才意識到這是個危險人物。也就在這個時候，保安小組抵達了現場。波林傑企圖逃跑，甚至撕破了其中一名警衛的防護衣。他們只能當場射殺波林傑。」

「太空人，」丹尼說。

三人都低頭看著他。

他在黃色毛毯裡縮著身體，這段記憶讓他微微發抖。「太空人出現，抓走了我們。」

「嗯，」杜姆貝說。「他們穿著防護衣，模樣的確像是太空人。警衛將所有人帶來這裡，進行隔離。一天之後每個人都死了……除了丹尼。」杜姆貝嘆了一口氣。「唉……接下來的事情你們都知道了。」

第四十章

直升機持續跟隨著結冰的河流，飛過大雪紛飛的山谷，一路向北。閃著微光的冬季山景鬼氣森森，讓喬治·亞歷山大想到了墓園。他對墳墓一向有種親切感；他喜歡在墓碑之間悠哉地漫步，因為自他有記憶以來，他就對死亡深深著迷。他渴望了解死亡的機制、死亡的意義，以及另一個世界的樣貌。當然，他可不想到陰間來一趟單程旅行；他並不想死，只想好好見識一番。每一次他親手殺人時，他都感到自己與死亡的世界又多了一分連結。而在建立足夠的連結之後，他希望最後能夠看見那個地方。也許有一天，他會站在墓園裡，面對所有手下亡魂的墓碑。他所殺的每一個人會對他伸出手，讓他超越時空，親眼見到死亡的樣貌。屆時他將會掌握死亡的奧祕。

「快到了，」傑克·摩根說。

亞歷山大焦慮地望著大片大片飄落的雪花。直升機在雪中有如盲人一般衝向無盡的黑暗。他摸了摸肩上皮套裡的槍，念頭轉到了克莉絲蒂娜·伊凡斯身上。

亞歷山大對寇特·韓森說道：「到時候直接殺掉史崔克爾。他已經沒有任何用處了。但是別碰那個女人。我得好好審問她；她得告訴我究竟是哪個叛徒幫助他們進入實驗室。我會一根一根折斷她的手指，直到她乖乖開口。」

●

在隔離室中，杜姆貝說完了他的故事。蒂娜開口問道：「丹尼身上已經沒有病了，但是情況看起來還是很糟。他會好起來嗎？」

「他會沒事的，」杜姆貝說。「他只是需要補充營養。我剛才說過，他們一直讓丹尼重複感染，測試他的極限，導致他無法正常進食。不過只要他離開這裡，應該很快能恢復體重。但還有一件事……」

杜姆貝聲音裡的憂慮令蒂娜心中一寒。「什麼？到底是什麼事？」

「經過多次感染，他的腦部頂葉上出現了一個斑點。」

蒂娜感到一陣暈眩。「噢不。」

「它看起來並不會威脅到丹尼的生命，」杜姆貝很快地說。「我們認為那並不是惡性腫瘤或良性腫瘤。至少它沒有任何癌症的特徵，但也不是瘢痕組織或血塊。」

「那這個斑點究竟是什麼？」艾略特問。

杜姆貝伸手抓抓那頭濃密的鬈髮。「目前的分析顯示，新的增生和正常腦部組織的結構一致。這並不合理。但我們已經檢查過無數次資料，沒有發現診斷有任何錯誤。但這幾乎不可能，我們在X光片上看到的不符合過去的經驗。所以離開這裡之後，務必帶丹尼去讓腦部醫學專家檢查，直到弄清楚這是怎麼一回事。目前這個頂葉上的斑點對他的生命沒有威脅，但妳還是應該注意。」

蒂娜和艾略特目光交接，兩人心意相通：丹尼腦部的這個斑點是不是與他的心靈力量有關？是不是因為他反覆感染這種人造病毒，潛藏的超自然能力才浮現出來？這聽起來很瘋狂，但這整件事從丹尼落入潘朵拉計劃之後開始，又何嘗不瘋狂呢？在蒂娜看來，只有這個斑點能夠解釋丹尼超凡的新能力。

艾略特生怕蒂娜透露心中的想法，讓杜姆貝注意到這件奇妙的事。他看了看腕錶，說道：「我們該離開這裡了。」

「你們走的時候，」杜姆貝說：「帶著丹尼的檔案。靠近外門的桌上有一個櫃子，資料都在那個裝滿光碟片的黑色盒子裡。你們去找媒體的時候，這些就是最好的證據。看在上帝的份上，這件事一定要見報，盡快讓全國人民都知道真相。如果你們是設施外唯一知道發生什麼事的人，他們就很容易鎖定你們。」

「這我很清楚，」艾略特表示。

蒂娜說：「艾略特，麻煩你抱著丹尼。他根本沒辦法自己走路。雖然他現在這麼憔悴，沒有什麼重量，但他裹在毛毯裡，我還是無法扶著他走。」

艾略特把槍交給她，朝病床走去。

「你們能先幫我一個忙嗎？」杜姆貝問。

「什麼忙？」

「我們把札卡利亞移進來，拿掉他嘴裡的布條。然後請你把我綁起來，並且塞住嘴巴，將我留在外面的房間。我要讓他們相信，乖乖跟你們合作的人是札卡利亞。之後你們向媒體爆料時，也請這樣說。」

蒂娜搖搖頭，一臉困惑。「你剛剛不是才說這裡都是些自大的狂人嗎？你很清楚表明你不認同他們的做法，為什麼還要留下來？」

「我喜歡這種隱士般的生活，而且酬勞很高，」杜姆貝說。「如果我不留下來，如果我離開這裡去非政府研究機構工作，這座設施就少了一個理性的聲音。這裡還有許多人對於這份工作懷抱著社會責任。如果這些正直的人都離開了，這座設施就完全被玉口或札卡利亞這種人掌握了，沒有任何人可以制衡他們。天知道他們會接著進行什麼樣的可怕研究？」

「但我們的故事一旦見報，」蒂娜說：「他們也許會直接關閉這座設施。」

「不可能，」杜姆貝說。「這裡還有很多工作需要完成。我們必須和像中國那樣的極權國家維持軍事平衡。也許在檯面上，政府會宣布關閉這座設施，但實際上研究會持續進行。順利的話，他們也許會讓玉口和他的同黨滾蛋。政府會好好整頓一番，讓一切恢復正常。如果我成功讓他們相信是札卡利亞將祕密洩漏給你們，我就能保住職位。有朝一日，也許我能夠晉升到更有影響力的位置。」他微微一笑。「這樣的話，至少我可以加一點薪。」

「好吧，」艾略特說。「我們會照你說的去做，但動作得快。」

他們將札卡利亞移到隔離室，取出他口中的布條。他使勁掙扎，同時惡聲咒罵艾略特、蒂娜、丹尼和杜姆貝。他們帶著丹尼離開隔離室，封上氣密門，札卡利亞惡毒的叫罵聲隨即消失。

艾略特用剩下的最後一段繩索綑綁杜姆貝。科學家說道：「請為我解答一個疑惑。」

「什麼疑惑？」

「是誰告訴妳兒子在這裡？是誰讓你們進入實驗室？」

蒂娜眨了眨眼，不知該如何回答。

「好吧，我了解，」杜姆貝說。「妳不想洩漏他的真實身分。但告訴我一件事就好：是保安警衛？還是其中一位醫療人員？我希望是我們當中的一位醫生終於做出了正確的決定。」

蒂娜看著艾略特。

艾略特搖搖頭：不行。

蒂娜同意他的看法。如果有人知道丹尼擁有的力量，整個世界會視他為異類，會把他當成某種新奇的動物公開展示。而且毫無疑問，如果這座設施裡面的人認為丹尼的新能力來自於反覆感染武漢400對頂葉造成的影響，他們一定會想在他身上進行更多測試。不，她絕不能讓任何人知道丹尼的力量。至少，在確定揭露這件事對兒子的安全是否有威脅之前，她和艾略特都要保守這個祕密。

「沒錯，是一位醫療人員，」艾略特說。「是一位醫生引導我們進入這裡。」

「很好，」杜姆貝說。「我很欣慰。我早該鼓起勇氣這麼做。」

艾略特將一條手帕塞進杜姆貝的嘴裡。

蒂娜開啟了外室的氣密門。

艾略特抱起丹尼。「你簡直跟羽毛一樣輕，小子。我們得直接載你去麥當勞，用漢堡和薯條餵飽你。」

丹尼虛弱地對他笑了笑。

蒂娜持槍率先進入走廊。交談聲和笑聲依舊從電梯旁的房間傳出，但走廊上空無一人。丹尼運用他的力量開啟受保全系統控制的電梯，等三人入內後，驅使電梯一路上升。他緊皺著前額，似乎正在集中意志力。但這是他控制電梯的唯一動作，除此之外，沒有任何跡象。

上層的走廊也同樣無人駐足。

在警衛室裡，那名年長的警衛仍然被綁在椅上，口中塞著布條。他瞪著三人，表情交雜著憤怒和恐懼。

蒂娜、艾略特和丹尼經過門廳，踏入冰冷的空氣中。雪花落在他們身上。強風的怒吼中隱約有另一種聲音。蒂娜花了幾秒才辨認出她聽見的是什麼。是直升機。

她凝視著風雪交加的夜空，只見那架直升機越過高原西側隆起的山丘，呼嘯而來。什麼樣的瘋子才會在這種天候下搭乘直升機？

「上車！」艾略特大喊。「快！」

他們快步奔向探險者。蒂娜從艾略特手中接過丹尼，輕輕讓他滑進後座，她自己也隨後上車。

艾略特坐進駕駛座，摸索著鑰匙，一時之間無法發動引擎。

直升機朝他們俯衝而來。

「是誰在裡面？」丹尼問。他透過車窗望著空中的直升機。

「我不知道，」蒂娜說。「但他們是壞人，寶貝。就像是漫畫裡的怪物。就是你讓我在夢中看到的邪惡怪物。他們不想要讓我們帶你離開這裡。」

丹尼凝視著逐漸逼近的飛行器，額頭上的皺紋再次浮現。

探險者的引擎終於點燃。

「謝天謝地！」艾略特說。

但是丹尼額頭上的皺紋依舊沒有消失。

蒂娜猛然驚覺男孩的意圖。「丹尼，等等，」她喊道。

喬治·亞歷山大身子前傾，透過直升機的圓形玻璃罩盯著那輛休旅車。「在他們正前方降落，傑克。」

「遵命，」摩根說。

亞歷山大轉頭對手持衝鋒槍的韓森說：「照我說的先幹掉史崔克爾，但別傷了那個女人。」

突然之間，直升機開始爬升。原本它距離地面只剩下不到十公尺，此時卻不斷提高高度：二十公尺、三十公尺、四十公尺……

亞歷山大失聲驚呼：「怎麼回事？」

「操縱桿失靈，」摩根說。在這趟如惡夢般的飛行中，他始終談笑風生，但此刻的聲音卻因為恐懼而變得尖銳。「我沒辦法控制飛機。一定是被凍住了。」

五十公尺、六十公尺……直升機一路上升到將近一百公尺，衝向無盡的黑夜。

然後引擎突然熄滅。

「搞什麼？」摩根大喊。

韓森發出驚恐的尖叫。

亞歷山大感受到死亡撲面而來，準備親身進入那個他無比嚮往的另一個世界。

他們驅車經過烈火焚燒的直升機殘骸，離開了高原。丹尼說：「沒關係的，媽咪。他們都是壞人，很壞很壞的人。」

凡事都有定期，天下萬務都有定時，蒂娜想起了聖經傳道書裡的句子，殺戮有時，療傷有時。

她緊抱著丹尼，深深望進他黑色的眼眸。她無法用聖經的文字安慰自己，丹尼的眼中有太多痛苦、太多對險惡世事的體悟。他依然是那個可愛的孩子，但再也不是同樣的丹尼。蒂娜的思緒飄向未來，飄向眼前未知的道路。

後記

我以「李伊・尼可斯」為筆名寫了六本小說，《闇黑之眼》就是其中之一。這個筆名我已經捨棄不用。《闇黑之眼》在當初那個系列中是第二本出版的作品，但在我後來以本名再版的平裝本系列中，它是最後一本上市的。其他五本小說分別是：《暮光的僕人》、《暗影之火》、《十二月的門扉》、《雷霆之屋》和《午夜之鑰》。讀者的熱烈反應促成了這些作品的再版，我對各位的熱愛和支持深懷感激。

如果你有讀過《歡樂屋》和《午夜之鑰》的後記，想必會注意到我有一個奇特的嗜好：就是宣告我在早期生涯使用的各個筆名如何遭遇到悲慘的死亡命運。我得有些難為情地說，在這方面我並沒有完全對讀者坦承事實。我之前告訴大家，李伊・尼可斯在一次加勒比海郵輪之旅時喝多了香檳，然後在一場詭異的意外中慘遭斷頭。讀者寄來的致哀卡片和各種悼念活動讓我深受感動。然而，既然Headline出版社現在為各位帶來了尼可斯系列的最後一本小說，我只好在此說出實話，好對讀者交代尼可斯更令人不安的真實下場。在一個冷冽的冬夜，李伊・尼可斯被外星生物綁架，見到了母巢的異形女王，然後被迫接受了一系列恐怖的手術。雖然他最後平安回到地球，但這個經驗帶來的創傷太過沉重，導致他無法繼續寫小說。他最後跑到了伊拉克，成為了那個國家的現任獨裁領袖。

《闇黑之眼》是一個早期的實驗。我嘗試融合不同的小說類型，包括動作、懸疑、愛情，再加上一點超自然元素。這部作品並沒有像晚期的《守望者》或《謀殺先生》那樣具有高度張力、角色深度、複雜的主題和明快的節奏，也不像《極度感官》那樣嚇人。不過許多在舊書店裡找到尼可斯筆下這本小說的讀者都有不錯的迴響。我想這本書之所以會受歡迎，是因為失蹤的小孩和不顧一切要找回孩子的母親觸動了所有人的心弦。

為再版修改時，我盡量避免將這本小說轉化成我現在所寫的作品類型。我更新了文化和政治上的資訊，修正了風格上的問題，也刪去了一些冗贅的文字。我很享受修改《闇黑之眼》的過程。這是一個相對簡單的故事，單純靠情節和預設的詭異氣氛來吸引讀者。我希望你能好好享受李伊．尼可斯六部系列作的閱讀旅程。如果你剛好人在伊拉克，被外星手術改造的作者也許會樂意替你在書上簽名，不過他也有可能會宣判你為異教徒，把你扔進比下水道還糟的牢房裡。風險請你自行負責。

國家圖書館出版品預行編目資料

闇黑之眼 / 丁．昆士（Dean Koontz）作；陳岡伯
譯 . -- 臺北市：三采文化，2020.09 面； 公分 .
-- (iRead ； 130)
譯自：The Eyes of Darkness

ISBN 978-957-658-416-9（平裝）

874.57 109012470

suncolor 三采文化集團

iRead 130

闇黑之眼

作者｜丁．昆士（Dean Koontz） 譯者｜陳岡伯
主編｜喬郁珊 美術主編｜藍秀婷 封面設計｜李蕙雲
內頁排版｜菩薩蠻數位文化有限公司 版權負責｜杜曉涵

發行人｜張輝明 總編輯｜曾雅青 發行所｜三采文化股份有限公司
地址｜台北市內湖區瑞光路 513 巷 33 號 8 樓
傳訊｜TEL:8797-1234 FAX:8797-1688 網址｜www.suncolor.com.tw
郵政劃撥｜帳號：14319060 戶名：三采文化股份有限公司
本版發行｜2020 年 9 月 30 日 定價｜NT$380

suncolor

suncolor